宫本武藏

MIYAMOTOMUSASHI

地之卷　水之卷

〔日〕吉川英治 著

王维幸 译

南海出版公司

新经典文化股份有限公司
www.readinglife.com
出　品

序

连初稿付梓都已是十多年前的事了，若是从执笔之日算起，已有近二十载时光。

每次此书再版发行，我总不免陷入茫茫回忆。事实上，其间的世事也已是几度沧桑。

有人如是对我说："你的《宫本武藏》已经成为古典了。"我总是报以苦笑，或许的确如此吧。倘若真是如此，实是出乎我的意料。

身为作家二十余载，至今我仍感不如意之处颇多，尤其是自己未熟的心性。不过，这部作品确是我以所有真诚与热忱所作。至于之后如何看待它，我只能将其交与时间的流逝、时评的是是非非，还有读者的需求了。

吉川英治

昭和二十八年（一九五三）晚秋

再序——自《旧序抄》

可以说，宫本武藏的一生充满了烦恼与争斗。虽然时代已经沧桑巨变，可前述两点仍是现代人无法摆脱的苦恼。只是，武藏所处的时代是更加赤裸裸的争斗社会。因而，他当然也只能凭借本能，历经烦恼、挣扎和哭泣，把这些人类宿命全都融入一柄有形的剑，从修罗道中寻求救赎之"道"，在生命中谱写光辉记录。对于这一点，我想任何人都不会有异议。

如果说解决人类与生俱来的性欲问题是文学的一大主题，那么，探究堪称人类宿命的争斗本能的本质也是文学的重大课题。

本书的主人公武藏无疑是一个与本能之苦斗争之人。充满无限宿命之苦的宇宙是他的家，相比之下，他的剑却比一根针还渺小。而这剑却正是他内心的具体体现，正是他所追求的"斗争即菩提，斗争即是道"的天地之道。

我害怕影响，担心影响。我虽不是道学先生，可每念及此，便不由得惶恐不安。

微不足道的一部小说，有时也会左右读者的一生。

我更关注的，并非自己所写的东西是否具有文学性，而是其对读者的影响如何。这可以说是我的文学态度。

起初主要是基于兴趣而写，而我也绝没有清高到如此地步，可对于此书，我却尤感不安。

多年来，因为这部作品，读者对我百般垂爱，而每每面对这些，我就不由得心生惶恐。

举一个例子。京都有一位已故的专擅樱花的画家 K·U，因无法忍受生活之苦，决定携全家自杀以求解脱，可就在决定自杀的当日，无意间读到了当日刊登在晚报上的武藏登朝熊山的一章，深受感染，遂放弃了自杀的念头。这件事是他后来经由《朝日新闻》T 学艺部长介绍造访我时讲起的。还有，据说游泳选手古桥、将棋八段升田也从此书中获得启发，得以提高技艺。每当此时，我虽倍感鼓舞，但仍不由得感到痛苦的自责。

刚才说到的影响，除了指作品对读者的影响之外，也指读者对作家的影响。或许我也在不知不觉中受到了读者的影响吧。

将书桌置于大众之间、与大众的精神生活共生的文学创作，或许登不上大雅之堂，而一旦庸俗化，则恐怕会沦为更为可怕的宿命文学。

宫本武藏身上容易引起争议、也是偶尔会造成书评时误解的一点，便是人类和封建诸相被象征为剑。但我相信，在正确价值观的引导下已拥有现代世界观和社会观的读者，一定不会再把剑之精神理解为痛苦和艰辛了。读者想娱乐便娱乐，该幻想就幻想，完全可以通过比对现实来自由品味读书的乐趣。

当然，武藏的剑既不是杀戮之剑，也不是人生诅咒。它是守护之剑，是爱之剑，也是在自己和所有人的生命之上立下严厉的道德指针、解脱人类宿命的哲人之道。

武藏作为画家，也有文雅的一面，只是由于其绘画生涯主要表现在晚年，所以小说中只涉及他画武藏野屏风、雕刻观音像等一些文化知性萌芽期的内容。

至于他的恋爱生活等，也只是他个人的方式，无意强迫或教唆读者接受，不过也可以成为对比现代恋爱观的一面镜子。至于如何调整焦点，那便是读者的自由了。

即使通过现在和过去的两面镜来看待武藏，想必每个人也都会明白，他的剑已不再是单纯的凶器了。

昭和二十四年（一九四九）二月于吉野村

旧序

宫本武藏是我一直想写的人物之一。于是，刊登在《朝日新闻》上一天一天的构思，最终构成了这次书的出版。

"宫本武藏"是大众从小就耳熟能详的名字。只是，大家了解的宫本武藏多是通过古典戏曲或旧时代读本，自然存在着大量的误解和虚幻认识，至于真实武藏的心境，更是无法从这些文艺作品中获得一鳞半爪。

近年来，人们也开始认真思考起宫本武藏的一生，比如"由剑而生的人生悟道""苦斗之后得以完善人格"等，甚至演变成一股"武藏研究"热，更有美术史学家们对其绘画进行研究等。而我的这部书却原本只是单纯的小说，并非学术研究。

虽说如此，我也不想只是写一部纯虚构的作品，且重新再写也毫无意义。既然要写，就要纠正一下从前被过度误解的武藏观，尽可能接近真相，再现一个可影响现代普遍观念的武藏，同时也希望能唤醒敏感、浮躁、柔弱的现代人，找回祖先所拥有的强韧的精神面貌、梦想和真挚的人生追求。社会在飞速进步，甚至有一种过度前倾的习性，因此，作为对此的反省，这部作品也是有意义的，这也是我对其抱有的期望之一。

但我并没有把握能够达到何种程度。然而，在报纸连载的过程中，不断鞭策我的读者的热情和支持让我意外，并深感其影响之大，甚至让我有些惶恐了。只是写了一部报纸连载小说，便引起如此多素不相识的人的激励和感怀，我还从未有过这种待遇。

特别一提的是，执笔过程中，众多未曾谋面的热心人不断给我寄来有关武藏的乡土史料和记录等，弥补了我匮乏的知识，深表谢意。

昭和十一年（一九三六）四月于草思堂

目录

地之卷

水之卷

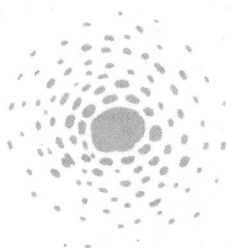

地之卷

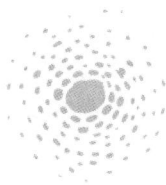

铃

一

究竟会如何呢？这天地间的沧桑巨变。

区区人力之行，充其量不过秋风中飘零的一片树叶而已。宫本武藏如是想。

尸体成山，他自己也像一具尸体一样横躺其间，心灰意冷。

现在，只怕想动也动弹不了。

事实上，他的体力已经耗尽，根本无法动弹。虽然他自己没有意识到，可身体里无疑已射入了两三粒火枪弹丸。

昨夜，准确地说是庆长五年（一六〇〇）九月十四日半夜至黎明时分，暴雨夹杂着泥沙倾泻在这关原一带，直至今日过午，低旋的乌云仍没有散开的迹象。徘徊于伊吹山梁和美浓山脉的乌云不时落下阵阵骤雨，冲刷着四面八方的激战痕迹。

雨点滴滴答答地溅落在武藏脸上和旁边的尸体上。武藏像鲤鱼一样张开嘴，拼命吮吸从鼻梁上滚落下来的雨水。

这恐怕是临死前的最后一口水了。麻木的脑子里隐约只有这么点念头。

这一仗的失败者注定是自己一方。金吾中纳言秀秋与敌人内应，临阵倒戈。从他与东军一起杀向原来的友军石田三成、浮田、岛津和小西阵营的那一刻起，西军的全线溃败就已经注定。不到半日，天下之主已定。同时从这战场上，数十万同胞的命运也于无形中决定了子子孙孙的宿命。

我何尝不是如此？武藏想。眼前忽然浮现出孤身一人留守在故乡的姐姐以及村中老人的身影。不知为什么，他竟没有感到丝毫悲伤，甚至怀疑死亡不过如此。

可就在这时，在十步之外同伴的尸体中，一具"尸体"忽然抬起头来，喊了一声："阿武！"

听到喊声，武藏似乎才从假死中醒过来，望了望四周。原来是本位田又八。又八只扛着一杆枪就跟他从同一个村子跑出来，投奔了同一主公，两人都怀着建功立业的雄心壮志，是一起来到这战场的好友。是年，又八十七岁，武藏也是十七岁。

"哦，阿又。"武藏应了一声。

雨中传来一声回应："阿武，你还活着啊？"

武藏使出浑身力气怒骂道："当然还活着！我怎么会死？你也不能死！我们绝不能就这么白白死掉！"

"我怎么会死呢？"不久，又八拼命朝武藏爬过来，一把抓住武藏的手，忽然说道，"咱们逃吧。"

武藏猛地甩开他的手，斥责道："找死啊！现在还很危险……"

话音未落，二人头枕的大地已经如铁釜般鸣动起来。人喊马嘶，黑压压的一片人马横扫关原中央，杀了过来。

一看到举旗的武士，又八顿时慌乱不已。"啊，是福岛的人！"

武藏一把抓住他的脚踝，将他拽倒在地。"混账！找死啊？"

眨眼间，无数沾满泥巴的马匹像快速运转的织布机一样，驮着敌方挥舞长枪和太刀的甲胄武士，从二人头顶呼啸而过。又八老老实实地趴在地上一动不动，武藏则睁大眼睛，盯着不断飞跃而过的马腹。

二

自前天以来的倾盆大雨似乎成了秋天的最后一场暴雨，现在已是九月十七日夜，天空中没有一丝云彩，只有一轮明月在睨视人间，令人心生恐惧。

"能走吗？"武藏让又八搂住自己的脖子，架着他前进，为耳畔不断传来的喘息声揪心。"你没事吧？挺住！"武藏屡次确认。

"没事！"尽管又八倔强地回答，但他的面色却比月光还苍白。

在伊吹山谷的湿地里潜伏了整整两天两晚，又乱吃了些生栗子和青草之类，武藏肚子不适，又八则开始拉肚子。当然，胜利的德川家康一方必定不会罢手，一定正在追捕败走关原的石田、浮田、小西残部。若想在这月夜里爬向村落，说没有危险是不可能的。

"让敌人抓住也无所谓。"又八痛苦难耐，不断地哭诉。武藏却绝不甘心就这样束手就擒，于是架起他朝垂井驿站方向走去。

又八一手拄着枪，勉强挪动脚步。"阿武，抱歉，对不起。"他几度在好友肩上歉疚地说。

"你在说什么啊？"武藏停顿了一会儿，继续说道，"我才最该道歉呢。最初听到浮田中纳言大人和石田三成大人起兵，可把我高兴坏了。我一直以为我祖上效忠的新免伊贺守大人是浮田家的家臣，凭借这层关系，就算身为乡士的儿子，只要拖着枪前去投奔，就一定能和先人们一样以武士身份加入战斗。我当时想，我一定要在这次的战斗中取一颗大将的首级，立个大功，好让老家那些把我当作村里祸害的家伙看看，也要让死去的父亲在地下好好看看。这是我的梦想。"

"我也是……我也是。"又八点了点头。

"于是我就把你这个好朋友也拉上了，劝你去投奔，可你母亲却骂我是浑蛋，与你订婚的七宝寺的阿通姑娘和我姐姐也都劝我要安守本分，说什么乡士的儿子就是乡士的儿子，哭闹着不让咱们去……这也难怪她们，谁让你和我都是独子，都是要继承家业的人呢。"

"嗯……"

"跟女人和老人瞎商量这些没用，咱们就这样私自跑了出来。起初还好，可到了新免家的阵营一看才明白，就算是从前的老主人，也根本不给咱们武士的名分。咱们只好死皮赖脸地恳求说哪怕当个足轻也要上战场，可一上战场，不是让咱们去当探子，就是逼着咱们去修路，几时让咱们摸过枪？几乎天天拿着镰刀割草，别说是取大将首级了，就连砍个一般武士脑袋的机会都没有，最后还沦落成现在这个样子。如果再让你白白死去，我怎么跟你的母亲和阿通姑娘交代？"

"别说了，又没有人埋怨阿武你。仗打败了，命该如此，一切都乱透了。如果非要找个人来背黑锅不可，那就是叛变的金吾中纳言秀秋，那家伙实在可恨。"

三

不久，二人来到旷野一角。目之所及，全是臣服在瑟瑟秋风下的茫茫茅草，看不见灯光，也没有人家。刚才分明不是奔着这里来的，可是……

"这里究竟是什么地方？"

二人再次纳闷地望着天地。

"是不是光顾着说话，结果走错路了？"武藏咕哝着。

"那不是杭濑川吗？"贴在他肩上的又八说道。

"看来这一带就是前天浮田、东军的福岛和小早川部队与敌方井伊、本多的人马混战的战场了。"

"是吗？我也在这一带狂奔过，怎么一点印象都没有。"

"你看，那边！"武藏指着前面。

只见东倒西歪的草丛里、白晃晃的河面上，全都是前天的战斗留下的敌我双方的尸体，一点也没有打扫。有的脑袋拱进了茅草丛，有的仰面朝天、后背浸泡在小河里，还有的与战马压在一起。经过两天雨水的冲刷，虽然血迹已被洗掉，可死者的皮肤都在月光下呈现出死鱼般的颜色。光是这些，就足以让人回忆起前天战斗的惨烈。

"虫子在啼哭啊……"又八在武藏肩上发出一声呻吟般的长叹。其实，正在啼哭的不止金钟儿和金琵琶虫，又八也流下了两行眼泪。"阿武，我若死了，你就替我照顾七宝寺的阿通一辈子吧。"

"胡说！你又瞎想什么，忽然又说这种傻话。"

"我没准要死了。"

"净说些没骨气的话！你怎么能这么想？"

"老母亲会有亲戚照料，但阿通孤身一人。她本是在寺里借宿的一个流浪武士抛弃的女婴，一个可怜的女人。阿武，我死之后，阿通就拜托你了，求你了。"

"只是拉肚子而已，又不会死。你给我挺住！"武藏鼓励道，"再坚持一会儿，再忍耐一会儿，找到农家后，你就能吃药了，还能美美地睡上一觉。"

从关原到不破的大道上，有驿站，也有村落。武藏小心翼翼地摸索前行。

走了一会儿，前面又发现一片尸骸，看来又有一队人马在此覆灭了。只是无论看到什么样的尸体，二人都不再感到残酷，也不会觉得悲哀。尽管神经已经麻木，可武藏忽然一惊，又八地猛然停住脚步，轻轻叫了一声："啊……"

只见累累尸体间，一个人影正像敏捷的兔子般隐藏了起来。月光亮如白昼。定睛一看，只见一个人正背对他们蜷缩着。

野武士？二人下意识地想。可意外的是，那分明只是一个才十三四岁的小姑娘，虽然衣衫褴褛，却束着金线织花的窄幅锦带，身穿圆袖和服。尸骸之间的小姑娘也显出诧异的样子，以灵猫般敏锐的目光静静凝视着二人。

四

战火已经熄灭，可明晃晃的刀枪仍在这一带出没，仍有武士在附近的山野里搜捕余党。这里尸横遍野、鬼哭狼嚎，可谓是一个新战场。一个尚在幼年的小姑娘，而且还是在晚上，竟然只身一人藏在月光下的尸体堆里，究竟在干什么？

似乎已经逐渐适应，武藏和又八屏住呼吸，注视了小姑娘一会儿。不久，武藏试探着怒吼了一声："喂！"

小姑娘圆圆的眼眸吓得一转，做出一副急欲逃走的样子。

"不用逃。喂，我有话要问你。"武藏慌忙补充一句，可已经迟了。小姑娘动作实在迅捷，头也不回便朝对面跑去。不知是钉在细绦带上还是袖子上的小铃铛随着跳跃而去的身影发出一串串悦耳的声音，传入二人耳中。

"那是什么啊？"武藏茫然凝望夜晚的雾霭。

"不会是妖怪吧？"又八不禁一哆嗦。

"怎么会呢？"武藏收起笑容，"躲到那边的山丘之间了。看来附近有村落。要是不吓唬她，轻声问问她就好了。"

二人登上山丘，果然望见了人家的灯火，就位于不破山的山梁伸向南面的一条浅谷中。他们又走了十町的路，才逐渐看清亮着灯光的只是一栋配有一道土墙和一扇旧门的房子，看起来不像是农家。门柱已经腐朽，也没有门扇。进去一看，茂盛的胡枝子树中有一间正房，房门紧闭。

"打扰一下。"武藏轻轻叩打房门，"深夜打扰，十分抱歉。拜托救救病人吧，我们不会给您添麻烦的。"

里面没有回答。刚才的小姑娘似乎和家人低声商量了一阵子。不久，门内传来声音。本以为终于来开门了，可结果并非如此。

"你们是关原落败的逃兵吧？"是小姑娘的声音，利索干脆。

"不错。我们是浮田军中新免伊贺守的部下，是足轻。"

"不行。如果窝藏逃亡者，我们也会犯下重罪，就算你们不找麻烦，我们也还是会受牵连。你们去别的地方吧。"

"我们也想离开这里，可不巧同伴闹肚子，十分抱歉，能否把您家的药给他一点呢？"

"光是给点药的话……"对方思忖了一会儿，大概是去问家人了，伴随着铃声，脚步声消失在里面。

不久，一张面孔从另一个窗口露了出来，分明是一直在察看外面动静的女主人。女人开口说道："朱实，给他们开门。不就是逃兵吗？足轻之类的又不在搜查名单里，留下也没事。"

五

柴房中，又八大口服下用厚朴树烧成的粉后，又喝了些韭菜粥，卧在床上。武藏用烧酒轻轻清洗火枪在大腿上留下的伤口，其余时间都躺着休息。静养已经成了二人的日课。

"这家人究竟靠什么生活？"

"管她们是做什么营生的，只要能把咱们藏起来，那就是在地狱里遇上了活菩萨。"

"女主人也年轻，竟能和那个小姑娘在这山里住下来。"

"你不觉得那个小姑娘与七宝寺的阿通姑娘很像吗？"

"嗯，是挺可爱的……但那么一个京都人偶般的小姑娘，怎么会一个人在尸体成山的战场上走动？而且又是在半夜。你想，那些尸体连我们看了都直起鸡皮疙瘩，实在不明白。"

"喂，有铃声。"二人支起耳朵。"似乎是那个叫朱实的小姑娘来了。"

柴房外面，脚步声停了下来，看来是她。接着，她像啄木鸟一样轻轻敲了敲门。"又八哥，武藏哥。"

"谁？"

"是我。我给你们送粥来了。"

"多谢。"二人从草席上起身，打开锁。

朱实端着盆站在外面，盆里放满了药和食物。"身体怎么样了？"

"承蒙照看，你看，我们都恢复得挺好。"

"我娘说了，就算恢复了也不能大声说话，更不能到外面露面。"

"多谢多谢。"

"据说什么石田三成大人啦、浮田秀家大人啦，那些从关原逃走的大将还没有抓住呢，所以这一带的搜捕仍很严。就算你们是足轻，一旦藏匿你们的事情暴露，我们也是要被抓的。"

"明白。"

"那，你们休息吧。明天见。"

姑娘嫣然一笑，正要退出去，又八叫住了她。"朱实，别那么急着走啊，再聊一会儿吧。"

"不行！"

"为什么？"

"会挨娘骂的。"

"有件事我想问你。你几岁了？"

"十五。"

"十五？有那么大吗？"

"你管得也太多了。"

"那，你爹呢？"

"我没有爹。"

"干什么营生？"

"我家的营生？"

"嗯。"

"卖艾绒。"

"这样啊，我听说用于艾炙的艾草可是这一带的名产。"

"春天把伊吹的艾草割下，夏天晒干，秋天到冬天再做成艾绒，然后在垂井的驿站卖。"

"怪不得……若是加工艾绒，女孩当然也能做了。"

"就这些？没事了？"

"啊，还有……朱实。"

"什么？"

"前些天晚上，我说的是我们来你家的那天晚上，你正走在尸体成堆的战场上，你究竟在做什么？我想问这个。"

"你管不着。"朱实啪的一下关上门，伴随着袖子上的铃声，朝正房跑去。

毒菇

一

武藏身高五尺六七寸，就像一匹高大矫健的骏马，臂粗腿壮，唇朱眉浓，而且眉毛格外修长，甚至超出了眼角。

真是个丰年童子。从他少年时代起，老家作州宫本村的人就一直如此开玩笑。由于眼鼻手足的尺寸都比常人要大，人们都说他是一个丰年降生的孩子。

又八也算得上是丰年童子，只是他的个头比武藏矮一些，体格敦实，棋盘般的胸膛包裹着肋骨，圆脸上一双大眼睛骨碌碌地转个不停，十分敏锐。

不知何时，窥探回来的又八念叨起来："喂，这家的年轻寡妇，每晚都化妆抹粉的。"

两人都还很年轻，身体发育正旺。当武藏枪伤痊愈的时候，又八已经无法再像蟋蟀一样在潮湿阴暗的柴房里忍耐了。

每当正房的炉旁混入一个客人，为寡妇阿甲和小姑娘

14

朱实唱滑稽歌，或者说一些俏皮话逗她们开心，并且自己也捧腹大笑的时候，不用说，这个客人一定就是不知什么时候又从柴房里消失了的又八。夜里也一样，又八不在柴房里睡的日子多了起来。他甚至还经常满嘴酒气地来拽武藏。"武藏，你也出来玩玩吧。"

起初，武藏总训斥他"混账，别忘了我们可是逃亡之身""我讨厌喝酒"之类，可渐渐地，横眉冷对的他也倦怠起来。

"这一带应该没大事吧。"他走出柴房，惬意地仰望着二十天没能看到的蓝天，尽情地伸伸懒腰，打打哈欠，接着说道，"阿又，老让人家这么照顾实在过意不去，咱们快回老家吧。"

"我也这么想，可寡妇和那小姑娘都说，伊势路和往来上方的道路查得很严，至少得躲到下雪的时候……"

"就你那个样子，每天在人家炉边喝酒，也能算是躲藏？"

"这算什么！前几天，由于只剩下浮田中纳言大人还没有被抓住，一个德川系武士模样的人情急之下搜到这里，当时出去应对，并把他打发走的不是旁人，正是我！所以，与其躲在小屋里，每次听到脚步声吓得哆哆嗦嗦的，还不如干脆出去，反倒更安全。"

"有道理，这样倒也不坏。"尽管觉得对方有些诡辩的意味，武藏还是同意了，从这一日起，二人便一同移到了正房。

寡妇阿甲也说家里越热闹越好，欣喜异常，丝毫没有觉得麻烦的样子。"阿又或阿武谁都可以，你们二人要是能有一个给朱实做夫婿，永远待在这里就好了。"阿甲每每有意无意地如此提起，看着纯真青年张皇失措的样子便觉得可笑。

二

后山上长满了松树。

朱实挎着篮子喊："找到了！找到了！哥哥，快来啊。"每当围绕着松树根找来找去，发现松菇香气的时候，朱实就会亮开纯真的嗓音喊起来。

在稍远处的一棵松树下，武藏正提着篮子弓着腰。"这里也有。"

秋天的阳光透过松树的树梢洒下来，被二人的身影切成细碎的光波，轻轻摇曳。

"那，比比谁的多？"

"我的多。"

朱实把手伸进武藏的篮子。"不行不行！这是红菇，这是豹斑鹅膏菌，这也是毒菇。"她一顿七挑八拣，扔掉了许多，然后骄傲地说，"你看我，这么多。"

"天要黑了，回去吧。"

"你输了，没话说了吧。"朱实一面逗弄着武藏，一面以山鸡般轻盈的脚步率先下山，忽然她脸色大变，呆立在原地。

在半山腰，一个男子正斜穿树林，慢腾腾地大步走向这里。他盯着这边，分明是一个可怕野蛮、充满好战本能的人。狰狞的粗眉，外翻的厚嘴唇，长长的野太刀，还有那细链麻布服和身上的兽皮，无不显露出一股野性。

男子来到朱实身旁，露出黄牙狰狞一笑。朱实脸色苍白，惊恐不安。

"你娘在家吗？"

"嗯。"

"回去告诉你娘，我早就听说她瞒着我偷偷攒了不少东西，过几天我就要去收租。我想你们大概还不知道吧，你们一去倒卖东西，风声就会立刻传进我的耳朵。你不是每晚都去关原吗？"

"没有。"

"告诉你娘，若敢糊弄我，就把你们赶出这里。听明白没有？"说完，他狠狠地瞪了朱实一眼，然后拖着沉重的身体慢吞吞地朝山谷那边走去。

"那家伙是什么人？"武藏收回目送人影远去的目光，安慰般问道。

朱实脸上仍留有余悸，小声说道："不破村的辻风。"

"野武士？"

"嗯。"

"怎么会惹了他？"

"……"

"我不会告诉别人。难道对我也不能说？"

朱实似乎难以启齿，犹豫了一阵子，突然扑进武藏怀里。"你千万别告诉别人。"

"嗯。"

"那天晚上我在关原做的事，难道哥哥还不明白？"

"不明白……"

"我在偷东西。"

"什么？"

"到打完仗的战场上去，把那些死去的武士身上的东西，什么刀啦、簪啦、香囊啦，不管什么东西，只要能换钱的全都扒下来。虽然害怕，可为了糊口只能这样。我若说不愿意，就要挨娘的骂……"

三

太阳还很高。武藏劝朱实也坐在草丛里。透过松树的间隙望去，伊吹山谷那栋孤零零的房子就在下面的斜坡上。

"这么说，你以前告诉我在山谷里割艾草做艾绒为生，是假的了？"

"嗯。我娘是个花钱大手大脚的人，光靠割这么点艾草，怎么能生活下去呢。"

"嗯……"

"爹活着的时候，住的是这伊吹七乡中最大的宅子，手下使唤的用人也不少。"

"那你爹是商人？"

"是野武士的头领。"朱实露出自豪的眼神，"只是被刚才路过这里的辻风典马杀了……人们都说是典马杀的。"

"哎？被杀？"

朱实点点头，流下泪来，似乎连她自己也没想到会哭。这个小姑娘身子小巧，看起来怎么也没有十五岁，说话却很老成，时而还会做出一些让人瞠目的机敏动作，因此武藏一时倒也没有产生同情。可一看到泪珠从她那睫毛仿佛用胶粘住般的眼睛簌簌落下，武藏忽然心生恻隐，想抱住她。

可是，这个小姑娘接受的教养绝非寻常。她坚信，身为野武士的父亲从事的是胜过一切的职业。平日里，她的母亲一定不断给她灌输这种理念：只要为了生存，即便是比盗贼还冷血的职业，也是正确的选择。

漫长的乱世中，不知不觉间，野武士已经成了那些懒散而不怕死的浪人的唯一职业，世人对此也不觉稀奇。每逢战争，领主们便利用他们向敌方放火，或散布流言，或从敌营里盗取战马。如果领主不来收购，他们就剥下战死者或逃亡者的衣服，或者把捡到的首级交出去，总之什么都做。一场仗打完，他们就不用愁了，什么都不用做也能吃上一年半载。就连身为农夫和樵夫的良民都一样。一旦村落附近发生战争，农活之类自然是没法做了，可他们也能通过捡拾战后丢弃的物件尝到不劳而获的滋味。因此，野武士严格守护自己的势力范围。一旦发现有外人侵入，便会按一条不变的铁律行事：通过残酷的私刑来宣示自己的权力。

"怎么办？"朱实战栗起来，似乎满心恐惧，"辻风的手下肯定会来的……若是来了……"

"若是来了，我去应付他们，你不用害怕。"

下山的时候已是黄昏。浴室的炉烟从孤独的小屋里飘散开来，低低地笼罩在暗橙色的芒穗上。寡妇阿甲已经化好夜妆，站在木门旁。一看到朱实和武藏依偎着的身影，便大声问道："朱实，你干什么去了，怎么这么晚才回来？！"

她声色俱厉，一反常态。武藏有些莫名其妙，小姑娘却似乎敏锐地察觉到了母亲的心情，身子一颤，慌忙从武藏身边离开，红着脸朝前面跑去。

四

第二天，从朱实口中听到辻风典马一事时，阿甲似乎一下子慌了。

"你怎么不早说！"她责骂道，接着便把柜子、抽屉和仓库里的东西全归置到了一起。

"阿又，阿武，你们也来帮忙，把这些东西全放进屋子的顶棚里。"

"好，来啦。"又八说着，钻进屋子的顶棚。

武藏踩在凳子上，在阿甲和又八之间一件一件传递。若不是朱实昨天告诉自己，武藏一定会大吃一惊。居然弄来这么多的东西，一定是花了不少日子攒下的。有短刀、枪穗，还有铠甲的一只袖子。小到头盔顶部的金饰，可纳入怀中的小佛龛，还有念珠、旗杆等，大到做工精致、镶嵌着珍珠贝和金银的马鞍，什么都有。

"就这些？"又八从顶棚里探出头问道。

"还有一件。"说着，阿甲递过一柄长四尺有余的黑色橡木刀。

武藏接过木刀握在手里，木刀的弧线、分量和结实的手感顿时让他爱不释手。"大婶，这个能否给我？"

"只要你想要。"

"嗯。"

阿甲微笑着点了点头，显然是答应了武藏。

又八从顶棚下来，流露出非常羡慕的表情。阿甲笑了。"又耍性子了，这孩子。"说着把一个镶着玛瑙珠的皮包给了又八，可他并不怎么高兴。

大概是丈夫在世时养成的习惯吧，每到傍晚，阿甲必然要入浴化妆，再喝上两盅酒。她甚至让朱实也这样。她喜欢奢华，总想保持年轻。"喂，大家都过来吧。"她说着往炉边一靠，给又八斟上一杯，往武藏手里也塞上一只杯子。无论武藏如何拒绝，她仍抓着武藏的手腕不放，拼命劝酒。"身为一个男人，连点酒都不喝，那怎么能行？我来教你。"

又八眼神中不时流露出不快，出神地注视着阿甲。阿甲明明感受到了，仍把手搭在武藏的膝盖上，用柔美的声音唱起最近流行的歌，还说什么"刚才的歌唱的就是我的心，武藏，你能明白吗"之类的话。朱实把脸转向一边，阿甲却毫不顾忌。她明明注意到了两名年轻男子一个害羞一个忌妒，却仍有意这么说。

又八越发不快，偶尔也会说一句："武藏，咱们过几天该走了吧？"

这时，阿甲就问："去哪里，阿又？"

"作州的宫本村啊。等回了老家，老娘也有了，订婚的媳妇也有了。"

"是吗，那太让人失望了，我还好心藏你这么久。如果心里还惦念着她们，阿又你一个人先走也行，我不阻拦。"

五

武藏对从阿甲手里要来的黑色橡木刀爱不释手，刀的长度和弧度都非常协调，给人一种无限的回味和快感。武藏常常将刀握在掌中耍弄两下，晚上也抱着刀入睡。冰冷的木刀一贴到脸上，那股幼年冬季习武时从父亲无二斋身上感受到的凛然之气就会在血液中复苏。

父亲如秋霜般严厉。武藏经常想起在自己幼年便离去的母亲，对父亲则毫无感觉，只是感到敬畏。九岁时，他离家出走，直奔播州的母亲娘家，就是因为一心想得到母亲一句"你长大了"的温柔安慰。

可是，母亲被父亲不知何故休掉后，已再嫁给了播州佐用乡的武士，彼时已经有了第二任丈夫的孩子。"快回去，回你爹那里……"母亲抱起武藏，在一处偏僻神社的森林里哭泣，那情形至今仍浮现在武藏眼前。

不久，父亲便派人前来。武藏被绑在没有马鞍的马背上，从播州带回美作吉野乡宫本村。父亲震怒。"不像话！不像话！"父亲用手杖一顿痛打。这些都在武藏幼小的心灵上清晰地留下了烙印。"你要再敢去你娘那里，我就不认你这个儿子！"

不久，武藏便听说母亲因病去世。从此，他就从一个沉默寡言的孩子变成了一个让人束手无策的暴戾孩子，甚至连父亲都瞠目结舌。父亲拿起铁尺要打他时，他竟然夺过铁尺还击。村里的坏孩子全都听他的，只有一人敢跟他对峙，就是同为乡士之子的又八。

十二三岁时，武藏的个子已经接近成人。有一天，一个叫有马喜兵卫的修行武者在村里立下一个金箔牌子，声称要与附近村庄的人比武，结果被武藏在栅栏中活活打死。他让村里人为他高唱凯歌："丰年童子阿武强！"

随着年龄和臂力的增长，武藏的暴戾并没有消退，他经常将人吓得四处躲藏。"武藏来了，千万别惹他！"人们怕他，讨厌他，甚至给他带来这样一种印象——所有人的心都是冰冷的。

不久，父亲也在严厉和冷酷中死去，武藏的暴戾越发膨胀。若不是姐姐阿吟，他恐怕早就惹出天大的乱子而被赶出村子了。每当姐姐边哭边数落，他总是能乖乖地听。

这一次怂恿又八出来打仗，似乎给武藏带来了一丝变化。一种意念在他体内冒起——要成为一个堂堂正正的人。可是现在，他再次失去方向，跌入黑暗的绝地。想想也是，若没有这滔滔战国乱世，也绝不会生出他这样一个敢想敢干的人。就连睡相都那么安详，好像永远不会为明天的事情苦恼。他依旧搂着那把木刀，或许是梦到了故乡，他不时发出沉重的呼吸声。

"武藏……"不知什么时候，昏暗的灯光下，阿甲已悄悄来到武藏枕边坐下，"啊……多坦然的睡相。"说着，阿甲忍不住用手指轻轻戳了一下武藏的嘴唇。

六

阿甲呼地吹灭了油灯，像猫一样蜷起身子，悄悄依偎到武藏身旁。同年龄极不相称的艳丽睡衣，以及那白皙的面孔，全都融入了夜色，窗檐下只有夜露静寂的声音。"怎么还没明白人家的心意……"

阿甲正要将熟睡的人怀中的木刀抽出来，武藏突然一跃而起。"小贼！"

　　油灯顿时打翻在地，阿甲伸向武藏的手被扭住。她痛苦难耐，不禁嚷了起来："疼！"

　　"啊，是大婶？"武藏连忙松开手，"我还以为是贼。"

　　"你这人真过分，真疼……"

　　"我不知道是你，抱歉。"

　　"不用道歉……武藏。嘘……你这不通人情的家伙，用不着那么嚷嚷。我对你的情意，你早就明白了吧？"

　　"明白。你对我的照顾，我是不会忘记的。"

　　"什么恩义之类，太古板了。人的情意难道不是更浓、更深、更寂寥吗？"

　　"等等，大婶。我先点上灯。"

　　"真可恨。"

　　"啊……大婶……"突然，武藏只觉得骨头、牙根乃至整个身体麻酥酥地颤抖起来，比此前遇到的任何敌人都可怕。即使躺在关原的大地上仰望着千军万马从脸上跃过，心跳都没有如此剧烈过。他躲到墙角，蜷起身子。"大婶，请快走开，快回自己屋去。你要不走，我喊又八了。"

　　阿甲没有动。渴望的眼神盯着武藏，在黑暗中喘着粗气。"武藏，我的心意，想必你不会不明白。"

　　"……"

　　"你竟让我如此丢丑。"

　　"丢丑？"

　　"对！"

两个人都大为恼火。他们都没有注意到，外面的敲门声已响了好一阵子，而且声音越来越大。

"喂，还不开门！"烛光在隔扇的缝隙里跳动。

看来是朱实被惊醒了，又八的声音也传了过来，"怎么回事？"

随着又八的脚步声，朱实在走廊喊了起来："娘！"

由于不明就里，阿甲也一阵手忙脚乱，赶回自己的房间回应一声。看来外面的人已撬门闯了进来，往泥地房的方向一看，几个彪悍的人影重叠在一起，六七个人已站在那里。

"我是辻风！快点灯！"其中一人怒吼道。

遗落的梳子

一

让风典马一伙连鞋都没脱就蜂拥而入，趁人熟睡之际来了个偷袭，把储藏室、壁橱和地板下翻了个遍。典马坐在炉边，盯着手下搜寻。"怎么这么费劲？有东西吗？"

"没有，什么也没有。"

"没有？"

"是。"

"是吗……不，没有就对了。都住手！"

阿甲背朝外坐在相邻的屋子里，一副破罐子破摔的样子。

"阿甲。"

"什么事？"

"怎么不给我温点酒？"

"那边有。想喝就随便喝。"

"别这样啊，我这么久才来一次。"

"有这样到别人家拜访的吗？"

"别生气，你也有错。所谓无风不起浪，卖艾绒的寡妇打发孩子从战场的死尸身上赚酒钱，这种传闻我的确听到过。"

"拿证据来，证据在哪里？"

"我若是想找证据，就用不着事先跟朱实打招呼了。鉴于野武士的规矩，我权且来搜搜，这次放你一马，你得感激我才是。"

"谁会感激你！真无聊。"

"你不过来喝两杯吗，阿甲？你可是喜欢奢侈的女人。只要有我，你就用不着再过这种苦日子了。怎么样，再好好想想？"

"别这么热情，小心吓坏我这个小女人。"

"你不愿意？"

"你知道我丈夫是谁杀的吗？"

"我虽没什么能耐，你若是要报仇，我也会助你一臂之力。"

"别装糊涂了！"

"你说什么？"

"人们都说凶手正是你让风典马，难道这话就没传进你的耳朵？就算是野武士的寡妇，我也还没有堕落到去伺候杀害丈夫的仇人的地步。"

"这可是你说的，阿甲！"典马苦笑一下，大口喝下茶碗中的酒，"这件事我不说出来，也是为了你们娘俩好。"

"把朱实养大后，我一定会报仇，你给我好好记着！"

"哼哼。"典马狞笑几声，喝干剩下的酒，指着扛枪站在角落的手下，喝道："喂！你，拿枪托把上面的顶棚板砸五六块看看。"

手下便用枪托的铁箍砸顶棚。随着木板松动，棚里的各式武器和物品纷纷掉落。

"果然藏在这里。"典马猛地站起来，"按野武士的规矩行事。把这个寡妇给我拖出来，严惩示众！"

二

众野武士觉得一个女人根本不在话下，不假思索便要闯进去。可是刚到门口，他们仿佛吃了当头一棒，全都呆立原地，不敢动手。

"还愣着干什么！快给我拖出来！"辻风典马焦躁不已，可手下仍和屋内的人僵持着。典马咂着舌，朝里面瞅了瞅。他想立刻接近阿甲，可也没能跨过门槛。

从炉屋那边确实看不见这边的房间，这里除了阿甲，还有两个身强力壮的年轻人。武藏此时手持木刀摆好了架势，对方踏进一步，就会将其小腿打断。又八则站在墙壁的阴影处，高举着刀，只要敌人的脑袋从入口探进来三寸，就会手起刀落，斩下对方的头颅。

可能是为免朱实受伤，武藏等人已经把她藏进了上面的壁橱，此时不见人影。当典马在炉边喝酒的时候，此处已经做好了准备。正因为背后有人，阿甲才会那么镇定。

典马似乎想起什么，哼了一声。"上次有个小子跟朱实一起在山上走，就是你吧？另外那人是谁？"

又八和武藏并不开口。话是靠实力来说的。正因如此，屋内越发充满了紧张的气氛。

"这个家里不会有男人。依我看，你们顶多是关原落败流浪的逃兵。若再逞能，对你们可没有好处。这一带谁不知我不破村的辻风典马？区区落荒之人，竟敢在这里撒野，我倒要看看你们有什么能耐。"

"去！"典马嫌手下们碍事，回头摆手示意他们退下。一个手下在后退中竟一脚踩进了炉子里，"啊"地大叫一声。一时间火星和烟尘扑打着顶棚，一片浓烟。

"混账！"正盯着屋子入口的典马怒骂了一声，猛然冲到房内。

"嗨！"又八早就候在那里，一刀挥下。典马的动作显然没有又八快，只听噔啷一声，又八的刀砍在典马的刀鞘末端。

阿甲早就退到屋内一角，而她原先所待处，武藏早已横握木刀蓄势待发。他瞄准典马的脚跟猛扫下去，用力之大让他半个身子几欲扑出。

黑风飒飒作响。

典马全身发力，用岩石般的胸膛迎击。武藏觉得简直在跟一头大熊搏斗，不禁感到一种前所未有的压力。此时，对方拳头已至，砰砰两三拳，武藏只觉得头盖骨都要裂开。可是，当他积蓄已久的气力瞬间爆发时，典马巨大的身体已经飞向空中，伴随着屋子的震颤，撞上墙壁。

三

武藏从小就这样，一旦认准对手就绝不放过，就算是用牙咬也要让对方屈服，而且他从不满足于只把对方打个半死，要打就狠狠地打，竭尽全力。一出生，他的血液中就带有浓厚的日本原始色彩。这血液纯粹却又充满野性，既没有经历文化之光的打磨，也未受过学问知识的熏陶，一如最原始的状态。父亲不喜欢他，原因似乎也在于此。为了驯服这种野性，父亲屡次对武藏施加武士般的责罚，结果反倒生出如虎添翼的效果。村里人越骂他残暴，越讨厌他，这个放任自流的野孩子就越发骄横，越发目空一切。他已经不满足于横行乡村山野，而是萌生了更加狂妄的梦想。最终，他来到了关原。

对武藏来说，关原是他认识社会现实的第一步。关原战败，这名青年的梦想转瞬间化为泡影。但他原本就赤手空拳，所谓被青春的第一步绊倒或前途变得暗淡无光，这种感伤他压根儿就没有，至少目前如此。况且，今天晚上，他竟意外地找到了饵食。野武士头目辻风典马——还在关原时，他就一直梦想着遇到这样的敌人。

"卑鄙！卑鄙！喂，站住！"武藏一边高喊，一边在漆黑的原野上飞奔。

典马就在自己十步开外的前方，正飞也似的逃命。

武藏头发倒竖，风从耳旁呼啸而过，畅快至极，一种无上的快感油然而生。越是奔跑，他就越像野兽一样欢跃沸腾。

"啊！"就在武藏飞身一跃，压在典马背上的同时，血已从黑橡木刀下喷涌溅出，随之传来凄厉的悲鸣。典马巨大的身躯应声倒地，头盖骨像蒟蒻一样柔软，两只眼球浮出眼眶。武藏接连又是两击，典马煞白的肋骨从皮肤下绽了出来。

武藏抬手擦了擦额头。"怎么样，大将……"他英姿飒爽地瞥了一眼，立刻折返，仿佛什么都没有发生。倘若对手强大，恐怕被抛下的就是自己了。

"武藏？"远处传来又八的声音。

"哦。"武藏发出迟钝的声音，朝四周望了望。

"怎么样？"又八奔了过来。

"杀了……你呢？"武藏反问。

"我也一样。"又八把刀拿给武藏看，连缠在刀柄上的线绳都被血染红了，"剩下的家伙都逃了。野武士都不禁打。"他得意地耸耸肩膀说道。

二人笑了起来，仿佛兴奋地搅和着血玩耍的婴儿一样。他们兴致高昂地边走边说，不久便看到了远处亮着灯光的艾草房子。

四

一匹野马把头伸进窗户，窥探着屋内。它哼了一声，吐出粗气，惊醒了正在睡觉的二人。

"这家伙。"武藏拍了拍马脸。

又八则仿佛要把顶棚捅破似的伸了个懒腰。"啊，睡得真舒服。"

"太阳还很高啊。"

"还没到傍晚？"

"不会吧。"

一觉睡起，昨天的事情早已在大脑里没了踪影。二人脑中只有今天和明天。武藏立刻跳到屋后，脱光上半身，用清冽的水流冲洗身体，再仰起头，大口呼吸着清新的空气。

又八也没闲着，起来之后连脸都没洗就直奔炉屋，与阿甲和朱实搭起话来。"早啊。"他故意开朗地说道，"大婶，你怎么还这么郁闷？"

"是吗？"

"你怎么了？打死你丈夫的辻风典马被杀了，他的手下也受到了教训，你还有什么郁闷的？"

又八的纳闷不无道理。除掉典马，母女二人应该欣喜万分才是，昨晚，朱实也的确拍着巴掌欢呼雀跃，可阿甲却露出不安的神色。而且，这种不安一直持续到了今天，她依旧在炉边闷闷不乐，这让又八感到不平，又觉得纳闷。

"为什么？大婶，怎么了？"接过朱实沏的苦茶，又八盘腿坐下。

阿甲淡然一笑，羡慕年轻人不懂世事的粗犷神经。"可是阿又，辻风典马还有几百号手下呢。"

"啊，我明白了，你是怕他们报仇。那些人算什么，只要有我和武藏在……"

"不行啊。"阿甲轻轻摆摆手。

又八耸耸肩膀。"没有不行的事。那些鼠辈，让他们只管来吧！莫不是大婶信不过我们？"

"在我的眼里，你们还只是孩子。典马还有一个叫辻风黄平的弟弟，单是他一个人来了，你们俩加起来也敌不过啊。"

这话完全出乎又八的意料。可听到阿甲随后的话语，他也不由得担心起来。辻风黄平不仅在木曾的野洲川拥有强大的势力，还是剑术和忍术高手，被他盯上的人没有一个能够善终。若光明正大倒还可以防备，可这种暗地里下黑手的人却令人防不胜防。

"这家伙还真不好对付。像我这种贪睡的人……"又八抓耳挠腮，陷入了沉思。

阿甲继续说道："事已至此，除了收拾家当搬到他国，别无办法。你们两个年轻人打算怎么办？"

"我去跟武藏商量一下。这家伙到哪里去了！"

武藏没在外面。又八手搭凉棚往远处一望，才发现武藏早已骑在刚才还在房子周围转悠的野马背上，在伊吹山脚下的原野上驰骋，远远看去显得那样渺小。

"真是个没有烦恼的家伙。"又八咕哝了一句，两手搭在嘴上喊了起来："喂，快回来！"

五

二人躺在枯草丛里。再也没有什么比朋友更好了，一起躺在地上商量事情也很惬意。

"那，你还是觉得我们得回故乡？"

"当然要回去了。我们又不能跟那母女俩一起生活。"

"嗯。"

"我讨厌女人。"武藏说道。

"是吗，那就听你的。"又八翻了个身，仰面望着蓝天，口中嚷道，"真决定要回去了，我忽然就想看看阿通的脸了！"说着，他啪嗒啪嗒蹬了几下腿，"可恶，那朵云真像阿通洗头时的样子。"他指着天空。

武藏正望着自己刚骑过的野马的屁股。虽说马是人类的伙伴，可再也没有比野马性情更好的马了。被人使用之后无欲无求，自己就会离开。

"吃饭喽——"朱实的喊声传来。

"吃饭了。"二人起身。

"又八，咱们赛跑吧。"

"浑蛋，我能输给你？"

朱实拍手迎接在尘土飞扬中奔跑过来的二人。

可是到了午后，朱实便沮丧起来，她听说了二人决定回乡的事。这个少女本以为二人加入这个家庭的快乐生活还会持续很久。

"你这个没出息的东西，有什么好哭的！"阿甲一面化夜妆，一面责骂女儿，然后透过镜子怒视炉边的武藏。

武藏忽然想起阿甲前一晚溜到自己枕边说的那些私语，还有那酸甜的发香，连忙把脸扭了过去。

一旁的又八从搁板上取过酒壶，就像拿自家东西一样随手把酒倒进酒瓶。今晚是饯别酒，他要使劲喝。

阿甲的香粉似乎比平时搽得更用心。"把所有的酒都喝光吧。酒留在屋檐下，你们却走了，多没劲啊。"

酒壶已喝倒了三个。阿甲靠在又八身上，故意做出让武藏侧目的恶作剧。"我……已经走不动了。"她甚至朝又八撒娇，扶着又八的肩膀一直走到床边，"阿武，你，到那边，一个人睡。你不是喜欢一个人睡吗？"

武藏于是独自睡下。由于醉得不轻，又熬到了深夜，当他睁开眼睛的时候，外面已经艳阳高照。他起了床，忽然发现有些不对劲，家里已经空空如也。

"嗯？"昨天朱实和阿甲收拾好的行李不见了，衣服鞋子也都没有了。更主要的是，不止母女俩，连又八也不见了。

"又八……喂！"

到处都没有人影，只有一把阿甲常戴的红色梳子落在打开的汲水口靠近门槛的一侧。

"又八这家伙……"武藏捡起梳子嗅了嗅，梳子的香气立刻让他回想起前天晚上那可怕的诱惑。又八终究没能抵挡住诱惑。一股莫名的寂寥袭上武藏心头。

"混账，阿通姑娘怎么办？"武藏把梳子摔在地上。比起气愤，他更为在故乡等待的阿通感到悲伤。他一直闷闷不乐地坐在厨房里。看到他的身影，昨天那匹野马又悄悄地把头从檐下探了进来。这一次，武藏并没有像往常一样抚摩马的鼻头，野马只得舔食起在水槽里泡涨的饭粒。

花佛堂

一

用"山连山"来描述此国的地形最合适不过了。从播州龙野口起就已经是山道，作州街道把这些山连在一起，国境的木桩也立在山背上。旅人翻过杉坂，越过中山岭，不久便将英田川的峡谷踩在脚下。"咦，这种地方居然还有人家？"旅人为此瞠目是常有的事。而且户数相当多，河边、岭中和砂田里村落交错。就在去年的关原合战之前，距这条河十町远的上游还是新免伊贺守一族所住的小城。若往更深处走，因州边境的志户坂银山上仍有不少矿工。

不少从鸟取到姬路或从但马翻山越岭往来于备前的各国旅人涌向这山中小镇，所以即便这里地处深山，仍既有客栈，又有绸缎庄，一到晚上，妆化得如白蝙蝠般的娼妓们就在檐下搔首弄姿起来。

这里就是宫本村。放有石头的那些屋顶便是七宝寺的外廊。此时，阿通正望着云彩出神。"马上就快一年了。"

她是个孤儿，又在寺里长大，就像香炉里的香灰一样冰冷而寂寞。若说年龄，她去年十六岁，比与她订婚的又八小一岁。

　　又八自去年夏天跟村里的武藏一起去参战后，到年底仍没有音信。正月，二月，一连两个月都白等，现在的阿通已经不抱希望。如今已是四月的春天。

　　"据说武藏家也没有一点音信……看来两个人都死了吧。"阿通时常叹息着如此诉说。

　　"那还用说。"听者也无不这么认为。这里的领主新免伊贺守一族就没有一个人回来，战后进入那座小城的据说全都是大家非常陌生的德川系武士。

　　"为什么男人要去打仗呢？那么阻止都留不住……"

　　阿通在外廊里一坐，通常大半天都不动。她一脸寂寞的表情，似乎天生就喜欢一个人沉思。今天也是一样。

　　"阿通姑娘，阿通姑娘！"正当她陷入沉思的时候，有人喊了起来。

　　斋堂外面，一个赤裸的男人从井边走过来，简直就像烟熏过的罗汉。此人住在寺里已有三四年，是但马国的行脚禅僧，年约三十。他光着膀子自言自语道："春天来喽。春天好是好，可那些虱子却像藤原道长一样独霸世界，太嚣张了，我就一狠心洗了澡……可是我这破僧衣不便晒在那边的茶树上，这边的桃花又开得正艳。我也算是个略解风情的人，正愁没地方晾衣服呢。阿通姑娘，你有晾衣杆吗？"

阿通脸红了。"那……泽庵师父，您光着身子，衣服还没干时怎么办？"

"睡觉。"

"可真有您的！"

"对啊，要是明天就好了。明天四月八日是浴佛会，沐浴在甘茶里，像这样……"说着，泽庵忽然严肃起来，两腿并拢，一手指天，一手指地，模仿着释迦牟尼的样子。

二

"天上天下唯我独尊。"泽庵总是不厌其烦地板起脸，模仿诞生佛的样子给阿通看。

"呵呵呵，呵呵呵，真像，泽庵师父。"阿通笑道。

"很像吧。当然像了，我才是悉达多太子转世呢。"

"您等一下。我这就给您从头顶灌甘茶。"

"不可。罪过。"

有只蜜蜂向泽庵的头蜇来，这尊释迦佛慌忙挥舞双手。他的兜裆布开了，蜜蜂便逃进了那里的缝隙。

"啊，笑得我肚子都疼了。"阿通趴在走廊上大笑不止。面对这名在但马国出生、自称宗彭泽庵的年轻禅僧，就连性格内向的阿通每天忍不住发笑的时候也多了起来。"对了对了，我可没空老这么闲着。"说着，阿通把白皙的脚伸进草履。

"阿通姑娘，你要去哪里？"

"明天是四月八日啊，我差点把住持吩咐的事忘了。每年不是都要为花佛堂采花，为浴佛会做准备嘛，晚上还要煮甘茶呢。"

"去采花啊。哪里有花？"

"英田川下游村庄边的河滩上。"

"一起去吧。"

"不用。"

"装饰花佛堂的花太多，一个人采太累，我帮你吧。"

"您光着身子怎么去。"

"人本来就是光着身子的，没关系。"

"讨厌，您可千万别跟着。"

阿通逃也似的朝寺院后面跑去。不久，她便背着背篓，手持镰刀，悄悄从后门溜了出去。泽庵不知从哪里找来一张几乎能包住被子的大包袱皮裹在身上，从后面跟了上来。

"这样总行了吧？"

"村里人会笑的。"

"有什么好笑的？"

"请离我远点。"

"又撒谎了，明明是喜欢挨着男人……"

"不理你了！"

阿通朝前面跑去。泽庵像从雪山上降临的释迦佛一样，一面任由包袱皮的下摆在风中飘舞，一面跟在后面。"哈哈，阿通姑娘，别生气了，腮帮子别鼓得那么高嘛，那样可是会招心上人讨厌的。"

离村子四五町远，英田川下游的河滩上草花缭乱。阿通放下背篓，在纷飞的蝴蝶中朝花的根部挥起镰刀。

"真祥和啊。"泽庵站在旁边，发出年轻善感又颇具高僧气质的感叹，全然不帮正在不停地割花的阿通，"阿通姑娘，你现在的样子可真祥和啊。若每个人都能像你这样在这万花的净土里安享人生就好了，可他们却不停哭泣，自寻烦恼，自甘堕落到那爱欲和修罗的熔炉里，不在八寒十热的烈焰中把自己烧焦绝不罢休……唯有阿通姑娘，真不想让你也那样啊。"

三

油菜花、茼蒿花、鬼罂粟、野蔷薇、紫罗兰——阿通一割下来就把它们放进了背篓。"泽庵师父，别光顾着说教，先当心一下自己的脑袋吧，别让蜜蜂蜇着。"她给泽庵泼了瓢凉水。

泽庵却丝毫不听。"胡说，怎么又扯到蜜蜂上了。我正在谈一个女人的命运问题，在传授释迦佛的教诲呢。"

"真是多管闲事。"

"对对，你算说对了。和尚完全就是多管闲事的职业。不过跟那些卖米的、卖布的、木匠和武士一样，我们这一行也并非没用，所以它的存在也没什么稀奇的。本来和尚和女人之间的关系从三千年前就闹僵了，女人被佛法说成是夜叉、魔王、地狱之使之类就是证据嘛。阿通姑娘跟我不和，也是久远的前世因缘啊。"

"为什么女人是夜叉？"

"因为她们欺骗男人。"

"可男人也欺骗女人啊。"

"等等，你的问题还真不好回答……对对，我明白了。"

"那就说来听听。"

"释迦佛也曾是男人……"

"又在胡说了！"

"不过，女人啊……"

"您真啰唆。"

"女人啊，好妒忌。释迦佛年轻的时候，曾在菩提树下受到欲染、能悦、可爱等魔女的纠缠，就十分痛恨女人。不过到了晚年，他还是有了女弟子。龙树菩萨则比释迦佛还讨厌女人……不，是害怕女人。他曾说，女人要成为随顺姐妹、爱乐友、安慰母、随意婢使……只有这样才能成为四贤良妻，男人最好选这样的女人。他如此歌颂女性的美德。"

"这还不是净替男人说话吗？"

"这是因为古代的天竺国比日本更男尊女卑，有什么办法？还有，龙树菩萨还对女人说过这样的话。"

"什么话？"

"女人啊，你千万不要嫁给男人。"

"真是怪论。"

"话没说完，你先别急着挖苦。后面还跟着一句——女人，你要嫁给真理。你明白吗？嫁给真理，说白了就是别迷恋男人，要热爱真理。"

"真理？那是什么？"

"你这么一问，我也说不清楚。干脆说得通俗一些，就是要嫁给真实。所以不要怀上轻薄的京城浪子的孩子，而是要在生养自己的故土孕育个好孩子。"

"您又……"阿通做出打人的动作，"泽庵师父，您是来帮我采花的吧？"

"好像是。"

"那别光站着说了，拿起镰刀吧。"

"这好办。"

"我要去阿吟小姐家，明天要用的腰带可能已经缝好了，我去取。"

"阿吟小姐？就是上次来寺里的那个妇人？我也去。"

"您这个样子……"

"我渴了，讨碗茶喝。"

四

阿吟已经二十五岁，容貌姣好，家世也好，给她提亲的绝非没有，只是她的弟弟武藏是远近出名的暴徒。无论本位田村的又八，还是宫本村的武藏，从少年时代起就被当成坏小子的典型。有这么一个弟弟——这多少算是她还没找到婆家的一点原因，不过也有不少人看中了她的谦和与教养，多次前来提亲，可她每次拒绝的理由总是一样——我要给弟弟武藏做母亲，直到他成人为止。

宅子是在父亲给新免家做兵学教头并被赐姓新免的鼎盛时代建造的，位于英田川河滩上，有土墙包围，相对于乡士的身份的确有些奢华。石头宅子宽阔而古旧，如今屋顶上杂草丛生，曾经的铁尺术道场的高窗和屋檐之间已经堆满了一层白花花的燕粪。

经历了多年的浪人生活后，父亲在贫困中死去，学徒们也不在了。由于原先的用人都是宫本村的人，所以其中的一些老女佣和伙伴经常轮流过来帮忙照看，要么默默地往厨房里放点蔬菜，要么打扫一下空置的屋子，要么将水缸里注满水，默默地帮阿吟照看着这个衰落的家，一直到现在。

又有人打开后门进来了，一定也是那些人吧。在里屋做针线活的阿吟并没有停手。

"阿吟小姐，今天……"阿通在阿吟身后轻轻地坐下。

"我以为是谁呢……是阿通姑娘啊。我正给你缝腰带呢。明天的浴佛会要系吧？"

"是啊，你这么忙我却给你添麻烦，真过意不去。本来我自己缝就行，可是寺里的事又那么多。"

"怎么会，反正我也闲得难受……不找点事来做，就总禁不住胡思乱想。"

阿通抬起头，无意间往阿吟身后瞅了一眼，只见灯盏里仍点着微弱的灯火，佛龛上贴着两个纸牌位，还供奉着水和花。牌位似乎是阿吟自己写的，分别是"行年十七岁　新免武藏之灵"和"同年　本位田又八之灵"。

"啊……"阿通眨着眼睛，"阿吟小姐，两人的讣告都来了吗？"

"没有。不过……难道还能活着不成？我已经死心了，就把关原合战的九月十五日当成他们的忌日了。"

"这样可不吉利。"阿通使劲摇头，"他们怎么会死呢？过不了多久，他们肯定会回来的。"

"你是不是梦到又八了？"

"嗯，梦到过好几次。"

"那他肯定也死了。因为我总是梦见弟弟。"

"讨厌，别瞎说了。这些东西不吉利，快撕下来吧。"阿通的眼里顿时噙满泪水。她站起来走上前，吹灭了佛龛的灯火。似乎还觉得不吉利，她又两手端起供奉花和水的器皿，一下子把水泼到隔壁屋子的外廊。

"啊，真凉！"坐在廊边的泽庵一下子跳了起来。

五

身上裹着包袱皮的泽庵忙不迭地擦着脸和头上的水。"喂，阿通，你干什么？我只说过要来这家讨碗茶喝，可没说过让人泼我啊。"

阿通破涕为笑。"对不起，泽庵师父，抱歉。"她连忙致歉，哄了他几句，还斟上他一直念叨的茶。

不一会儿，阿通回到屋里时，阿吟瞅着外廊，瞪大眼睛问道："那个人是谁？"

"住在寺里的年轻行脚僧。对了，上次你来的时候，他还托着腮躺在正殿晒太阳呢。当时我问他在干什么，他回答说正在跟虱子较量。就是那个脏和尚，你不记得了？"

"哦……是那个人啊。"

"对，就是宗彭泽庵师父。"

"就是那个怪人？"

"大怪人。"

"既不穿僧衣，也没穿袈裟，他究竟穿的是什么呢？"

"包袱皮。"

"啊……还很年轻吧？"

"说是三十一岁。听住持说，他是个了不起的人。"

"那也说明不了什么。人光看外表是看不出来哪里了不起的。"

"听说他出生于但马的出石村，十岁便成了沙弥，十四岁入临济宗胜福寺，受戒于希先和尚，曾跟着山城大德寺的大学者游历京都和奈良，受教于妙心寺的愚堂和尚和泉南的一冻禅师等人，勤勉好学。"

"是吗？怪不得有些地方看起来与众不同呢。"

"后来他被推举为和泉南宗寺的住持，据说还曾接受敕命，被推为大德寺的座主呢，可是他只在大德寺里待了三天就跑了出来。之后，什么丰臣秀赖大人啦，浅野幸长大人啦，细川中兴大人啦，还有官卿中的乌丸光广大人，都怜惜他的德才，说要给他建一座寺，或者为他捐献寺禄，请他留下来。可是也不知道他是怎么想的，每天就那样与虱子厮混在一起，像个乞丐一样游历各国。是不是有点不正常？"

"不过在他看来，不正常的或许是我们呢。"

"那倒也是。我想起又八哥一个人哭的时候，他就……"

"他倒是个挺好玩的人。"

"就是好玩得过头了。"

"他要待到什么时候呢？"

"我怎么会知道？他总是忽来忽去的，似乎任何地方都能当成自己家。"

这时，泽庵从走廊探过身子。"我听到了，听到了。"

"我们可没有说您的坏话。"

"说也没关系。能不能给我拿点甜食什么的？"

"您怎么忘了，上次来的时候已经给您拿了。"

"忘什么啊，阿通臭女人，你长着一张连蚂蚁都不杀的菩萨脸，心却坏透了。"

"凭什么这么说？"

"哪有这样的女人，把人晾在一边喝清茶，自己却毫无顾忌地谈着心上人，还哭鼻子抹眼泪的，有这样的人吗？"

六

大圣寺的钟响了。七宝寺的钟也响了。从天亮到过午，钟一直响个不停。人们络绎不绝地登上山寺，有系着红腰带的村里姑娘、商家老板娘和牵着孙子的老太婆，年轻人则窥探着挤满参拜者的七宝寺正殿里的情形。

"看到了，看到了。""今天打扮得真漂亮。"看到阿通的身影，人们不断地窃窃私语。

今天是四月八日浴佛会，正殿里搭起了花佛堂，屋顶上葺满菩提树叶，柱子上插满野草花。佛堂里装满了甘茶，二尺左右的黑色释迦佛立像一手指天，一手指地。宗彭泽庵用小小的竹勺舀起甘茶，从头顶浇在立像上，或者应善男信女的要求，把甘茶一一倒入他们伸出的竹筒。

"本寺是个穷寺，所以香钱嘛，请尽情多撒就是。有钱的就更不用说了。我保证，如果一勺甘茶施舍一百贯钱，就会减轻一百贯的烦恼。"

花佛堂左侧摆了一张涂漆的桌子，阿通坐在那里，系着新腰带。桌上放有描金画的砚台盒，阿通在五色纸上写下一些咒符，分发给祈求的参拜者。

佛祖保佑
卯月八日吉日起

长尾粪虫不再袭

　　这一带都流传说，只要将这种咒符贴在家中，就能起到除虫驱病的作用。

　　同样的咒符阿通已经写了几百帖，写得手腕都疼了，藤原行成风格的优雅字体已经开始走样。"泽庵师父。"她抽空说道。

　　"什么事？"

　　"您就别再跟人家催要香钱了。"

　　"我只是催有钱人。减少有钱人的钱，这是善中之善。"

　　"那倘若今晚就有盗贼进了村里的有钱人家，可怎么办？"

　　"看看，刚空了一点，又有参拜的人进来了。不要挤，不要挤——喂，年轻人，排队！"

　　"喂，和尚。"

　　"你叫我？"

　　"你口口声声说排队，可你怎么总先给女人盛？"

　　"我也喜欢女人啊。"

　　"真是个花和尚。"

　　"说得好听，别以为我不知道！你们也不是来要甘茶和除虫符的。来拜释迦佛的有一半，来瞧阿通姑娘的有一半。你们是后一半的吧？喂喂，怎么不放香钱？这么抠门，女人也不会喜欢的。"

　　阿通涨红了脸。"泽庵师父，您就少说两句吧。我可生气了。"说完，仿佛想让疲惫的眼睛休息一下，阿通发起呆来。忽然，参拜人群中一个年轻人的面孔一下子映入眼帘。"啊……"她不禁惊叫一声，指间的笔也滑落在地。

　　站起身时，阿通先前望见的那张脸已经像鱼儿一样潜入了人群。她不禁喊了起来："武藏先生，武藏先生！"拼命朝回廊跑去。

野人

一

所谓乡士，并非寻常百姓，而是半农民半武士的人。本位田家的老夫人阿杉脾气倔强，又八正是她的儿子。她虽已年近六十，可只要是田间农活，无论打田还是踩麦，仍不输给年轻人和佃户，一干就是一整天。干完活回去时，她也绝不空着手，还要顺便背回一大篓桑叶，把腰都压弯了，晚上她还忙着养蚕，干起活来毫不惜命。

看到淌着鼻涕的外孙从对面走过来，阿杉从桑田里直起腰。"喂，丙太，你去寺里了？"

丙太蹦跳着跑过来。"去了。"

"阿通婶婶在吗？"

"在。外婆，今天阿通婶婶系着漂亮的腰带，在做浴佛会呢。"

"甘茶和除虫符要来了吗？"

"没有。"

"为什么没要来？"

"阿通婶婶说，先不要管那些东西，让我先赶紧回来告诉外婆一件事。她看见河对岸的武藏今天去浴佛会了。"

阿杉的眼睛顿时亮了起来，左顾右盼，仿佛儿子又八就在眼前。"丙太，你先替外婆在这里摘桑。"

"外婆，你去哪里？"

"我回家一趟。既然新免家的武藏回来了，又八也一定回家了。"

"我也去。"

"小傻瓜，那你也来吧。"

巨大的橡树之间有一处豪宅。刚跑到仓库前，阿杉就冲着在那里干活的已经分了家嫁出去的女儿和佃户嚷道："又八回来没有？"

"没有。"众人摇摇头。

看到众人有些疑惑，阿杉情绪十分激动，大声地斥责他们。儿子已经回村了。既然新免家的武藏已经在村子里走动，又八也一定回来了。快去把他找来！阿杉也把关原合战那天当成了宝贝儿子的忌日，正沉浸在悲痛中。她极其喜欢又八，含在嘴里都怕化了。又八的姐姐已带着夫婿分家出去，所以这个儿子就成了本位田家的继承人。

"找到没有？"阿杉在家里进进出出，不停地问。不久天黑下来，阿杉便给祖先的牌位点上灯，坐在下面诵经祈祷。

家里人晚饭也没吃就全被赶出去寻找又八，可阿杉一直等到晚上，也没有听到好消息。她又来到昏暗的门口，久久地站在那里。

朦胧的月亮爬上了宅子周围的橡树梢。山前山后裹着一层白雾，梨田里飘来阵阵甜甜的梨花香。影影绰绰间，只见梨田的田埂上有一个人影在走动。

看清是儿子的未婚妻，阿杉招招手。"阿通吗？"

"婆婆。"阿通拖着湿草履沉甸甸的脚步声传了过来。

二

"阿通，听说你看见武藏了，这是真的？"

"嗯，的确是武藏先生。在七宝寺的浴佛会上看见的。"

"那，没看见又八？"

"我想问他，急忙大喊，他却不知为什么躲进人群中不见了。他本就是个怪人。"

"逃跑了？"阿杉歪着头思索起来。把儿子又八骗到战场上的就是新免家的武藏，这个对武藏恨之入骨的老妇陷入了沉思。"那个恶藏……说不定又八战死，那家伙感到害怕，就一个人厚着脸皮溜回来了。"

"不会吧。就算是这样，也该带点遗物回来。"

"什么？"老妇使劲摇摇头，"你以为那家伙是老实人吗？又八算是瞎了眼，怎么交了这么个坏朋友。"

"婆婆。"

"什么事？"

"我想去阿吟小姐家看看，说不定，武藏先生今晚会在那里。"

"他们是姐弟，应该会去的。"

"那我们现在一起去看看吧。"

"那个姐姐也不是什么好东西，知道是她弟弟把我儿子领去打仗，也不来看看我，武藏回来了也不告诉我一声。我断然没有主动找上门的道理，她应当主动来找我。"

"可是，目前最好早点见到武藏先生，问明具体情况再说。至于问安之类由我来就好，婆婆只要一起去便是。"

阿杉沉着脸勉强答应下来。她迫切想知道儿子的吉凶，程度绝不亚于阿通。

新免家在距此十二三町远的河对岸。本位田家历来是乡士，新免家也有赤松的血统，两家一直在暗地里较劲。现在新免家大门紧闭，院内树丛很深，连灯光都看不到。阿通正要绕到后门，阿杉却不满起来。"本位田家的老人前来拜访，却要从后门进，我丢不起这个人。"她丢下这句话，连脚跟都没挪。

没办法，阿通只好一个人绕到后门。不一会儿，门里点上了灯，阿吟也出来迎接。阿杉顿时变了一个人，完全不是在野外耕田时那个勤劳的阿杉。

"虽不忍夜间叨扰，但有件事我实在不能丢下不管，特来拜访。劳你迎接，受累啦。"她的语气中透着凌人的气势，昂头走进新免家的上房。

三

阿杉像灶神使者一样默默地坐上上座，理所当然般接受完阿吟的问安后，立刻说道："听说，你们家的恶藏回来了，把他给我叫来。"

阿吟听到突如其来的责难，一下子没反应过来，问道："您说的恶藏，指的是谁啊？"

"呵、呵、呵，是我说走嘴了。村里人都这么说，看来我这个老婆子也让他们传染了。恶藏就是武藏，他是不是从战场上回来躲在这里了？"

"没有……"

亲弟弟竟让人如此无情地称为恶藏，阿吟顿时脸色苍白，紧咬嘴唇。阿通过意不去，就从一旁说出今天在浴佛会上看见武藏一事。"真是不可思议。竟然也没来这里？"阿通周旋着。

阿吟苦着脸说道："没来。既然已经露面，想必不久就会来吧。"

听她如此一说，阿杉猛地一拍榻榻米，表情变得十分凶恶。"你是什么意思?! 什么不久之后就会来，你以为这样一句就能把人打发了？教唆我儿子、领他去打仗的不是你家恶藏又是谁？又八是本位田家最重要的继承人，你家恶藏却背着我偷偷把他拐走，还自己一个人没事似的跑回来，这事绝不能就这样罢休！而且，你为什么一直不来向我问安？你们新免家的姐弟真是一点规矩都没有，把我老婆子当成什么了？既然你家武藏回来了，就得把又八也给我带来，否则就让武藏跪在这里一五一十地把又八的事情说清楚，直到我老婆子满意！"

"可是，武藏并不在啊。"

"别装了！你不会不知道。"

"那您可太为难我了。"阿吟顿时哭倒在地。若是父亲无二斋在就不会这样了，她心里难受起来。

就在这时，走廊里的门响了一声。不是风，门外显然有脚步声。

"啊？"阿杉眼前一亮，阿通也站了起来。突然，一声惨叫传来，那是人类所能发出的声音中最接近野兽的呻吟声。接着又有人喊："啊，给我抓！"

迅疾的脚步声在宅子周围扩散。树枝折断、草丛晃动的声音不断传来，那脚步声显然不止一人的。

"武藏！"话音未落，阿杉便一下子站起来，瞪着正伏身哭泣的阿吟骂道，"果然在这里！你这个贱女人，这么明显的事，你竟敢欺瞒我老婆子！我看你还有什么好说的，你给我记着！"

她走出去，打开走廊的门往外一瞅，顿时吓得面如土色。只见一个腿上绑着甲胄的年轻人仰面朝天，已然身亡。此人口鼻喷血，死相凄惨，看来是被木刀之类的东西一击毙命。

四

"杀……杀人了……有人被杀了！"

听到阿杉那走了调的颤声，阿通吓了一跳，连忙提着灯笼奔到走廊。阿吟也战战兢兢地上前张望。死者既不是武藏也不是又八，而是一名未曾见过的武士。战栗之余，几人也松了一口气。

"凶手是谁呢？"阿杉自语着，立刻转过头来催促阿通离开。她觉得一旦被连累就麻烦了，得赶紧回家。阿通觉得这老妇过分溺爱儿子又八，即使在别人家也口无遮拦，净说些刻薄的话，所以非常同情阿吟。她觉得这里面或许有内情，也想安慰一下阿吟，就说自己待会儿再回去。

"是吗？那随你的便。"阿杉冷冷地丢下一句，一个人走出玄关。

"您不用灯笼吗？"阿吟好心提醒道。

"本位田的老婆子还没有老到不打灯笼就没法走路的地步。"阿杉的气势丝毫不输年轻人。她走到外面，掖起下摆，一步不停地走向深深的夜露中。

"老婆婆，等一下。"刚走出新免家，立刻就有人把她叫住。她最担心的麻烦终于来了。只见人影端着阵太刀，手脚绑着短铠甲，是一名不曾在村里见过的武士。"你刚从新免家出来吧？"

"是，正是。"

"是新免家的人吗？"

"怎么可能？"阿杉慌忙摆摆手，"我是河对岸乡士家的老婆子。"

"那，就是与新免武藏一起去关原参战的本位田又八的母亲？"

"是……但我儿子不是主动要去的，他是被那个恶藏骗去的。"

"恶藏？"

"就是武藏那家伙。"

"就是那个在村里没一个人说他好的人？"

"就是连你们都束手无策的那个暴徒啊。你是没见过，自从我儿子结交了这么个狗东西，我就没少哭过。"

"你儿子似乎死在关原了。但别难过，我们会帮你抓住仇人。"

"你们？"

"我们是战后控制了姬路城的德川一方的人，奉命在播州边境设卡检查过往行人时，这家的——"武士说着指指后面的土墙，"叫武藏的家伙竟冲破路卡逃走了。我们早就知道他是新免伊贺守的手下，是浮田一方的人，就一直追到这宫本村。可是他十分强悍，数日来我们一直追击，想等他筋疲力尽时再抓他，可怎么也抓不住。"

"啊……原来是这样。"阿杉点点头。她顿时明白了武藏既不去七宝寺也不回家的原因，同时也为儿子又八不归、独独武藏一人活着回来而愤愤不已。"大人……就算那武藏再怎么强悍,抓住他有那么困难吗? "

"我们人数少。这不,就在刚才,又被他杀了一个。"

"我老婆子有个好主意,请借一步说话……"

五

二人嘀嘀咕咕,究竟在商量什么计策呢?

"唔!好! "从姬路城来到这国境做目付的武士使劲点了点头。

"您就好好安排一下吧。"阿杉一通煽动后便离开了。

不久,那名武士就在新免家后面召集起十四五个人,秘密交代了一些话,便翻过围墙闯进宅子。

两名年轻女子——阿通和阿吟,大概是在互诉彼此的苦命,正在深夜的灯光下一同擦眼泪。这时,一群不速之客连鞋都没脱就从两边的拉门闯了进来,挤满了屋子。

"啊?"阿通顿时脸色苍白,一个劲儿地哆嗦,无二斋的女儿阿吟则冷冷地盯着他们。

"武藏的姐姐是哪一个? "其中一人问道。

"是我。"阿吟答道,"为什么擅闯民宅? 你们若以为这里是女人的闺房,便想无礼,我决饶不了你们。"她转过身子责问。

与阿杉交谈过的武士头目指了指阿吟的脸,说道:"这个就是阿吟。"

房屋震响，灯火尽灭，阿通惨叫着滚落到院子里。十多个蛮横无理的男人冲向阿吟，拿绳子就要绑。面对暴行，阿吟做出了毫不逊色于男人的激烈抵抗，可那只是一瞬间。眨眼间她便被按倒在地，遭到一阵拳打脚踢。

不得了了！阿通自己都不知道是从哪里跑出来的。她赤着脚，在漆黑的路上没命地朝七宝寺奔去。在这个习惯了安详的少女心里，世道似乎颠倒过来了。

阿通刚来到山寺下面——

"喂，那不是阿通姑娘吗？"坐在树荫处石头上的人影站了起来，是宗彭泽庵，"以前你从没这么晚回来，我还以为出事了，正在到处找你呢。咦，你怎么光着脚……"

泽庵的目光刚落到阿通白皙的脚上，阿通就扑进他怀里哭诉起来："泽庵师父，不得了了！啊，怎么办？"

泽庵依然不慌不忙。"不得了？这世上还有如此不得了的事？你先定定神，说说是怎么回事。"

"新免家的阿吟小姐让人抓走了……又八哥也没回来，那个善良的阿吟小姐也让人抓去了……我、我今后该怎么办啊？"阿通抽抽搭搭，颤抖着身子在泽庵怀里哭个不停。

荆棘

一

草、土、大地，全都像少女一样冒着炙热的气息，连淋漓的汗水中都透着一股闷热。在这静谧的春天里，武藏正独自走着。他眼神焦虑，把黑橡木刀当成拐杖，漫无目的地走在山里。即使只是鸟儿飞来，他那锐利的目光都会立刻跟上。动物凶猛的本性充满了他被泥巴和露水弄脏的全身。

"可恶……"他自言自语，不停地咒骂，突然呜的一声，无处发泄的愤怒变成了木刀的怒吼。

"啊！"粗大的树干顿时断为两截。白色的树汁从裂口流出。大概是想起母亲的乳汁了，武藏呆呆地望着树汁出神。没有了母亲的故乡，山河都显得那么寂寞。

"村里的人怎么都把我当成了眼中钉？一看到我，不是立刻向哨卡报告，就是像遇到狼似的逃之夭夭……"

算上今天，他已经在这赞甘山里藏了四天。

雾霭中可以远远望见祖先传下来的宅子，如今却只有姐姐孤零零地居住。山麓的树丛间，七宝寺的屋顶若隐若现。可是，这两个地方他都无法靠近。浴佛会那天，他混在人群里去看阿通，阿通却大声呼喊他的名字。一旦被人发现，不仅会给阿通带来灾祸，自己也极可能被抓住，于是他慌忙藏起来。

到了晚上，他想偷偷去家宅看看，可不巧又八的母亲又来了。一旦被问起又八的事情，自己该怎样回答呢？自己只身一人回来，该如何向他的母亲道歉呢？当他站在外面，从门缝里看着姐姐的身影犹豫不决时，不想被早就埋伏在那里的姬路城武士发现，连一句话都没能跟姐姐说就逃了出来。

自那以来，从赞甘山上望去，武藏发现姬路城的武士们似乎每天都红着眼睛在他可能经过的路上搜来搜去。村里的人也倾巢出动，每天都上山搜索，想要抓住他。

"不会就连阿通姑娘也把我当成坏人了吧？"武藏甚至开始怀疑阿通。他觉得故乡的所有人都成了敌人，从四面八方把他包围起来。

"我真的无法对阿通姑娘说出真相，说又八是因为那种事情没有回来……对，看来只好去见见又八的母亲，把真相告诉她了。只要做完这些，谁还稀罕待在这个破村子里啊！"

武藏打定主意，迈开脚步，但天还亮时无法进村。他抛出石头，击落一只小鸟，立刻揪下毛，撕开还温热的鸟肉，狼吞虎咽地吃起来。

这时，他迎头撞上一个人。

"啊……"人影在看到武藏的同时慌忙逃进树木之间。

武藏不由得被这个忌惮自己的人激怒了。"站住！"他大喊一声，像猎豹一样扑了过去。

二

这是一个经常出入这座山的烧炭人。武藏也认识，他抓着对方的后脖颈将其拖了回来。

"喂，你为什么要逃走？你忘了我了？我可是宫本村的新免武藏，又不会把你抓去吃了。你为什么连个招呼都不打，一看到我就跑？"

"是、是。"

"坐下！"

武藏刚一放手，那男人就想逃跑。武藏这次不再客气，举起木刀，做出一副要打的架势。

"哇……"男人顿时抱着头趴在地上，吓瘫似的战栗不已，"救、救命啊！"

村里人为什么会如此害怕自己？武藏实在不解。"喂，我有话要问你，你老实回答，听到没有？"

"我什么都说，只要别要我的命。"

"谁说要你的命了？我问你，山下有追兵吧？"

"有。"

"七宝寺里是不是也有埋伏？"

"是。"

"村里的那些家伙，今天是不是也来搜山了？"

"……"

"你是不是也是其中一个？"

男人跳了起来，像哑巴一样连连摇头。"不，不是。"

"别慌！"武藏抓着他的脖根，"姐姐怎么样了？"

"哪个姐姐？"

"就是我的姐姐，新免家的阿吟。村里的那些家伙被官兵轰出来追我是逼不得已，可他们不至于去折磨我姐姐吧？"

"不知道，我什么也不知道。"

"你这家伙！"武藏举起木刀，"一看你说话的样子就知道有鬼！究竟是什么事？不老实交代，我就用这个打碎你的脑壳。"

"别！等等，我说、我说。"烧炭人慌忙抱拳求饶，然后就把阿吟被抓，以及村里贴满布告宣布凡给武藏食物或窝藏武藏者一律同罪，同时严令每户每隔一天出一名年轻人，天天在姬路武士的带领下搜山的事情全说了出来。

武藏愤怒至极，起了一身鸡皮疙瘩。"真的？！"他仍不相信，瞪着血红的眼睛问道，"我姐姐有什么罪？！"

"我等什么也不知道，只是害怕领主。"

"姐姐被抓去哪里了？牢房在哪里？"

"村里人都说是日名仓的哨卡。"

"日名仓……"武藏满含诅咒的眼神仰望国境的山棱。那里的中国山脉黑黢黢的，被灰色的云霭染得斑斑驳驳。"嗯，一定去救！救出姐姐……救出姐姐……"武藏一面自语，一面拄着木刀，呼哧呼哧地向传来水声的泽畔走去。

三

晚课的钟声刚刚结束。外出旅行的七宝寺住持好像在这两天回来。外面黑得伸手不见五指，隐约可以望见寺院里红色的灯火和斋堂的炉灯，方丈室的灯火也在跳动，屋内人影绰绰。

要是阿通姑娘能出来就好了……

武藏悄悄地蹲在连接正殿和方丈室的走廊下。晚饭的香味一阵阵飘过来。他想象着冒着热气的米饭和热汤。数日以来，除了生啖小鸟、吞食草芽之外，他水米未进，胃中翻滚疼痛。"哇——"他痛苦地吐出一口胃液，声音不小。

"什么东西？"方丈室里有人问道。

"猫吧。"阿通答道。她撤下晚饭，朝武藏蹲伏的走廊走去。

阿通姑娘——武藏想喊，却痛苦地喊不出声音。但幸好如此。

"浴室在哪里？"阿通身后有人打着招呼跟了过来。来人身穿从寺里借来的衣服，系着细带，手里拎着布手巾。无意间抬头时，武藏发现此人很面熟，竟是姬路城的武士。看来此人指使手下和村人搜山，让众人昼夜不分地为搜索奔命，自己却住在寺里休息享乐。

"浴室？"阿通放下手里的东西，"我带您去吧。"

阿通沿走廊领着对方往后走，鼻下胡须稀疏的武士忽然从身后抱住阿通。"怎么样，一起洗个澡吧？"

"啊……"阿通双手拼命抵住那张脸。

"好不好啊？"武士使劲往阿通脸上贴。

"不行！不行！"柔弱的阿通或许是被捂住了嘴，连喊叫声都没有发出。

见此情形，武藏忘记了自己的处境。"干什么！"他大喝一声，跳上走廊。

武士后脑挨了一拳猛击，连抱住阿通的手都没来得及松开，就与阿通一同跌倒在地。阿通也发出惨叫。"啊，是武藏！武藏、武藏出来了！大家快给我上！"惊诧的武士大喊起来。

寺内顿时刮起脚步声和呼喊声的风暴，钟楼里也传来吭吭的声音。看来对方早有防备，只要一看到武藏就倾巢出动。

"哎呀，不得了！"搜山的人奔跑着，以七宝寺为中心汇集，立刻开始搜索连接着后山的赞甘山一带。而此时，武藏不知是如何跑出来的，已然站在了本位田家屋外。

"大娘，大娘。"望见正房里的烛光，武藏敲响了门。

四

"谁啊？"阿杉拿着蜡烛，若无其事地走出来，瞬间一脸土色，跃动的烛光映在坑坑洼洼的下巴上，"啊，你……"

"大娘，我来是告诉您……又八并没有死，他还活着，正和一个女人在他国过日子……就这些，请大娘也转告阿通姑娘一下。"

"啊，这样我就放心了。"

武藏立刻拄起木刀，准备返回黑暗的夜色中。

"武藏。"阿杉叫住了他，"你打算去哪里？"

"我？"武藏沉痛地回答，"我要冲破日名仓的哨卡，夺回姐姐，然后直接逃奔他国，再也见不到大娘了……我只是想告诉您家的人，还有阿通姑娘，我并非只让您家的儿子战死，自己一个人跑回来。我已经不再留恋这个村子。"

"是吗……"阿杉换了只手拿蜡烛，招招手，"你饿吗？"

"我已经好几天没吃饭了。"

"真可怜……我正煮着热饭，怎么也得给你饯别一下。我老婆子先去准备一下，你可以趁这个空洗个澡。"

"……"

"你看，武藏，咱们两家可是自赤松以来的世家，我实在不忍心就这样分别。快去吧。"

武藏抬起胳膊擦擦眼泪，一直充满猜疑和警惕的内心一下子感到了人情的温暖。

"快……到后面去，一旦来人就麻烦了……手巾我给你拿吧。对了，又八的内衣和窄袖和服，我也给你拿出来，饭也给你准备好。你先舒舒服服地泡个热水澡。"

阿杉递过蜡烛，消失在屋后。不久，已经出嫁的女儿便出了院子，疾奔而去。

浴室传来哗啦哗啦的水声，一个明亮的人影晃动着。阿杉从正房里喊："洗澡水怎么样？"

武藏的声音从里面传来："正好……啊，简直有种重生的感觉。"

"你先好好泡一下，饭还没有煮好。"

"多谢。早知这样，我应该早来。我还一直以为大娘一定会怨我……"

兴奋的声音夹杂在哗啦哗啦的水声中不时传来，但阿杉并没有回应。

不久，出嫁的女儿喘着粗气返回家里，身后带着二十多名武士和搜山者。阿杉来到外面，低声朝他们嘀咕了一阵子。

"什么，你把他弄到浴室里了？可真有你的……好，今夜他跑不了了！"

武士们分成两组，像成群的癞蛤蟆一样弯腰前进。烧洗澡水的炉火在黑暗中熊熊燃烧。

五

不对，有动静！武藏的第六感让他不由得一哆嗦。

他从门缝里往外一瞅，顿时毛骨悚然。"啊，上当了！"他大喊了一声。自己赤裸着身子，又在这狭小的浴室里，无论如何警惕也无暇顾及，察觉情况时已经迟了。手持棒、枪、铁尺的人已经围在外面，虽然实际上不过十四五人，可在他眼里却变成了数倍之多。

武藏没法逃走，连一片裹住身体的内衣都没有。可他并不害怕，对阿杉的愤怒反倒激起了他的野性。"看看你们能把我怎么样！"

守是无法守的。在这种情况下，他能做的只有冲向敌人。

当围捕者迟疑的时候，武藏一脚踢开门，"啊"地大叫一声，跳了出来。他赤裸着身子，濡湿的头发披散在身上，咬牙切齿地一把抓住刺向自己胸膛的枪，一枪打飞对手，再次把枪握在手里。

"卑鄙的家伙！"武藏胡乱地舞着枪柄。对手人多势众，他这种打法很奏效。此类不使用枪头而使用枪柄的战术，他在关原合战的时候就已学会了。

太大意了！为什么不让三四个人先冲进浴室？围捕的武士们懊悔地相互指责。

击打了十多次地面之后，枪折断了。武藏便举起仓库檐下的腌菜石，朝围着的武士扔去。

　　"在那边！窜到正房里去了！"外面的人一喊，阿杉和出嫁的女儿顿时光着脚连滚带爬地逃到后院。

　　武藏在屋里发疯般走动，发出雷鸣般的声音："我的衣服放哪里了！拿我的衣服来！"

　　眼前就是干农活的衣服，伸手就是衣柜，可武藏睬都不睬。当他血红着眼睛终于在厨房一角找到自己的破衣服时，他立刻抱起衣服，踩着土泥灶的边缘从天窗爬上屋顶。

　　地面上，人们像遇到决堤的洪水般张皇失措地喊叫。武藏来到大屋顶中央，悠然穿上衣服，然后用牙齿撕开腰带的一端，把濡湿的头发牢牢束在脑后，眉毛和眼角都竖了起来。

　　春日浩瀚的夜空中一片繁星。

孙子

一

"喂——"在这边的山上一喊，对面的山上也会远远地回应。人们每天都在搜山，连养蚕、种田都顾不上了。

> 本村一直追捕新免无二斋的遗子武藏，因其出没乡间山道，杀戮村人，无恶不作，故一经发现，即可处决。降服武藏有功者，皆可如下所示领赏。
> 一、捕获者　银十贯
> 二、斩首者　田十块
> 三、举报藏匿场所者　田二块
> 特此公告。
> 　　　　庆长六年　池田胜入斋辉政　家中

告示牌威严地立于村长家门前和村口。因为有传言说武藏一定会到本位田家寻仇，阿杉一家战战兢兢闭门不出，还在出入口竖起栅栏。姬路的池田家也来了不少增援的人，万一武藏出现，就用海螺和寺里的钟等各种能制造声响的物品相互联络，毫不懈怠。

可是一切措施毫无效果，今天早晨也一样。

"哇，又被打死一个。"

"这次是谁？"

"是个武士。"

一具武士尸体在村头路边的草丛里被发现，头拱在地上，两条腿翘起，姿势怪异。被恐惧和好奇驱使的人们顿时围了上来，一片哗然。武士的头盖骨被打碎，而且似乎还是用附近的告示牌打碎的。被血染红的告示牌扔在死者背上，正面还有褒奖的文字，无意间一读，残酷的感觉反倒消失了，周围的人不觉笑了起来。

"有什么好笑的？"有人斥道。

七宝寺的阿通立刻缩回苍白的脸，嘴唇早已没了血色。早知这样不看就好了。她一面后悔不迭，一面努力忘记还闪烁在眼前的那张死人的脸，一路小跑到寺下。

此时慌慌张张从上面下来的，便是近期一直以寺院为大本营的大将。他与五六名部下一起，似乎接到报告正要前往某处。一看到阿通，他竟问起无聊的事来："阿通啊，去哪里了？"

自发生那晚的事以来，阿通一看到这名大将的泥鳅胡就非常恶心。"买东西去了。"她扔下一句，头也不回地跑上正殿前高高的石阶。

二

　　泽庵正在正殿前面与狗嬉戏。看到阿通躲着狗跑去，他说道："阿通姑娘，信使给你送信来了。"

　　"哎……我的？"

　　"你不在，我就替你保管了。"说着，泽庵从袖中取出信来，递到她手上，"脸色不对啊，怎么了？"

　　"在路边看见死人了，心里不舒服……"

　　"别看那种东西不就行了……但即使闭眼躲着走也不行，现在这世道，到处都滚着死人，只有这个村子还是净土。"

　　"武藏先生为什么要那样杀人呢？"

　　"不杀别人，自己就会被杀。既然没有被杀的道理，也就没有白白送死的理由。"

　　"太可怕了！"阿通还在战栗，肩膀直哆嗦，"要是他来了这里，那可怎么办？"

　　山上又飘起淡黑色的卷云。阿通拿起信，不由自主地躲到斋堂旁边的织布房里。尚未织完的男用布料还在织布机上。把朝夕的思慕之线都织进去，如果未婚夫又八回来，就让他穿上。从去年起，她就怀着这美好的期待，一点一点织到今天。

　　阿通在机杼前坐下。"谁寄来的呢？"她再次看看信封。

没人会给身为孤儿的她寄信，她也没有寄信对象。大概是有人弄错了吧，她再三确认收信人的名字。

信看来是通过数次的驿站传递才送来的，信封已经因手磨和雨浸变得破烂不堪。打开信封，两封信从里面掉了出来。她先打开其中一封，却是从未见过的女人笔迹，似乎出自略微年长的女人之手。

阿通小姐：

若另一封信已阅，自无须多言，然作为证据，我也想再添上两笔。

又八大人已被收为我方养子，已结姻缘，若小姐一直惦念下去，最终于双方恐皆无益处，特证明，望知悉。总之，又八之事，今后务请忘记便是。一笔告知。谨上。

阿甲

另一封则是本位田又八的笔迹，上面絮絮叨叨写了不少，不过都是些因故无法归来的话。归根结底，就是请阿通放弃他，另嫁他人。至于他的母亲，因不便去信说明这些情况，若见面时，只须将他仍活在他国的事情告知即可。

阿通只觉得大脑瞬间结成了冰。她没有眼泪，哆哆嗦嗦夹着信纸一端的手指甲毫无血色，看起来就跟刚才的死人指甲一样。

三

尽管所有部下都风餐露宿，日夜疲于奔命，可泥鳅胡大将却把寺院当成安乐窝，悠然住了下来。一到傍晚，寺院就得给他烧洗澡水，煮河鱼，还得从民家找些好酒来款待他，光是这些就让寺院头疼不已。可是今天，到了繁忙的傍晚，斋堂里仍没有阿通的身影，给这位客人送去的晚膳自然就迟了。

泽庵仿佛寻找迷途的孩子一样，一面呼喊阿通的名字，一面在寺内转来转去。织布房里面既没有机杼声，门也关着。从门前经过了数次，泽庵也没有打开门进去看看。

住持也不时来到走廊。"阿通是怎么回事？"他大喊，"不可能不在啊！连客人都抱怨了，若是没了斟酒的，还喝什么酒！快给我找来！"寺里的男仆不得不提着灯笼朝山麓方向找去。

泽庵无意间打开织布房的门一看，阿通就趴在织布机上，一个人在黑暗中拥抱着寂寞。

泽庵似乎看到了不该看的东西，沉默了一会儿。在阿通脚下，两封被可怕的力量捻搓过的信已经像诅咒人偶一样被踩烂了。泽庵悄悄地捡了起来。"阿通姑娘，这不是白天那信使送来的信吗？怎么不收起来？"

阿通碰都不碰一下，只是微微地摇摇头。

"大家都在找你。唉……心情似乎不大好啊，快去给客人倒酒吧，住持都有些为难了。"

"我，头有些痛……泽庵师父，今晚不去可以吗？就今晚。"

"我从来都不觉得让女人出来斟酒是好事。可是，这里的住持也是世间凡人啊，他哪有什么力量以非凡的气度去对抗领主，将寺院的尊严维持下去呢？既要好酒好菜地招待，又要取悦泥鳅胡。"说着，泽庵抚摩着阿通的背，"你是这寺里的和尚养大的，在这种时候就帮住持一把……好不好？只要稍微露一下面就行。"

"嗯……"

"那就走吧。"泽庵将阿通扶起来。

眼泪汪汪的阿通这才终于抬起脸。"泽庵师父……那我就去吧，但您能不能也跟我一起去找住持呢？"

"这倒没问题，但那个泥鳅胡似乎讨厌我，我一看到他的胡子，就想戏弄一下。虽然这样很幼稚，但就是有我这样的人。"

"可是，我一个人……"

"住持在那里，没事的。"

"可是我一去，住持就走了。"

"原来是害怕这个啊……那好那好，那就一起去。先别急，你先化个妆。"

四

不久，阿通终于现身了。泥鳅胡大将略微正了正那歪斜的官帽，高兴地一杯接一杯喝酒，眼角与红脸庞上的泥鳅胡正相反，渐渐垂了下来。可是他的心情仍无法完全好转，因为烛台对面有个多余的人，像个盲人一样一屁股坐在那里后就没动，只是弓着腰，在膝上抱着书阅读。

此人正是泽庵。泥鳅胡大将以为他是寺院里打杂的和尚，终于禁不住用下巴指着他："喂！"

可是，泽庵连头都不抬一下，阿通悄悄地提醒了一声。

"哎？叫我？"

泽庵正要抬头环视，泥鳅胡大将傲慢地说道："喂，打杂的，这里没你的事了，退下吧。"

"不，待在这里也没关系。"

"若是在酒桌旁读书，那酒还能好喝吗？起来！"

"书已经扣过来了。"

"真碍眼！"

"那么，阿通姑娘，请把书拿到屋外去吧。"

"不是书，是你，坐在酒桌旁让人不舒服！"

"那可就不好办了，我又不能像孙悟空一样变成烟、化成虫，停在餐桌一角……"

"还不退下？你、你这无礼的家伙！"泥鳅胡终于愤怒起来。

"好吧。"泽庵假意应了一声，抓住阿通的手，"客人说了，他喜欢一个人待着。喜欢孤独可是君子的心境，打扰了大人的雅致多不好，咱们快退下去吧。"

"喂、喂！"

"什么事？"

"谁让你领着阿通退下的？你这个傲慢可恨的家伙，我平时看你就不顺眼。"

"和尚与武士还真是少有可爱的啊，就像你的胡子那样。"

"站好！滚到那边去！"说着，泥鳅胡大将伸手便向竖在壁龛上的阵刀摸去，那泥鳅胡一下子竖了起来。

"站好？怎么才叫站好？"泽庵目不转睛地盯着他。

"越来越不像话！打杂的，我要你的命！"

"要贫僧的人头？哈哈哈，算了吧，真无聊。"

"什么？"

"再也没有比砍和尚的头更无聊的事了。若是让我离开身体的头嬉笑起来，那你可就丢脸了。"

"哦？我倒要看看，你如何用离开身体的头再耍贫嘴！"

泽庵的饶舌让大将越来越愤怒，大将握着刀柄的手不住地发抖。

阿通一面用身体护住泽庵，一面哭着责备道："您在说什么啊，泽庵师父。哪有人对武士大人如此说话的？快道歉。就算是行行好吧，快道歉啊。要是您被杀了，那可怎么办？"

可是泽庵仍没有停止。"阿通姑娘才需要退下呢。我没事。领着那么多人，花了二十多天，却连区区武藏的头都没有拿到，这么一个无能的家伙凭什么斩下我泽庵的脑袋？他要真能砍下来，那倒奇怪了。太奇怪了！"

五

"不许动！"泥鳅胡满脸通红，手按刀柄，解开刀鞘，"阿通，退下！我非把这个多嘴的打杂和尚劈成两半不可！"

阿通把泽庵护在身后，扑倒在泥鳅胡脚下。"您肯定是生气了，请您多多包涵。这个人无论对谁说话都是这种口气，绝不是只针对大人您一个人开这种玩笑。"

可是泽庵立刻接过了话茬。"喂，阿通姑娘，你到底在胡说些什么？我不是开玩笑，我说的是事实，窝囊废武士就是窝囊废武士。我说错了吗？"

"您还说！"

"我爱怎么说就怎么说。一直兴师动众地搜山抓武藏，武士倒是毫不关心花了多少时间，可农家却麻烦大了。若地里的农活全撂下，每天都为了这分文没有的活计奔波，那些佃户可全都得喝西北风了。"

"喂，打杂的，你别仗着自己是和尚，就敢诽谤政事！"

"不是诽谤政事。我说的是那种夹在领主和百姓之间，假公济私，跟尸位素餐没什么两样的恶劣官吏。就说你吧，今晚你凭什么悠闲自在地在这方丈室里，穿着长袖和服，沐浴更衣后喝着一杯杯美酒，还要让美女来陪？是谁给你的特权？对领主要忠，对百姓要仁，这难道不是做官的本分吗？你却无视对农事的妨碍，也不思部下的辛苦，只顾一个人假公济私，鱼肉百姓，假借君威劳损民力，这难道不是典型的恶吏吗？"

"……"

"如果不信，你就把我的头砍下来，拿到你的主人姬路城城主池田辉政大人面前看看，辉政大人一定会大吃一惊：咦，泽庵今天怎么只来了一个头？辉政大人与我可是自妙心寺茶会以来的至交，无论在大坂城还是在大德寺，我们都经常见面。"

泥鳅胡顿时吓得目瞪口呆，醉意也减轻了一些。他还无法判断泽庵所言是真是假。

"你最好先坐下。"泽庵给了他个台阶下，"你若不信，我倒也可以先带点荞麦粉之类的土产，贸然去拜访一下姬路城的辉政大人。只是我这个人最不愿意叩大名的门……而且，一旦在茶余饭后说起你在宫本村的所作所为，你免不了要受切腹之罚。所以我一开始就劝你罢手，可你总是管前不顾后。武士的短处就在这里。"

"……"

"快把刀放回壁龛去吧。我再奉劝你一句，你读过《孙子》没有？是本兵法书。身为武士，不会不知道孙子和吴子。我现在就给你上一课，看看我是如何不损一兵就抓住宫本村的武藏。这可事关你的天职，你必须老实听好……好了，请坐，阿通姑娘，再斟上一杯。"

六

从年龄来看，三十来岁的泽庵和四十出头的泥鳅胡相差有十岁之多。可是人的差别并非由年龄决定，而是取决于气质和历练。一旦平时的修养锻炼显露峥嵘，无论是王者还是贫者，都会对这种差别无可奈何。

"啊，这酒已经够了……"最初的嚣张和傲慢也不知跑到哪里去了，泥鳅胡就像温顺的猫，态度客气得甚至让人发笑，"原来如此，我全然不知原来您与我的主人胜人斋辉政大人竟是至交，失礼失礼，还请多多包涵。"

可是泽庵没有自视过高，谦虚地接受了他的道歉。"算了算了，那些事我就不计较了。关键是如何抓住武藏。归根结底，无论是你的使命，还是身为武士的颜面，不都系于此事吗？"

"没错……"

"你只觉得越晚抓住武藏，你就越能继续悠闲地住在寺里，吃了上顿吃下顿，还能继续纠缠阿通姑娘，所以你自然不怎么关心……"

"我再也不敢做这种事了……还请无论如何也要向辉政

主人……"

"保密，对吧？我知道。可是每天除了搜山就是搜山，光这样吃来喝去的，若继续拖下去，农家的困苦不用说，人心惶惶，连良民也无法安居乐业了。"

"我也为这事日夜焦虑啊。"

"束手无策了吧？归根结底，竖子不知兵法也。"

"实在汗颜。"

"你当然脸上无光，甚至被我说成是窝囊废、酒囊饭袋、恶吏都毫无办法……可是总这么打击你，我也于心不忍。这样吧，三天之内我给你抓住武藏。"

"哎？"

"怎么，你不相信吗？"

"可是……"

"可是什么？"

"姬路那边每天都增派几十名武士，再加上百姓和足轻，最起码也有二百人了，每天都那样进山搜索……"

"真辛苦啊。"

"还有，现在正是春天，山上总会有食物，这对武藏十分有利。可对我们来说，却是一个困难时期。"

"那就等到下雪时如何？"

"当然不能这样。"

"不想认输吧？所以我才说要给你抓住啊。我不需要太多人马，只带一个人就好。我想请阿通姑娘来帮我，只有我们两个人就足够了。"

"您又开玩笑了。"

"胡说！你看我宗彭泽庵像是每天靠开玩笑过日子的人吗？"

"怎么会。"

"说你竖子不知兵法，就是因为这个。我虽为和尚，可孙、吴的精髓之妙还是懂得的。只是我有个条件，你若不答应，我就站在一边看热闹，直到下雪为止。"

"条件？"

"抓住武藏之后，要交给我处置。"

"这、这件事……"泥鳅胡揪着胡子陷入思考。这个来路不明的年轻和尚说不定是在使障眼法，光用一些大话把他卷到云雾里，一旦弄不好就会露出狐狸尾巴。想到这里，他便答应下来。"好，高僧若真能抓住，那武藏就交给您处置了。可是，万一三天之内您不能将武藏绳之……"

"那就在院里的树上，这样。"泽庵做出上吊的姿势，吐了吐舌头。

七

"他是不是疯了？那个泽庵和尚，我今天早晨一问，才知道他居然接下了这么荒唐的差使。"寺中男仆担心之余，来到斋堂嚷嚷起来。

"真的？"听到的人都睁大了眼睛，"他究竟想干什么？"

住持不久也知道了，仿佛早已料到似的叹息起来："祸从口出，说的就是他那种人啊。"

真正最担心的是阿通。突然从无比信赖的未婚夫又八那里接到一纸休书，心灵受到的伤害比听到又八死在战场还要大。至于本位田家的阿杉，阿通也是因为把她看成将来的婆婆，才忍气吞声侍奉。从今往后，阿通该靠谁活下去呢？

对于深处悲哀深渊的她来说，泽庵就是一盏明灯。独自在织布房哭泣的时候，她剪碎了从去年起为又八精心织的布，甚至还曾想不开，想用刀结束自己的生命。她之所以打消了自杀念头，答应去方丈室斟酒，也是因为泽庵的劝解。从帮助她的泽庵身上，她感受到人间的温暖。可泽庵竟……现在的阿通甚至忘记了自己的不幸，这个愚蠢的约定，恐怕会让她失去泽庵，这让她悲伤绝望。

以阿通的常识来看，那么多人花了二十多天搜山都不曾抓住武藏，只靠她和泽庵两个人，并且是在三日之内，怎么能抓住呢？她怎么也想不通。可当时的处境加上对方的决定，一言既出，驷马难追。互相发誓后，泽庵与泥鳅胡分别，返回正殿。一回来，阿通就不停地责备泽庵的鲁莽，可泽庵只是轻轻地拍拍她的肩膀，说根本用不着担心，如果能解除村里的麻烦，消除累及因幡、但马、播磨、备前四州街道的不安，还能够挽救许多性命，自己轻如鸿毛的一命又算得了什么？他还让阿通在明天傍晚之前好好休息，什么话都别说，只管跟在他身后。这一切都让阿通担心不已。

傍晚已经临近。阿通看了看泽庵，他正在正殿一角，与猫一起睡着。

住持和那些男仆以及打杂的人一看到她那空落落的表情就说："算了吧，阿通姑娘。""赶紧躲起来吧。"众人都劝她尽量避免与泽庵同行，但阿通不愿意那样做。

夕阳已开始西沉。英田川仿佛中国山脉的褶裙底摆，和宫本村一同沉浸在傍晚的浓阴里。

猫从正殿跳了下来。泽庵睁开眼睛，来到走廊，使劲伸了个懒腰。"阿通姑娘，赶紧做一下出发的准备。"

"草鞋、手杖、绑腿，还有药啦，桐油纸啦，上山的准备全都做好了。"

"还有一件东西需要带。"

"枪，还是刀？"

"什么啊……好吃的！"

"便当？"

"锅、米、盐、味噌……酒也要带一点，什么都行，把斋堂里能吃的都带上。咱们二人用手杖抬着去。"

摄人的笛音

一

近处的山比漆还黑，远处的山则比云母还淡。时值晚春，风一点也不冷。路边的竹丛和藤蔓全都笼罩在雾中。离村落越远，山里就越像下了夜雨似的，到处湿漉漉的。

"放松点，阿通姑娘。"泽庵抬着手杖前端，边走边说。

阿通抬着手杖后端。"我怎么能安心呢，您究竟打算走到哪里？"

"也是啊……"泽庵的回答也让人心里没底，"再往前走一点。"

"走路我倒是不介意。"

"你累了吗？"

"不累。"看来肩膀已经压疼了，阿通不时把手杖在两肩之间移动，"一个人也没有啊。"

"今天泥鳅胡大将一整天都没在寺里，搜山的人全都撤回村里了，都等着看约定三天的热闹呢。"

"泽庵师父，您夸下那样的海口，究竟想怎么抓住武藏呢？"

"待会儿他就出来了，用不了多久。"

"就算他出来，可那个人平时就那么强悍，而且被搜山的人围捕得都要疯了，现在的他就形同恶鬼。我光是想想，腿就打哆嗦。"

"小心脚底下。"

"讨厌，吓我一跳。"

"不是武藏出来了。因为路边扯着藤蔓，竖着荆棘栅栏，我是提醒你当心这些。"

"这些都是搜山的人为了追捕武藏先生而设下的吧。"

"一不留神，我们也会掉进这些陷阱里。"

"听您这么一说，我一步都不敢走了。"

"如果要掉，也是我先掉。可是一旦摔骨折了什么的，那就不好了……咦，山谷变窄了不少啊。"

"刚才已经越过赞甘山了，这附近是辻原。"

"难道这么走上一整晚也没用？"

"您跟我商量也没用。"

"等等，先放下行李。"

"怎么了？"

泽庵走到山崖边，说道：撒尿。在他脚下，英田川上游的湍流撞击着岩石，发出震天的轰鸣。"啊，痛快……到底自己是天地呢，还是天地是自己？"他一面把尿雾撒下山崖，一面数星星似的仰望天空。

阿通在远处不安地喊道："泽庵师父，还没好吗？这么长时间。"

终于，泽庵走了回来。"我顺便占了一卦，大致的方向已经算出来了。"

"占卦？"

"虽说是卦，可我占卜的是心卦。不，应该说是灵卦。我把地相、水相和天象结合起来，凝神一算，卦里说得去那边。"

"是高照峰那边吗？"

"叫什么山我不清楚，反正就是那边山半腰没树的高原一带，看见了吗？"

"那里是虎杖牧。"

"虎杖……捕捉去者的意思，好兆头。"泽庵大笑起来。

二

这里是一片朝向东南的缓坡，视野辽阔，属于高照峰的山腰地带，村里人都称之为虎杖牧。既然叫牧，一定是一个可以牧马或放牛的地方，但在寂寞的夜晚，只有煦暖的微风吹拂着草儿，马和牛的影子完全看不到。

"嗯，就在这里布阵吧。敌人武藏就是魏国的曹操，而我就是诸葛亮。"

阿通卸下行李。"在这里干什么？"

"坐着。"

"坐着就能抓住武藏先生吗？"

"如果撒开网，连天空飞的鸟儿都能抓住，小菜一碟。"

"泽庵师父，您是不是让狐狸什么的附体了啊？"

"生火吧。说不定就会掉进圈套了。"泽庵堆起一堆枯树枝，燃起篝火。

阿通心里踏实了几分。"有了火就热闹了。"

"刚才很害怕吧？"

"这个嘛……不管是谁，都不想在山中熬夜吧……而且要是下雨怎么办？"

"我在登上来的途中看好了下面路上的一个洞穴，要是下雨，咱们就躲到那里去。"

"晚上或下雨天，武藏先生大概也会躲在那种地方吧……村里的人究竟为什么把武藏先生看成眼中钉呢？"

"是权力让他们那样的。再没有比纯朴的百姓更害怕权力的了，所以才把自己的兄弟从土地……从故土赶出去。"

"也就是说，他们只是为了保全自己？"

"作为无力的百姓，这一点尚可原谅。"

"可令人不解的是那些姬路城的武士。为了区区一个武藏，用得着那样兴师动众吗？"

"不，这也是为了治安迫不得已。从关原开始，武藏就有种被敌人追赶的感觉。在这种心情的驱使下，他回村时不由得冲破了国境上的哨卡，其实他这么做并不妥。由于打死了守卫哨卡的藩士，如果不继续杀人，自身性命就难保。这其实也不是谁惹了什么祸事，而是由于武藏对世事无知。”

"您也憎恨武藏先生吗？"

"当然憎恨。如果我是领主，也会果断严加惩处，将他碎尸万段，以儆效尤。如果有钻地之术，就算是扒开所有草根也要将他抓住，处以磔刑。区区一个武藏，如果姑息纵容，那领下的纲纪自然就涣散了，更何况在今天这样的乱世。"

"泽庵师父虽然对我很好，没想到心肠却很硬。"

"当然硬，我是一个光明正大、赏罚分明的人。我暂借了这种权力，才来到这里。"

"咦？"阿通一愣，从篝火旁边站了起来，"刚才，那边的树中好像有沙沙的脚步声。"

三

"什么？有脚步声？"泽庵也被吸引过去，竖起耳朵，不一会儿便大喊起来，"哈哈，是猴子，猴子！快看那里，一大一小两只猴子正跳过树枝呢。"

"吓我一跳。"阿通咕哝着，重新坐下。

两个人盯着篝火，又过了片刻，夜色渐深，二人都沉默了。

泽庵将折断的枯树枝添进快要熄灭的篝火，问道："阿通姑娘，你在想什么呢？"

"我？"火光中，阿通有些红肿的眼睛望着星空，"我在想，尘世是多么不可思议的东西。就这么凝神望去，便能看见无数的星星沉浸在这寂寞的深夜里。不，我说错了，深夜也包罗万象，那么大，在慢慢地转动。我感受到了这个世界的转动，而我这么一个渺小的存在，怎么说呢，就这样被一种看不见的东西支配着，即使在我一动不动的时候，命运也在一刻不停地变化……反正就是在想这种不着边际的事。"

"你在撒谎吧？这些事或许也会浮现在你的脑海里，但你肯定还有更需要思考的事。我得向你道歉，我已经读了信使送来的信。"

"那封信？"

"在织布房里，我好不容易给你捡起来，你却连碰都不碰，只顾着哭，于是我就先装进了自己的袖子……说起来有点不雅，在厕所里为了解闷，我仔细地读了一遍。"

"您、您太过分了！"

"于是我明白了所有的事情。阿通姑娘，这对你来说反倒是一件幸事。像又八那样朝三暮四的男人，如果嫁给他以后再被一纸休书休了，怎么办？趁着还没完婚就了结，我倒觉得是件好事。"

"但女人无法这么想。"

"那怎么想？"

"不甘心！"阿通忽然咬住袖口，"我一定……一定把又八哥找出来，不把心里话全说出来，心里就不好受。而且，对那个叫阿甲的女人，我也要问清楚。"

"开始啦……"泽庵注视着边说边悔恨地哭个不停的阿通，念叨起来，"我原以为只有阿通姑娘可以在不知世间邪恶、也不知人间冷暖的情况下变成大姑娘，成为主妇，再成为老太婆，无忧无虑地过完平静的一生。看来，命运的狂风也终于吹到你身上来了。"

"泽庵师父！我、我该怎么办？我不甘心……不甘心啊。"阿通抽泣着，把脸埋在袖中。

四

白天，二人就藏在山上的洞穴中睡觉休息，也不用为吃的东西发愁。只是最为重要的抓捕武藏之事，也不知泽庵究竟打的什么主意，他既不去搜寻，也不担心。

第三天的夜晚降临了。一如前两天一样，阿通仍坐在篝火旁。"泽庵师父，今晚可是约定的最后一晚了。"

"是啊。"

"您打算怎么办？"

"什么？"

"您说什么呢，您可是跟人家结下重大约定才登上这山的。怎么，难道您忘了？"

"没有。"

"如果今天晚上抓不到武藏先生……"

泽庵打断她，说道："我知道。倘若违背约定，不就是把我这颗人头吊在千年杉树的树梢上吗？你不用为我担心，我还不想死呢。"

"那为何不去稍微搜一搜？"

"出去搜就能找到他吗？这么大的山。"

"您这个人真难琢磨。这么一来，弄得我都破罐子破摔，胆量见长了。"

"没错，就是胆量。"

"那，泽庵师父，您光凭胆量就揽下了这差事？"

"嗯，差不多吧。"

"我真害怕。"

阿通原以为泽庵是凭着自信揽下这差事，心里还稍微有点底，可现在格外担心。难道这个人是个疯子？有时候，精神有点失常的人也会被高估，莫非泽庵师父也属此类？

可是，泽庵仍满脸淡然地拨弄着篝火。"已经是半夜了吧？"他叨念着，仿佛刚刚意识到。

"是啊，天空马上就泛白了。"阿通故意一字一句地说。

"哎呀……"

"你在想什么？"

"他必须得出来了。"

"武藏先生吗？"

"对。"

"可谁会主动送上门来让您抓住呢？"

"不，不是这样的。人心是脆弱的，孤独绝不是它的本质，更何况被周围所有人歧视、围追，并且是被包围在冷漠的世态和刀刃中的人……不对啊，看到这么温暖的火焰，他不可能不来。"

"这是泽庵师父一厢情愿的想法吧？"

"不是。"忽然，泽庵自信地摇摇头。阿通反倒为自己受到驳斥而高兴。"新免武藏恐怕早已来到附近了，只是还没有弄清我是敌是友。他一定是受到愚钝和疑心的蛊惑，连话都不敢说，正躲在阴暗的地方将自卑的眼神投向这边呢……对了，阿通姑娘，你插在腰带里的东西借我用一下。"

"横笛吗？"

"嗯，就是那支笛子。"

"不行，唯独这样东西我谁都不借。"

<h1 style="text-align:center">五</h1>

"为什么？"泽庵少见地追问起来。

"不为什么。"阿通摇摇头。

"借一下又有什么关系？笛子这东西，越吹才会越好，绝不是越吹越坏。"

"可是……"阿通捂住腰带，依然没有答应。

当然，这支从不离身的笛子对阿通来说有多重要，泽庵曾在阿通讲起身世时听到过。尽管他十分理解阿通的心情，但还是觉得有借来的可能。"我会小心的，就给我看一下吧。"

"不行。"

"无论如何也不借？"

"嗯……无论如何也不借。"

"那……"最后，泽庵还是妥协了，"阿通姑娘，那你吹给我听也行。你就吹上一曲吧。"

"不行。"

"连这也不行？为什么？"

"眼泪汪汪的叫人怎么吹？"

孤儿总是这么顽固，泽庵不禁心生怜悯。但实际上，那口顽固的心井里总是抱着一种冷漠的空虚，并且在渴望着某种东西，尤其是孤儿无法拥有的东西。那正是从未眷顾过孤儿的爱之泉。阿通心里也一定存在着连她自己都没有意识到的、仅仅以幻觉形式存在的父母。她一直在呼唤他们，或是在倾听他们的呼唤，只是她自己意识不到这种骨肉之爱。

笛子正是父母的遗物，父母唯一的存在证据便是那支笛子。在她还没有看清人世之光的婴儿时期，当她像只幼猫一样被遗弃在七宝寺的走廊上时，据说插在腰带上的就是这支笛子。这的确是她将来寻找亲人时的唯一线索，而且在尚未相见的时候，笛子便是父母的影子和声音，轻轻一吹，就不禁潸然泪下。

泽庵十分理解阿通不想将笛子借人也不想吹的心情，

对她充满怜惜。他沉默了。

第三天的夜晚，薄云里竟少有地透出了朦胧的珍珠色月光。秋去春来的大雁也不时把阵阵啼声丢在云间，看来今夜它们也要离开日本了。

"火又要燃尽了。阿通姑娘，再把这些枯枝添上……咦？你怎么哭了？勾你想起了伤心事，我又做了件不识趣的事。"

"没有，泽庵师父……是我太顽固了，不好的是我。您请用吧。"说着，阿通抽出笛子，递到泽庵手里。

笛子装在一个褪了色的古锦缎袋子里。虽然袋子的线破了，绳断了，可里面的笛子散发出的古雅气息令人顿生怀念之情。

"这……合适吗？"

"没关系。"

"那，阿通姑娘你就吹一曲吧。我光听听就行了……就这样听。"泽庵并没有碰笛子，而是转过身抱起膝盖。

六

若是平常，倘若要吹笛子给泽庵听，还没等吹，泽庵就会极尽挖苦，可泽庵今天竟乖乖地竖起耳朵，闭目凝神，阿通反倒有点害羞了。

"泽庵师父的笛子吹得也不错吧。"

"还可以吧。"

"那，您先吹一曲给我听听吧。"

"用不着谦虚，听说阿通姑娘也学得很不错。"

"有位清原流的先生在寺里寄宿了四年，他教的我。"

"了不起啊。那么，像狮子、吉简之类的秘曲也很拿手喽？"

"别拿我开玩笑了……"

"好吧，什么曲子都行，只要是你喜欢的……不，你得把郁结在心头的东西全部用七孔吹散。"

"我也是这样想的。心头的悲伤、悔恨、叹息，要是能一口气把这些东西全都吹散，一定很畅快。"

"没错，把郁结之气发散出来很重要。一尺四寸的笛子就像是一个人，也可以代表宇宙万象……干、五、上、勺、六、下、口，这七个孔可以说象征了人间五情的语言和两性的气息。你读过《怀竹抄》吧？"

"读过，但是不记得了。"

"第一句便是'笛乃五声八音之器，四德二调之和也'。"

"您这样子就像是教笛子的先生。"

"我就是个花和尚。对了，顺便让我看看你的笛子吧。"

"请。"

一拿过笛子，泽庵便说道："嗯，一看就是一件名器。把这样一支笛子放在弃婴身上，由此可见你父母的人品。"

"教笛子的先生也如此赞赏过，果真这么好吗？"

"笛子也有风采和心格，用手一摸就能感知。历史上有许多名器，比如鸟羽院的蝉折、小松殿的高野丸，还有清原助种极为推崇的蛇逃之笛等。可是由于近来世间杀伐不断，泽庵我也是头一次看到这种笛子。还未吹，身子便已发抖。"

"我本来就吹得不好，听您这么一说，就更不敢吹了。"

"还有铭文啊……只是在星光下辨不清。"

"很小，写的是'吟龙'二字。"

"吟龙？这样啊。"说完，泽庵把笛鞘和袋子一并还到阿通手里，"拜托了。"他郑重地说道。

阿通也被泽庵认真的样子打动。"那就献丑了……"她在草丛里端正坐姿，恭恭敬敬地朝笛子拜了拜。

泽庵不再说话。四面只有静默的天与地，郑重端坐的泽庵仿佛已不存在，他黑黢黢的身影看上去就像一块岩石。

阿通把唇贴向笛子。

七

阿通白皙的面庞微微侧起，缓缓地架起笛子。她湿了湿吹口，调整心情，似乎完全换了个人。这就是艺术的力量吗？她浑身透着一种威严。"献丑了……"她郑重地对泽庵说道，"权当消遣吧。"

泽庵默默点点头。

于是，幽怨的笛声响起。阿通细长而白皙的手指关节

99

仿佛一个个活动的小人，踏着七个笛孔跳起舞来。低沉的声音如潺潺流水，顿时引得泽庵遐思万里，浮想联翩，他只觉得自己俨然已化身为流水，尽情地在山谷间徜徉嬉戏。笛声变得高亢时，他的魂魄又仿佛一下子被攫到九霄云外，与流云戏耍。突然，笛声又急转直下，变幻为地声与天响的合奏，化为哀叹无常世事的飒飒松涛。

凝神倾听，恍惚之间，泽庵不由得回忆起一个名笛的传说：从前，源博雅吹着笛子走在朱雀门的月夜下，楼门之上忽然出现一人吹笛与他应和。攀谈起来后，二人便互换笛子，乘兴吹了一整夜。后来一打听，才知道那人竟是鬼魂。

连鬼魂都能为音乐所动，更不用说五情脆弱的人子了。倾听如此佳人的曲声，怎叫人不感动？泽庵坚信如此，眼眶也渐渐濡湿。虽然最终眼泪是止住了，脸却渐渐地向膝间深埋。他不由自主地将膝盖越抱越紧。

篝火越来越弱，阿通的脸颊却越来越红。笛音已入禅定，也不知究竟她是笛子，还是笛子是她。母亲在何处？父亲在哪里？笛音在宇宙中翱翔，仿佛在呼唤亲生父母，又似在缠绵地倾诉一个遭到背叛的少女之心，向那名抛弃自己、身在他国的无情男子诉说伤痛。笛声里更有这名深受伤害的十七岁少女对内心苦闷的袅袅倾诉。这名无依无靠的孤儿将来该如何生活，又如何去实现一个普通女人的人生价值？

或许是为艺术而陶醉，抑或是这种情感终于出现了混乱，当阿通的气息微微现出疲劳，发根渗出薄汗时，簌簌落下的泪水已在脸颊上连成两道白线。长曲仍未终了。时而嘹亮，时而淙淙，时而哽咽，无休无止。

这时，在离渐渐暗淡的篝火两三间远的草丛里，忽然传来窸窸窣窣的声音，仿佛有野兽爬过。泽庵一下子抬起头，紧盯着那黑色的东西，静静地抬手喊道："那边的人，在雾里一定很冷吧？不用介意，到火堆旁聊聊吧！"

阿通纳闷地停下手。"泽庵师父，您一个人喊什么呢？"

"你还不知道啊？阿通姑娘，武藏已经来了，正躲在那里倾听你的笛声呢。"说着，泽庵指指不远处。

阿通不经意地回过头，猛地醒悟过来，"啊"的一声，不由自主地把笛子朝那个人影扔去。

八

比起惊叫的阿通，受惊吓更严重的似乎是潜伏在那里的人。只见他像鹿一样噌地从草丛里跳起来，要向远处逃去。

阿通突如其来的喊声仿佛把好不容易落网的鱼儿从水边惊走了，泽庵也慌乱起来。"武藏！"他使出浑身力气喊道，"站住！"

紧接着喊出去的第二句话中也透着一股压力。不知该说是声压还是声缚，总之是一种喊出去后就令对方无法逃走的力量。只见武藏顿时像被钉在原地一般回过头来，炯炯的眼神凝视着泽庵和阿通，目光中充满猜疑，杀气腾腾。

泽庵则一直沉默地抱着双臂，武藏盯着他的时候，他也一直注视着武藏，就连二人呼吸的频率都十分一致。不久，泽庵眼睛中洋溢着一种难以言喻的亲切感，他松开手。"过来吧。"他先招了招手。

武藏眨了眨眼睛，漆黑的脸上现出异样的表情。

"过来吧，过来一起玩吧。这里有酒，也有食物。我们既不是你的敌人，也不是你的仇人。过来烤烤火，说说话吧。"

"……"

"武藏……你一定是深深地误会了。这世上有火，有酒，有食物，也有温情。是你自己主动跳到地狱里，扭曲地看这世间……道理我就不讲了，反正你也听不进去。快，快到篝火旁来吧……阿通姑娘，你往刚才煮的芋头中添点冷饭，做点芋头杂粥吧。我也饿了。"

阿通支上锅，泽庵则把酒壶放在火上加热。看到二人平和的样子，武藏这才安下心，一步步靠近，可走近后又畏缩地站着不动。泽庵把一块石头滚到火边，拍了拍他的肩膀。

"坐吧，请坐。"

武藏乖乖地坐下。阿通却不敢抬头看他，只觉得自己仿佛坐在一头解开了锁链的猛兽前。

"嗯，差不多煮好了。"泽庵揭开锅盖，用筷子尖插住芋头，送进嘴里，一面大嚼一面说道，"哦，煮得很软。怎么样，你也吃点？"

武藏点点头，这才露出白色的牙齿笑了起来。

九

阿通把粥盛在茶碗里递过去，武藏连连吹着热气，大口大口地吃起来。他握着筷子的手不住抖动，碰在茶碗沿上的牙齿也在咯咯作响。如此饥饿，如此凄惨，这是一种令人恐惧、出自本能的战栗。

"好吃吗？"泽庵先放下筷子，然后劝道，"来点酒怎么样？"

"不喝酒。"武藏答道。

"不喜欢？"

武藏摇摇头。十多天躲在深山里，他的胃似乎受不了强烈的刺激。"多谢，身子暖和了。"

"够了吗？"

"很饱了。"武藏把茶碗还给阿通。"阿通姑娘……"他再次喊道。

阿通低着头。"什么事？"她用几乎听不见的声音回应道。

"你们到这里来干什么？我昨晚就看到这一带有火光。"

阿通闻言，心里咯噔一下，颤抖着不知如何作答。泽庵则从一旁漫不经心地说道："我们是来抓你的。"

武藏并不太吃惊。他默然地垂着头，十分怀疑地打量着二人。

泽庵不失时机地转过身来。"怎么样，武藏？如果同样是抓捕，你愿不愿意被我的法绳捆起来？国主的法令也是法，佛门的戒律也是法，虽然都是法，可我的法绳更加人道。"

"不行，不行。"武藏愤然摇头，脸色大变。

"你先把话听完。你的心情我理解。你的想法是哪怕化为舍利也要反抗到底，对吧？可你赢得了吗？"泽庵劝道。

"什么意思？"

"你憎恨的人们、领主的法规，还有你自己，这一切你都赢得了吗？"

"输了！我……"武藏呻吟一声，皱起那张悲惨的面孔，差点哭出来，"反正到最后只有死路一条，我要把本位田家的大娘、姬路的武士和所有可恨的家伙，杀死、杀死、全部杀死！"

"那你的姐姐怎么办？"

"哎？"

"你那被关在日名仓哨卡里的姐姐阿吟小姐，你打算怎么办？那位性情温和、思念弟弟的阿吟小姐……不，不仅如此，还有播磨名门赤松家支流、平田将监以来的新免无二斋家的名声，你打算怎么办？"

武藏伸出指甲尖长的黑手捂住脸。"不、不知道……那、那些事，我顾不上了。"他瘦削的肩膀剧烈地颤抖，随即号啕大哭。

泽庵突然握紧拳头，用足力气，大喝一声，朝武藏的脸狠狠地打过去。"你这个浑蛋！"被一拳打蒙的武藏一个趔趄，泽庵趁势又挥了一拳，继续骂道，"你这个不争气的东西，不孝子！今天泽庵就要替你的父亲、母亲，替你的祖先们管教管教你！让你再吃我一拳！痛吗？痛不痛？"

"痛……"

"那说明你还有一点点人性。阿通姑娘，把那边的绳子拿过来。怕什么？武藏已经彻悟，愿意让我绑起来了。那不是权力之绳，是慈悲之绳。有什么害怕和可怜的？快拿过来！"

武藏被摁倒在地，双眼紧闭。如果他想反抗，泽庵恐怕早就变成一个球飞出去了，可是他精疲力竭地躺在草地上，泪水不断从眼角流下来。

千年杉

一

清晨，七宝寺山上的钟咣咣地响个不停。这并非平时的钟声。今天是约定的第三天，是好消息还是坏消息呢？

"快听！"人们争先恐后奔上山去。

"抓住了！武藏被抓住了！"

"哦，真的？"

"是谁抓到的？"

"泽庵大师！"

正殿前挤满了人。一望见像就擒的猛兽一样被绑在台阶扶手上的武藏，人们就像望见了大江山的鬼，不住地咽唾沫。

泽庵微笑着坐在台阶上。"乡亲们，这样你们就可以安心耕作了吧？"

顿时，人们把泽庵当成了村子的保护神和英雄，有的伏在地上跪拜，还有的捧起他的手膜拜。

"别这样，别这样。"面对人们的盲目崇拜，泽庵无奈地摆摆手，"乡亲们，你们听好了。抓住武藏，不是因为我伟大，而是因为自然之理伟大。没有人能战胜法则，伟大的是法则。"

"您太谦虚了。就是您伟大。"

"既然你们如此认定，那就权当是我伟大吧。不过，诸位乡亲，有一件事我要跟大家商量。"

"什么事？"

"不是别的，就是对武藏的处置。我曾经与池田侯的家臣约定，倘若三日之内抓不到武藏，我就在这棵树上吊死，如果我抓到了，武藏就任由我来处置。"

"这件事我们早就听说了。"

"可是，这个……究竟该怎么处置呢？本人的确如约把他抓来了，究竟是杀死还是释放呢？"

"怎么能放了他！"人们一齐喊着，"最好杀死！如此恐怖的人，让他活着能有什么好处？只会成为村里的祸害！"

"嗯……"泽庵慢吞吞地思考起来。

人们开始急不可耐。"打死他！"后面有人嚷嚷。

这时，一个老太婆得意地走到前面，转着圈打量武藏。是本位田家的阿杉。她扬起手中的桑枝。"光是杀了你怎么能解气？你这个可恨的东西！"说着，她狠狠地抽打了武藏两三下，又挑衅似的看向泽庵。"泽庵大师。"

"什么事，大娘？"

"就是因为这个家伙，我儿子又八一辈子都毁了，本位田家失去了重要的继承人。"

"唔，又八？你那个儿子没出息，收个养子对你更好。"

"你说什么呢？不管是好是坏，他终究是我的儿子。武藏对我来说有夺子之仇，这家伙就交给我老婆子处置好了。"

这时，后面忽然有人打断了阿杉的话："不行！"声音傲慢至极。人们顿时让开，似乎生怕碰到那人的袖子。

阿杉回头一看，那名主持搜山的泥鳅胡大将来了。

二

泥鳅胡十分不高兴。"喂，这又不是什么好看的玩意儿，百姓和商人都散去吧！"他大声申斥。

泽庵却在一旁说道："不，乡亲们，用不着散去。你们是我为了商量如何处置武藏而喊来的，都留下来吧。"

"住口！"泥鳅胡耸起肩膀，睨视着泽庵和阿杉等人，"武藏是身犯国法的大罪人，而且是关原的残党，断不可交给你们处置。他的惩处要由主公定夺。"

"不行。"泽庵摇摇头，断然道，"你想违背约定?！"

泥鳅胡一看事情要扯到自己身上，一下子急躁起来。"泽庵大师，我家主公会把约定的钱给您，武藏就交给在下了。"

泽庵闻言，奇怪地哈哈大笑起来。他也不回应，只是笑个不停。

泥鳅胡的脸色有些苍白。"不、不得无礼！有什么好笑的！"

"究竟是谁无礼？喂，泥鳅胡大人，你想背弃与我的约定吗？好，那你就毁约吧，我能抓来武藏，当然也能放，我现在就解开绳子，把他放了。"

村民们大吃一惊，立刻做出要逃跑的样子。

"怎么样？我解开绳子让武藏去找你吧。让你在这里跟他单打独斗，随意捉拿。"

"啊，等等，等一下！"

"怎么？"

"好不容易抓起来的，就别解开绳子了，省得再引起骚乱……那么，杀武藏的事就交给您，但他的人头得交给我们吧？"

"人头？我可不是开玩笑，办葬礼可是和尚的本职呢。把死尸交给你，那寺院做什么？"泽庵简直就像在戏耍小孩。揶揄完后，他又朝村民转过身子。"就算是向大家征求意见，一时半会儿也决定不下来。即使要杀，若一刀就结果了性命，阿杉大娘又觉得不解气……这样吧，先把武藏吊在那千年杉树上，把手脚都绑住，吊他个四五天，让他尝尝风吹日晒的滋味，让乌鸦啄瞎他的眼睛，如何？"

大概是觉得过于残酷了，没有一个人出声。这时，阿杉说道："泽庵大师，好主意。别说是四五天了，我看得吊他十天二十天，让他晾在千年杉的树梢上，最后再由我老婆子给他最后一击，那才好呢。"

"好，那就这样吧。"说着，泽庵抓起绑着武藏的绳子一头。

武藏低着头，默然地走到千年杉下。村民们忽然有点可怜他，但心中的愤怒还没有完全消散。人们立刻接上麻绳，把他吊到两丈多高的树梢上，像绑稻草人一样绑得结结实实，然后才纷纷下山。

三

阿通从山上下来，回到寺里，走进自己的房间，忽然觉得自己孤零零的，竟寂寞得难以忍受。为什么？孤身一人的状态也不是刚开始，况且寺里也有人和灯火，而在山上的三天里，寂寞的黑暗中只有自己与泽庵两个人。可为什么回到寺里之后，自己反而变得这么寂寞了呢？

仿佛要弄清自己的心境，这名十七岁的少女在窗前小桌旁托腮冥思了半日。阿通隐约间发现了自己的本心。原来寂寞的心情跟饥饿是一样的，并不是外在的东西。当这种心情得不到满足时，寂寞感就会逼来。寺里虽然有人出入，也有烟火和灯盏，看上去很热闹，却无法治愈人的寂寞。山上虽只有无言的树木、雾霭和黑暗，可彼时彼地的泽庵却绝不是外人。他的话里有一种融入血液、贴近心灵的东西，比烛火和明灯更能温暖人心。

是因为泽庵师父不在——阿通站起身来。可是泽庵自从处置了武藏，就一直与姬路藩的家臣们在客房里促膝长谈，回到村里时也很忙，根本无法像在山上那样与阿通说话。

想到这些，阿通又重新坐下。她真想得到一个知己。不求很多，只一个就行，一个能理解、帮助自己的可信之人。她很想得到，想得都快要发疯了。

双亲的遗物笛子——啊，虽然笛子仍在身边，可少女年过十七后，心底便会生出一种渴求，光靠这一段冰冷的竹子已无法抵御这种渴求。若没有一个更现实的对象，这种渴求便无法满足。

"太难过了……"

尽管如此，她仍无法不对冷酷的本位田又八恨之入骨。涂漆的桌子已被眼泪濡湿，愤怒的血液让她的太阳穴青筋暴起，隐隐作痛。

这时，身后的拉门悄悄地开了。不知不觉间，暮色已经涌进斋堂。透过打开的拉门，可以看见里面通红的灯火。

"哎呀，原来是躲到这里了……白费了一整天的工夫。"阿杉喃喃自语着走了进来。

"啊，婆婆。"阿通慌忙拿出坐垫。

阿杉像木鱼似的一屁股坐了下来。"我说儿媳啊。"她严厉地说道。

"是。"阿通畏畏缩缩地垂手行礼。

"我来是想弄清你的一些想法，然后有话要跟你说。刚才我一直与那个泽庵和尚和姬路藩的家臣们商量呢，可这里打杂的和尚却连碗茶都不给上，真渴死我了，先给婆婆倒碗茶来。"

四

"也不为别的事……"接过阿通递来的涩茶，阿杉立刻板起脸说了起来，"因为是武藏说的，也不能轻易相信，但他说又八还在他国活着。"

"是吗？"阿通冷淡地应道。

"不，就算是死了，你也还是又八的媳妇，是以这寺里的和尚为父母、正式说给本位田家的媳妇。从今往后，无论发生什么事情，你都不会有二心吧？"

"呃……"

"不会有吧？"

"是……"

"那么，这第一件事我就放心了。还有，这世上的事，人多嘴杂，如果又八近期不回来，我做起事来也不方便，又不能总指使又八那已经嫁出去的姐姐干活，所以，眼下我想让你离开寺院回到本位田家。"

"那个……我……"

"怎么，难道还会有别人嫁到本位田家来做媳妇？"

"可是……"

"你不愿意跟我过日子？"

"不……不是的。"

"那就快收拾行李。"

"那个……等又八哥回来之后……"

"不行。"阿杉厉声说道，"在我儿子回来之前，你绝不能生二心。监督儿媳妇的行为是我的职责，你必须待在我老婆子的身边。在又八回来之前，我还要教给你地里的农活、养蚕方法和礼貌举止，你听明白没有？"

"是……"无奈的回答里带着哭腔，那声音在阿通自己听来都觉得可怜。

"还有，"阿杉继续以命令的口吻说道，"武藏的事，我怎么也猜不透那个泽庵和尚究竟搞什么鬼。幸好你是寺里的人，所以在结果武藏那家伙的性命之前，你要好好给我看着，绝不能懈怠。说不定一不留神，泽庵就会在深更半夜由着性子做出什么事来。"

"那么……我不用现在就离开寺里？"

"你也不可能一次把两件事都做好。你带着行李搬到本位田家的日子，就是武藏人头落地的日子，你明白了吗？"

"明白了。"

"我可都说好了啊。"阿杉不放心，又嘱咐了一遍才离去。

这时，仿佛瞅准时机似的，窗外忽然映出一个人影。"阿通，阿通。"有人小声唤她。

阿通不经意地探头一看，泥鳅胡大将正站在那里，竟隔着窗户一下子紧紧握住了她的手。"给你添了那么多麻烦，藩那边已经来了召见书，我必须立刻赶回姬路。"

"那……"阿通想缩回手，泥鳅胡却紧紧地握着。

"看来捕吏听说了这次的事情，要严厉追查。不过，只要能拿到武藏的首级，我的脸面就能保住，也能开脱了。可是泽庵死活不愿意把武藏交给我……或许只有你一个人是我的朋友了……这封信你过会儿再看，找个没人的地方好好看看。"说完，泥鳅胡把一样东西塞进阿通手里，便慌慌张张地跑向山麓。

五

包里不止一封信，似乎还有其他沉甸甸的东西。阿通十分清楚泥鳅胡的野心。尽管心里害怕，她还是忐忑地打开，里面竟是一枚耀眼的大金币。信是这样写的：

> 正如与你所说，请于数日之内将武藏首级斩下，秘密送至姬路城下，至急。
> 无须言明，恐你也明白我之心意，我虽不肖，却也是池田侯家中年俸千石之武士，一提及青木丹左卫门无人不晓。我委实想娶你为妻室。若成为千石武士之夫人，可尽享荣华。我对天发誓，绝无欺瞒。此信请作为誓书携带。又，武藏之首级，于为夫至关重要，

务请携来勿忘。

　　　时间紧迫，草草。

　　　　　　　　　　　　　丹左

"阿通姑娘，吃饭了吗？"

外面传来泽庵的声音。阿通穿上草履往外走，应道："今晚不想吃，有点头痛……"

"那是什么？你手里拿的。"

"信。"

"谁的？"

"您想看吗？"

"如果不妨碍的话。"

"没关系。"阿通说着递过去。

泽庵一读，顿时大笑起来。"看来也是逼不得已啊，要用色欲来收买阿通姑娘了。不过看了这封信，我才知道那个泥鳅胡叫青木丹左卫门。这世上还真有奇怪的武士。真是恭喜你了。"

"您就别挖苦了，里面还包着钱呢。您看这该怎么办？"

"哦，还是重金啊。"

"真不知如何是好……"

"没什么，处理钱还不简单。"说着，泽庵拿过金币向正殿前走去，刚要扔进香资箱，却又把金币放在额头上拜了拜，"还是由你带着吧，已经不会给你带来麻烦了。"

"可是他以后再来讹诈怎么办？"

"这钱已经不是泥鳅胡的钱了，已经作为香资献给了如来佛，如来佛又再次赐给了你。你就拿着它当护身符吧。"泽庵把金币塞进阿通的腰带，然后仰起头，"起风了。今天晚上……"

"好久没有下雨了……"

"春天也快结束了，最好下一场大雨，把凋落的花瓣和人间的惰气都冲走。"

"若是下那么大的雨，武藏先生该怎么办呢？"

"那个人啊……"

两个人同时转过身，朝千年杉的方向望去。这时，风中的树上忽然传来人声："泽庵，泽庵！"

"是武藏啊？"泽庵揉揉眼睛。

"你这个臭和尚、假和尚泽庵！我有话要说！快把我放下来——"

狂风肆虐地摔打着树梢，武藏的声音撕裂般传来。紧接着，杉树的叶子唰唰地向泽庵脸上、大地上飘落。

六

"哈哈，武藏，你还很精神嘛。"泽庵趿着草履来到树下，找到合适的地方抬起头来，"精神还不错，该不是被即将到来的死亡吓昏了头，发疯了吧？"

"住口！"树上再次传来武藏的声音，与其说是有精神，不如说充满怒气，"如果我害怕死，就不会乖乖让你绑起来了。"

"那是因为我强你弱。"

"你说什么?!"

"别嚷嚷。如果你觉得刚才的说法不好，那我就换一种。我聪明，你傻，怎么样?"

"你这狗东西，要让我说——"

"喂，树上的猴子先生，你那么挣扎，最后还不是被五花大绑地吊在树上，无可奈何了? 连我都不忍看哪。"

"你听着，泽庵!"

"哦，什么?"

"当时，我武藏若是反抗，踩死你这样的歪瓜裂枣根本不费吹灰之力。"

"现在这么说已经晚啦。"

"你……你……我束手就擒，就是被你那高僧模样的花言巧语骗了。就算被捆上，我也曾相信你不会让我这样活着受辱。"

"还有呢?"泽庵若无其事。

"可是为什么? 为什么……为什么不快点砍下我的头? 我以为，同样是死，与其死在村里那些家伙手里，死在敌人手里，还不如死在你这个理解武士情义的僧人手里，所以就把身体交给了你。没想到这太失策了!"

"错误岂止这一个? 你不认为你所有的行为都是错误吗? 有空先想想你的过去吧。"

"你少啰唆。我上对得起天，下对得起地。虽然又八的母亲骂我是仇人，我却把将她儿子的消息告诉她当成责任，当成对朋友的信义，才硬闯哨卡回到村子。这难道背弃武士之道吗？"

"根本不是这些细枝末节的问题。因为你的心，你的本性——你根本的思考方式是错误的，即使做出一两件像点武士样的事，也丝毫没用。你越为你所谓的正义逞强，就越祸害人，越给人带来麻烦，最终落得个作茧自缚的下场。怎么样，武藏？你睁开眼睛好好看看吧！"

"和尚，你给我记着！"

"在被晒干之前，你就好好在那里看看这世界之大吧，从高处好好看看人间的样子，好好思考一下。到了那个世界拜见祖先的时候，你就告诉他们，有个叫泽庵的人在你临终前这么说过。你的祖先一定会很高兴，夸你受到了这么好的教化。"

阿通一直像化石一样呆立在后面，此时忽然跑过来尖声高喊："您太过分了，泽庵师父！您的话对一个毫无抵抗能力的人来说太残酷了……您还算出家人吗？而且正如武藏先生所说，他是相信了您才束手就擒的啊。"

"怎么回事？怎么同室操戈了？"

"太残忍了……您居然能说出那样的话，我现在已经讨厌您了。您若是想杀他，就像刚才武藏先生说的那样，痛痛快快地杀了他吧。"阿通面无血色地顶撞泽庵。

七

少女易冲动的感情化为铁青的脸色，带着眼泪紧紧搂住对方。

"滚开！"泽庵也现出从未有过的恐怖表情，斥责道，"女人瞎搅和什么！闭嘴！"

"不！不！"阿通拼命地摇头，不再是平时的那个阿通，"我对这件事也有说话的权利，因为我也去虎杖牧待了三天三夜。"

"不行！关于武藏的处置，无论谁来干扰，也是我泽庵说了算。"

"那您如果想杀他，痛痛快快杀了不就行了？用得着把人弄得半死不活，受尽折磨吗？太不人道了。"

"我这人就喜欢这样。"

"没错，您就是残忍。"

"退下去！"

"不退！"

"又耍性子了，你这个臭女人！"泽庵用力甩开她。

阿通踉踉跄跄跌倒在杉树根上，"哇"的一声号啕大哭，整个身子都伏在树根上。

她万万没有想到，连泽庵都变成了如此冷酷的人。她原以为泽庵只是在村民面前做做样子，暂时把武藏绑在树上，最后肯定会采取比较有人情味的措施，可没想到泽庵竟然说享受这种施虐是他的爱好。

阿通不由得为人性的残忍而战栗。就连无比信任的泽庵都变成了厌恶之人，那就同厌恶世上的一切没什么区别了。如果任何人都无法相信……她绝望至极，哭得死去活来。

突然，阿通从树干上感觉到一股奇怪的激情。武藏被绑在千年杉上，凛洌的声音从天上抛下，而他的血正流淌进这十人都无法合抱的粗大树干里。

武藏不愧是武士之子，高洁而重信义。想想当初被泽庵捆绑起来的样子，再听听他刚才的话，阿通甚至能感觉到他情感中脆弱、怯懦和仁慈的各个方面。她觉得都怪自己此前偏听人们的议论，错怪了武藏。这个人身上哪里有像恶鬼般让人憎恨的地方？哪里有猛兽般的恐怖和必轰走而后快的凶恶呢？

阿通痛苦地抽泣着，紧紧地搂住树干，任眼泪大颗地滴落在树皮上。

仿佛连天狗都被惊动了，天边传来阵阵雷声。啪嗒！大颗的雨点打在阿通的衣领上，也落到泽庵头上。

"下雨了。"泽庵护着头，"喂，阿通姑娘，爱哭鬼阿通，你看你哭得连上天都跟着抹眼泪了。起风了，雨一定不会小。趁着还没淋湿，快撤快撤！别管那要死的人了，快走！"泽庵慌忙把僧衣罩到头上，一溜烟跑进正殿。

雨立刻倾泻而下，黑沉沉的夜空被映成了苍白色。阿通一动不动，任凭雨点啪嗒啪嗒打在背上。树上的武藏自然也是如此。

八

阿通无论如何也不愿离开。雨水敲打着后背，连贴身的衣服都浸湿了，可一想到武藏，她就忘了一切。自己为什么愿意与武藏一起经受痛苦？她无暇考虑这些。一个完美男人的形象突然映在了她的眼里。只有这样的人才是真正的男人——在意识到这一点的同时，不想让他被杀的念头也真切地涌上心头。

"真可怜！"阿通围着树张皇失措。即使仰起头，也只能看到风雨交加的无情夜幕，连武藏的人影都看不见。"武藏先生！"她不禁大喊，可是没有回应。恐怕武藏也把她看成与本位田家和村里人一样的冷酷之人了。"在这种狂风暴雨的折磨下，他恐怕一夜之间就会死去……世上这么多人，难道就没有人出来救救孤独的武藏先生吗？"突然，阿通在暴雨中狂奔起来。狂风吹打着她的身影，仿佛在紧紧追赶她。

寺院后方，斋堂和方丈室都紧闭门窗，灌满了导水管的雨水像瀑布一样穿凿着大地。

"泽庵师父，泽庵师父！"阿通来到寺里借给泽庵的房间，拼命叩门。

"谁啊？"

"我！阿通！"

"你还在外面啊？"泽庵立刻打开门，望着水雾蒙蒙的檐下，说道，"太大了！太大了！雨都吹进来了，快进来！"

"不，我是来求您的。泽庵师父，您就行行好，快把那个人从树上放下来吧！"

"谁？"

"武藏先生。"

"胡闹！"

"我会感激您的！"阿通跪在雨中，双手合十苦求泽庵，"我求您了……您让我做什么都行……放了他，放了他！"

雨声击碎了阿通的哭泣声，可她仍像瀑布潭里的行者一样双手紧紧合十。"我给您作揖了，泽庵师父。我只能求您了，只要是我能做的事，您吩咐我什么都可以……求您一定要救救那个人！"疾雨吹打在她的身上，吹进她号啕痛哭的口中。

泽庵沉默得像块石头，双眼犹如藏着本尊佛的佛龛门般紧闭。他使劲吸了口气，猛地睁开双眼。"快去睡觉。身体本来就不结实，你难道不知道淋雨对身体不好吗？"

"倘若……"阿通抓住门。

"我要睡觉了，你也去睡。"木板套窗被紧紧关上。

可阿通仍没有放弃。她钻到地板底下，敲打着泽庵睡床摆放的位置祈求："我求您了！这是我一生的祈求！喂，您听见没有！泽庵师父，你没人性……你是鬼……你是不是冷血啊？”

　　泽庵忍着不作声，可始终无法入睡。他终于大动肝火，跳起来大喊："喂，寺里的人都听着！我房间地板底下进小偷了，快来抓啊！"

树石问答

经历了昨夜的风雨，春天的气息彻底被冲刷掉了。从这天早晨起，阳光猛烈地晒着额头。

"泽庵大师，武藏还活着吗？"天一亮，阿杉就迫不及待地前来看热闹，早早来到寺里。

"是大娘啊。"泽庵来到走廊，"昨晚的雨可真够大的。"

"风也够可怕的。"

"可是，无论多么大的狂风暴雨，人也不会一两晚就死掉。"

"那么大的雨，他还活着？"阿杉眼角皱纹密布，那针一样的眼神恶狠狠地向千年杉的树梢上刺去，"可是他已经像抹布一样贴在那里，一动不动了。"

"没看见吗？乌鸦还没聚在他脸上，就说明他还活着。"

"您说得没错。"阿杉点点头，又瞅瞅后面，"没看到儿媳妇，能不能把她叫来？"

"儿媳妇？"

"就是我家的阿通。"

"她不是还没有成为本位田家的媳妇嘛。"

"不久就要做我的儿媳妇了。"

"把一个没有夫婿的媳妇迎进家门，谁陪她啊？"

"你这个人冒冒失失的，居然还要多管闲事。阿通在哪里？"

"还在睡觉吧。"

"是吗……"阿杉立刻自以为是地点点头，"我吩咐她夜里好好看着武藏，白天当然就犯困了……泽庵大师，白天的看守是你的活儿吧？"她走到千年杉下，仰头张望了一阵子，不久便拄着手杖咯噔咯噔地下了山，朝村子走去。

泽庵钻进屋子，直到晚上也没露面。只有当村里的孩子们爬上山来，朝千年杉的树梢扔石头的时候，他才打开门，大声斥责一句"小毛孩子，干什么"，其余时间始终关着窗户。

同一栋房子中，隔着几间就是阿通的房间，那里的隔扇今天也始终紧闭。打杂的僧人不时端着煎好的药或熬粥的砂锅进去。

昨夜，阿通被寺里人发现后，硬是被架回屋内，让住持狠狠训斥了一顿。结果今天就发起烧来，卧床不起。

今夜的天空与昨夜截然不同，一轮明月高悬在空中。

寺里人都睡下后，泽庵似乎看书看累了，穿上草履走到外面。"武藏！"他抬头一喊，杉树的树梢微微晃动了一下，闪着光的露水啪嗒啪嗒地落了下来。"真可怜，连回答的力气都没有了？武藏，武藏？"

这时，一个饱含惊人力量的声音从头顶砸下。"什么事？臭和尚！"武藏的怒吼毫未减弱。

"呵呵……"泽庵抬起头，"别这么大声。看样子还能坚持五六天。不过……肚子饿了吧？"

"别说没用的，和尚，快把我的头砍了！"

"不不，这头可不能随便砍。像你这样的恶武士，就算只剩一颗头，恐怕也会朝我飞过来……嗯，先看看月亮吧。"说着，泽庵在一旁的石头上坐下。

二

"你这臭东西，那就让你看看我的本事！"武藏使出浑身力气摇晃千年杉的树梢，树皮和树叶哗啦哗啦地朝泽庵的脸上落下。

泽庵仰起头。"对，对。你要是不那么愤怒，你真正的生命力和人性怎么会表现出来？最近的人都把不发怒当成有知识的人的风度，当成人格深度的体现。但若是年轻人也学起这种装老成装深沉的做派，那可就荒谬至极了。年轻人必须得愤怒，要更加愤怒才是。"

"我现在就把绳子磨断，落在地上踢死你，你给我等着！"

"有出息。那我就等着了。但你还能坚持吗？不等绳子磨断，你的性命恐怕早就没了。"

"什么？"

"你的力量是了不起，连树都撼动了。可是大地却纹丝不动，不是吗？你的愤怒原本就是私愤，所以苍白无力。男儿的愤怒必须是公愤。如果只是因为个人卑微的感情而愤怒，那和女人发怒没什么两样。"

"你就使劲在那儿胡说八道吧。等着瞧！"

"没用的。算了吧，武藏，你这样只是徒增疲劳而已。无论你再怎么挣扎，别说天地了，就连树枝都还没截断呢。"

"呜……遗憾。"

"你就省省吧。把这些力气省下来，就算不为国家着想，起码也该为他人想想。莫说天地，连神灵都会撼动，更别说人了。"泽庵稍微换上说教的语气，"真可惜，真可惜！你好不容易作为一个人降生到这个世上，却始终不改形同野猪豺狼的野性，一步都还没迈向成人，便在少年时代结束了性命，真是可惜啊。"

"呸！"武藏吐出一口唾沫，可是还未落到地上，就在中途化为雾气消失了。

"听着，武藏！你一定在为自己的力量骄傲，也一定自以为是世上最强悍的人……可那又能怎么样？看看你现在的样子！"

"我不觉得羞耻！我没在力量上输给你！"

"无论输在策略上还是嘴巴上，输了就是输了。无论你如何懊悔，我始终是以一个胜者的身份坐在这石头凳子上，而你则把自己失败者的丑态大曝于树上，是不是？你知道这究竟是什么差距吗？"

"……"

"论武力，你无疑极强，可老虎无法与人类较量，只能沦为比人类低一等的动物。"

"……"

"你的勇气也是如此。你迄今为止的所作所为都来自于无知，全都是不怕死的蛮勇，并不是人真正的勇气。武士的强大并非蛮勇，洞悉可怕之物的可怕之处才是人的勇气。珍惜生命，爱惜生命，最后死得其所，这才是真正的人。我说的可惜，指的就是这些。你虽生来具有超凡的力量和刚毅的性格，却没有学问。你只想学武道坏的地方，却不愿磨砺智和德。所谓文武二道，并不是两条道，而是二者兼备，成为一道。你明白了吗，武藏？"

三

石头无语，树也沉默。黑暗是寂寞的黑暗，沉默就这样持续着。不一会儿，泽庵站起身。"武藏，你再思考一晚上吧。然后，我就要砍下你的头了。"说完就要离去。

十步——不，二十步，当他朝正殿走去的时候，武藏忽然从空中说道："等一下！"

"什么事？"泽庵回过头，远远地答道。

"请再回来一趟。"这时，树上的人影突然大声呼唤："泽庵和尚！你救救我吧！"武藏略带哭腔，晃动着树梢说道，"我想重新做人……我终于明白，人出生，是带着重要的使命来的……当我明白这种人生意义的时候，我立刻感觉到了自身的珍贵……啊！我犯下了无法挽回的过错！"

　　"你终于意识到了。这样你才能成为人。"

　　"我不想死！我想重新活一回！我要活着，重新做人……泽庵和尚，你就积积德吧，救救我！"

　　"不行！"泽庵断然摇头道，"人生是无法重来的。世上所有的事，都是真刀真枪决胜负，这与被对手杀死后想接上人头重新站起来是一个道理。我虽然可怜你，却不能给你解开绳子。哪怕是为了不死得过于难看，我劝你先多念几句阿弥陀佛，静静地玩味生死之境吧。"

　　说完，草履声啪嗒啪嗒消失在远方。武藏再未叫喊。正如泽庵所说，他已经闭上了大悟之眼，舍弃了生的愿望，也舍弃了死的念头，在飒飒吹过的夜风和浩瀚的星辰之中，连骨髓似乎都冷却了。

　　这时，一个人影站到树下，仰起头打量着树梢。不一会儿，人影便搂住千年杉，想拼命攀爬到低处的树枝上。但看来此人不得要领，刚爬一点，就跟树皮一同滑落。尽管手上的皮都要磨破了，人影却毫不气馁，紧紧地抱住树干，耐心地重复着攀爬的动作。不久，手终于搭上了最下面的树枝，接着又伸向下一个树枝，然后便不再费力。

　　"武藏先生……武藏先生……"人影在喘息。

"哦……"武藏转过只有眼睛还剩些许活力的脸，相貌如骷髅一般。

"是我。"

"阿通姑娘？"

"咱们逃走吧，你刚才也说了，这样丢掉性命太可惜了。"

"逃走？"

"嗯……我已经无法再待在这个村子了……若是待下去……我实在受不了。武藏先生，我要救你。你接受我的搭救吗？"

"割断！割断！快把这绳结割断！"

"你等等。"

阿通腰带上绑着一个小包，从头到脚都是外出旅行的打扮。她拔出短刀，一刀斩断武藏的绳结。武藏的手脚都已失去知觉，阿通虽抱住了他，可两人仍同时踩空，快速落向大地。

四

武藏站在地上。尽管从两丈多高的树上掉落，他仍茫然地站在了大地上。

凄厉的呻吟声从脚下传来。他低头一看，一起掉下来的阿通正手脚撑着地挣扎。

"啊！"他一把抱起阿通，"阿通姑娘，阿通姑娘！"

“痛……痛……”

“摔着哪儿了？”

“不知道……但还能走，没大碍。”

“落地途中碰了几下树枝，应该没受重伤。先别管我，你呢？”

“我……”武藏想了想，“我还活着！”

“当然活着。”

“我只知道这些。”

“咱们逃走吧！越快越好……一旦让人发现，你我这次肯定就没命了。”

阿通一瘸一拐地迈步向前，武藏也跟在旁边。两人沉默而缓慢，像肢体残缺的虫子在秋霜里爬行。

“快看，播磨滩那边已经开始泛白了。”

“这里是什么地方？”

“中山岭……我们已经在山顶上了。”

“走了那么远啊。”

“恒心真是一种可怕的东西。对了，你已经整整两天两夜没吃东西了吧？”

武藏闻言这才想起饥渴。阿通解开背上的包袱，拿出米糕。甜甜的馅儿从舌尖落进喉咙，武藏的手指也因为生的喜悦而颤抖。

我活了！他想，同时坚定了一个信念：我要重生！

红彤彤的朝霞映红了二人的脸。当阿通的脸明亮起来时，武藏还像在梦中一样，对两个人待在一起的事惊奇不已。

"天亮之后就不能大意了，而且，马上就到国境了。"

听到国境二字，武藏的眼中一下子发出光彩。"对，我现在就要去日名仓的哨卡。"

"哎？你要去日名仓？"

"姐姐被抓进那里的山牢了。我要去救姐姐，咱们就在这里分别吧。"

阿通幽怨地望着武藏，沉默了一会儿，终于说道："你真的想这样做？如果早知道在这里就要分别，那我就不会离开宫本村到这里来了。"

"可是我也没有办法。"

"武藏先生。"阿通的目光里满是诘问，想要触碰武藏的手、脸和身体，却因为激动而燥热，一个劲儿地战栗，"我的心情，早晚会慢慢跟你说的。可是，我不愿意在这里分别。无论你去哪里，都带我一起去吧。"

"可是……"

"就算是你积德行善吧。"阿通跪求着，"即使你不答应，我也不会离开。如果我在身边妨碍你解救阿吟小姐，那我就先到姬路城下等着你。"

"那就……"说着，武藏已经起身。

"一定啊。我会在城下的花田桥等你。你若不来，我会等上一百天、一千天。"

武藏只是点点头，立刻沿着山岭狂奔起来。

三日月茶屋

一

"外婆！外婆！"呼喊的是外孙丙太。他赤着脚，从外面刚奔回来，就一面擦鼻涕一面冲厨房嚷嚷。

阿杉正拿着吹火管在炉灶前吹火。"什么事？这么大呼小叫的。"

"村里都闹翻天了，外婆还有空在这儿做饭啊。武藏那家伙逃走的事，你还不知道？"

"啊？逃跑了？"

"今天天一亮，武藏就不见了。"

"真的？"

"寺里也乱了套，说阿通婶婶也不见了。"

阿杉顿时脸色大变。丙太没想到自己带来的消息竟让外婆如此吃惊，吓得啃起手指来。

"丙太。"

"是。"

"你快去把分家的叔叔叫来，跟河滩上的权叔也说一声，叫他们快来。"阿杉颤抖着说道。

可是还没等丙太跨出门，本位田家外面就已经吵吵嚷嚷地挤满了人。女婿和河滩的权叔也在里面，还有其他亲戚和佃户。

"是阿通那个贱女人放走的吧。"

"那个泽庵和尚也不见了。"

"肯定是那两个人搞的鬼。"

"怎么办？"

女婿和权叔等人已经抄起祖传的枪矛，神情悲壮地聚集在本家门前。

"老婆婆，你听说了吗？"有人朝里面喊道。

阿杉稳重老练，当明白情况属实后，她硬是压抑着心头的怒火，在佛堂里静坐。"在我出去之前，你们先静静。"

抛出这句话后，阿杉做了一番祈祷，又不慌不忙地打开放刀枪的柜子，穿好衣裳，系好绑腿，才来到大家面前。人们看到她腰带上插着短刀，草鞋绳系得牢牢的，立刻明白这个顽固的老婆婆要干什么了。

"不用慌！我老婆子这就去追，处置那个可恶的儿媳！"阿杉说着，呼哧呼哧地抬腿就走。

"既然连老婆婆都豁出去了，那我们也……"亲戚和佃户们群情激愤。众人以这个悲壮的老婆婆为将领，在路上捡了一些木棒和竹枪，向中山岭方向追去。可是已经迟了。

当一行人赶到山顶上时，已近中午。"就让他们这么逃了？"人们捶胸顿足，懊悔不已。不仅如此，由于这里已是国境，立刻便有官差赶来阻止他们继续前行。"这里禁止结党通行。"

权叔立刻上前周旋，说明来由。"如果我们就这样放弃，世世代代的脸面就要丢尽，沦为村里的笑柄，本位田家也将在贵领下无地自容。所以，在抓住武藏、阿通和泽庵三人之前，无论如何都请让我们通行。"他坚持道。

可是差役却断然拒绝，说于情可以理解，于法则不容。当然，如果向姬路城申请并获得许可，那就另当别论。可如此一来，逃跑者早就逃到遥远的藩地之外了，无异于白费功夫。

"那么……"阿杉与众人商量了一会儿，又折了回来，"若只有我这个老婆子和权叔二人，往返都没问题吧？"

"只要不超过五人，可随意进出。"差役说道。

"诸位……"阿杉点点头，慷慨激昂地要与众人告别，把他们召集到草丛里。

二

"这种情况，出门时我就想到了，大家都别慌。"

众人严肃地并排站在那里，注视着阿杉。阿杉翕动的薄嘴唇后不时露出突出的大门牙。

"把家传的腰刀带出之前，我老婆子就已经郑重地向祖先的牌位做了告别，并立下了两个誓言：第一，处决给家族抹黑的不孝儿媳；第二，确认儿子又八的生死。倘若又八还活在这世上，我就算用绳子套住他的脖子，也要把他带回来，让他继承本位田家，再从别处给他娶上一房比阿通强百倍的好媳妇，风风光光地在村民们面前把今天折损的面子讨回来。"

"果然想得周全。"有人咕哝了一句。

阿杉眼珠骨碌一转，视线移到女婿身上。"还有，我和河滩的权叔都已不再出来主事，要实现这两个大愿望，估计要花费一年甚至三年的时间，所以我打算抱着巡礼的念头遍游各国。我不在期间，就立女婿为家长，养蚕切莫懈怠，也别让田荒废了。都听见了吗，诸位？"

河滩的权叔年近五十，阿杉则已过五十。万一真的遇到武藏，恐怕眨眼间就会被对方结果性命。所以也有人提议，最好再选三个年轻人跟着一起去。

"不用。"阿杉摇头说道，"什么武藏，不就是个像婴儿身上长了几根毛的恶鬼嘛，用不着害怕。老婆子我虽没有力气，却有智谋。对付一两个敌人，这儿就够了。"她指指自己的嘴唇，颇有自信地说道，"我老婆子从来都是一言既出驷马难追。你们都回去吧。"

见阿杉一个劲儿催促，大家便放弃阻拦。

"那就再见。"说着，阿杉与权叔肩并着肩向东而去。

"老婆婆走好！"亲戚们纷纷从山岭上挥手，"若是生病，马上派人往村里送信啊！""早早平安回来！"众人纷纷送别。

背后的声音渐渐听不到了，阿杉回过头对权叔说道："你说呢，权叔？反正我们都是比年轻人早死之身，有什么好惦念的。"

"当然，当然。"权叔点点头。

这位权叔现在靠狩猎为生，年轻时是在鲜血中成长起来的战国武士。他全名渊川权六，如今，他那裹着健壮筋骨的皮肤上仍残留着历经沙场的烟火色，头发也没有阿杉白。不用说，本家的儿子又八正是他的侄子，对于这次的事情，这位叔父自然不能袖手旁观。

"老太婆。"

"什么事？"

"你是早就下定决心，做好了旅行的准备，可我还是寻常打扮，怎么也得找个地方整整行装啊。"

"下了三日月山，那里有间茶屋。"

"对对，只要到了三日月茶屋，草鞋和斗笠就都有了。"

三

如果从这里下山，从播州的龙野去斑鸠就近了。只是春末并不算短的白天已临近日暮。正在三日月茶屋歇息的阿杉说道："赶到龙野已经不大可能了，今夜就先在新宫附近赶马人旅店的臭被子里凑合一夜吧。"她说着放下茶钱。

"好，那就走吧。"权六刚拿起新买的斗笠站起来，又说道，"老太婆，等等。"

"什么事？"

"我去后面往竹筒里装些清水。"说着，权六绕到茶屋后面，把引水筒里的水装进竹筒。正要返回，他无意间从窗口朝昏暗的屋内瞅了一眼，不禁停下脚步。"病人？"

有人正盖着草垫子睡在屋内，一股浓烈的药味飘了出来。那人脸埋在草垫子里，看不清楚，黑色的头发散乱在枕头上。

"权叔，还不快点！"老婆子喊了起来。

"哦。"权六应了一声，跑了回去。

"你在那儿磨蹭什么？"阿杉不高兴地问。

"那里好像有个病人。"权六解释。

"病人有什么稀奇的？多大年纪了，还像个孩子似的瞎逛。"阿杉斥责道。

权六似乎也在这位本家的老太婆面前抬不起头。"是，是。"他大大咧咧地糊弄道。

从茶屋去往播磨的路是一个陡坡，已经被往来的驮马踩坏，雨天时留下的坑洼硬邦邦的，早已凝固。

"小心摔倒，老太婆。"

"说什么呢。我还没有老到被这种路绊倒。"

这时，二人上方传来声音："老人家，还很硬朗嘛。"

两人抬头一看，原来是茶屋的老板。

"哦，刚才承蒙招待。您这是去哪里啊？"

"龙野。"

"现在？"

"不去龙野找不到医生啊。都这时候了，我就是骑马去迎，回来时也至少得半夜了。"

"生病的是您的夫人？"

"不，不。"老板皱起眉，"若是内人或孩子倒也没办法，可她只是个坐在凳子上休息的客人，倒霉啊。"

"刚才……我从后面略微瞅了一眼……难道是那个客人？"

"就是那个年轻女子。她在店前休息时，说觉得很冷，我也不能看着不管，就把里面睡觉的小屋子借给了她，可没想到她烧得越来越厉害，竟成了大麻烦。"

阿杉停下脚步。"那个女子莫非有十七岁左右，身子瘦小？"

"正是。说是宫本村的。"

"权叔。"阿杉递了个眼色，忽然摸摸腰带，"坏了。"

"怎么了？"

"我好像把念珠忘在茶屋的凳子上了。"

"哎呀，那我去取。"老板说着就要往回跑。

"不用不用，您正急着去请医生呢，还是病人要紧，您先忙吧。"

权叔率先大步返回。打发走老板后，阿杉也急匆匆赶来。果然是阿通！二人的呼吸急促起来。

四

从被冰冷的大雨淋透的那一夜起，阿通就一直发烧。在中山岭与武藏分别之前，阿通完全没有感觉，可那之后走了不久，她便浑身酸痛，只好在三日月茶屋的里屋借了张卧床躺下。

"大叔……大叔……"大概是想要喝水，阿通呓语般哼哼起来。可是店老板早已关上店门请医生去了。刚才老板还来到她的枕边嘱咐了一下，要她坚持，可她似乎烧得早忘了。她口里干渴，仿佛吞进了荆棘的刺一样，高热灼烧着舌头。"水……大叔……"

最终，阿通勉强起来，朝水槽方向爬去。她好不容易爬到了水桶边，正要摸过竹勺，忽然哗啦一声，不知何处传来屋门被推倒的声音。这山上的小屋本来就不锁门，从三日月山山坡上折回来的阿杉和权六偷偷钻了进来。

"真黑啊，权叔。"

"你先等等。"权六穿着鞋就走到炉旁，抓起一把柴火点上，借着火光一看，"啊……不在了。老太婆。"

"啊？"但阿杉立刻就发现厨房的门微微开着，大喊一声，"在外面！"

就在这时，有人猛地将盛着水的竹勺朝阿杉扔来。是阿通！她像鸟儿一样向茶屋前的坡道下方逃去，袖子和衣角在风中飞舞。

"可恶！"阿杉追赶到檐下，"权叔，你在干什么？"

"逃走了？"

"当然逃走了。你那么笨，让她察觉到了……就在那边，快想办法！"

"在那边啊。"权六望着正像鹿一样在坡下奔逃的黑影，"不要紧。她是个病人，又是个跑不快的女人，我去追上她，一刀结果她性命。"说着权六便追赶起来。

阿杉也跟在后面。"权叔，先砍她一刀，脑袋得等老婆子我出完气再砍下来。"

就在这时，跑在前面的权六大喊一声，回过头来。"完了！"

"怎么了？"

"跑到竹林谷里去了。"

"跳下去的？"

"山谷倒是很浅，可黑咕隆咚的看不清啊。必须得回趟茶屋，拿个火把来。"

正当权六站在种满毛竹的山崖边上犹豫的时候，阿杉猛地推了一把他的后背。"喂，还磨蹭什么！"

"啊！"权叔顿时从堆满厚厚竹叶的山崖上连滚带爬滑落下去，滑落声好一会儿才在遥远的黑暗深处止住。"臭老太婆，还真敢胡来！你也快点下来！"

弱武藏

一

　　昨天就看见过，今天又看见了——在日名仓高原的十国岩旁边，一个黑乎乎的东西孤零零地踞在那里，仿佛岩石顶部缺了一块。

　　"那是什么啊？"执勤的哨兵们手搭凉棚张望。

　　不巧的是，阳光像彩虹一样夺目，怎么也看不清楚。其中一个人随意说道："是兔子吧。"

　　"比兔子大，是鹿。"另一人说道。

　　"不对，鹿或兔子不会那样一直不动，看来还是块岩石。"旁边的人主张道。

　　"岩石或树也不可能一夜就长出来啊。"有人提出异议。

　　更有多嘴之人掺和进来："岩石一夜就能生长出来的例子不也有很多吗？陨石就会从天而降。"

　　"喂，管它是什么呢。"平时就大大咧咧的人则在中间和稀泥。

142

"怎么能无所谓呢？我们为什么要站在日名仓的哨卡上？我们如此严密地守卫着连通但马、因州、作州和播磨四国的要道与国境，难道只是为了白领俸禄在这里晒太阳的吗？"

"知道了，知道了。"

"倘若那既不是兔子，也不是石头，而是人，怎么办？"

"算我失言，还不行吗？"

在对方的劝解下，这边才终于平息下来，但还是没有放心。"对，或许是人。"

"不会吧。"

"反正看不清，要不射支远箭试试看？"

提议者从岗哨拿来弓箭。此人似乎对射术比较自信，只见他甩开膀子，搭上箭，唰地拉开弓。那争议目标正好处于岗哨对面的缓坡上，和岗哨中间隔着一条幽深的山谷，黑乎乎地凸显在晴空和大地的交界处，格外惹眼。

嗖！离弦的箭像白头鸟一样，径直越过山谷飞去。

"低了。"后面有人说道。

第二支箭嗖的一声飞了出去。

"不行，不行。"另一个人夺过弓箭瞄准，可箭还没飞过山谷就掉了下去。

"你们在吵嚷什么？"守在岗哨里监督的武士走过来，"给我！"他说着取过弓，往手臂上一搭，明显与别人不是同一水平。

正当弓拉满、羽箭吱吱作响的时候，他把弓弦松了下来。"这箭不能乱放。"

"为什么？"

"那是人。如果是人，要么是仙人，要么就是别国的密探，还有可能是想跳崖寻死者。总之，先给我抓来再说。"

"我说是吧。"刚才主张是人的哨兵得意地抽动鼻子。

"快给我抓来！"

"抓倒是可以，可该从哪里爬到对面的山上呢？"

"沿着山谷？"

"不可能。"

"没办法，只能从中山那边绕过去了。"

　　武藏抱着胳膊，一直目不转睛地注视着山谷对面日名仓哨所的屋顶。几栋房子的屋顶下面，有一个便是姐姐阿吟被关押的地方。他昨天就这样坐了一天，今天仍然没有站起来的意思。

二

　　一个岗哨，哨兵怎么也得有五十人甚至上百人，这些武藏早就想到了。他一直坐在这里，其实是在从一个视野极佳的地方仔细观察岗哨的地理情况。岗哨一面是深谷，去往岗哨的路上则有双重哨卡。再加上这一带是高坡，举目皆空，既没有可以藏身的树木，也没有高低起伏的缓坡。

趁着夜色行事本是适用于此种情形的办法，可是尚在傍晚时分，前往岗哨路上的栅栏就全部关闭了，一旦情况紧急，所有警报都会响。

没法靠近！武藏在心底嘀咕。这两天他一直坐在十国岩下面冥思营救姐姐的方案，却怎么也想不出好主意，总觉得不行，就连豁上一死的气魄都被这种胆怯挫伤了。奇怪啊，我怎么会变得如此胆怯呢？他对自己有些失望。我本不该如此懦弱，可是为什么？他扪心自问。

武藏抱起胳膊，半天没有松开。究竟是怎么回事？自己竟如此害怕接近那个岗哨。我变成了胆小鬼，的确与从前的自己不一样了。可是，这究竟是不是胆怯呢？不！他摇摇头。这种心情并非缘于胆怯，而是因为被泽庵和尚注入了智慧。他盲目的眼睛已经睁开，已经能微微看清一些世事。

人类的勇气与动物的蛮勇性质截然不同。真正的勇士之勇与不怕死的狂暴有着根本上的差别，这也是那个人教给武藏的。眼睛睁开了——心灵的眼睛已经隐约能够看见这世上的恐怖，所以他回归了出生时的自己。出生时的他绝不是野兽，而是人。

一定要做这样的人——在意识到这一点的瞬间，武藏已经开始无比珍惜受之此身的生命。在这个世上，自己究竟能够历练到何种境界？完成历练之前，他决不想轻易丢掉性命。

"就是这样！"他终于想通，仰望着天空。

可是，姐姐又无法不救。哪怕不顾如今的珍惜与胆怯之情，也要救出姐姐。入夜之后，他就要从这边的绝壁下去，再爬上那边的绝壁。由于依托着天险，岗哨背后既没有栅栏，防卫也薄弱。

正当武藏下定决心的时候，一支箭忽然插进离他脚趾不远的地方。他一下子回过神来，这才发现对面的岗哨背后已经出现了不少豆粒般大小的人。他们似乎发现了他的身影，一片哗然，然后立刻就散去了。

"一定是试探箭。"武藏故意一动不动。

不久，庄严的落日之光开始自西面扫过中国山脉的背部，武藏终于等来了夜晚。他站起来，捡起一块小石子。他的晚餐正在天空飞翔。他投出小石子，小鸟便从空中落下。正当他撕开小鸟，大口地吞吃生肉时，二三十名哨兵忽然"哇"的一声将他团团包围。

三

"武藏！是宫本村的武藏！"凑近之后，哨兵们才认出他，立刻发出第二声呐喊。"别小瞧了他，他厉害着呢。"他们相互告诫着。

面对杀气，武藏眼里也呼的一下燃起了杀气。"先让你们尝尝这个！"说着，他两手举起巨大的岩石，猛地朝人群一角抛去，石头顿时变成了血红色。他像鹿一样跳出包围，奔跑起来。众人都以为他要逃走，却发现他竟像毛发倒竖的狮子一样朝岗哨奔去。

"喂，那家伙要去哪儿？"

哨兵们一时呆住了。武藏像一只晕头转向的蜻蜓一样飞奔。

"他疯了！"有人喊道。

当第三次呐喊声响起，人们朝岗哨追去的时候，武藏已经从哨卡正面跳了进去。那里是牢笼，是死地，可是，武藏的眼里既没有威风凛凛的武器，也没有栅栏和差役。

"什么人？！"

武藏只一拳就把冲上来阻拦的目付打倒在地，自己毫无意识。他猛摇中间栅栏门的柱子，随即拔出柱子挥舞。对方的人数根本不是问题，他只知道黑压压聚集过来的便是对手。他只是大致瞄准，便有无数刀和枪折断飞向天空，又纷纷落在地上。

"姐姐——"武藏绕到后面，"姐姐！"他血红的眼睛瞪着眼前的建筑物，"我是武藏！姐姐！"

大门紧闭。武藏用五寸方柱连门带槛一起捣烂，牢卒饲养的鸡惊叫着飞上班房的屋顶，仿佛天崩地裂似的啼叫起来。"姐姐——"他的声音也像鸡一样嘶哑起来。哪里也找不到阿吟，呼唤姐姐的声音逐渐陷入绝望。

在一间牢房模样的肮脏小屋的角落里，武藏发现一个像黄鼠狼一样躲逃的年轻人。他把沾满鲜血的方柱疯狂地扔到对方脚下，大喊一声"站住"，猛地扑过去，照着那张已吓哭的脸就是一下子。"姐姐在哪里？快告诉我关押姐姐的牢房！不说我就踢死你！"

"不、不在这儿。前天藩里有令，她被转移到姬路那边去了。"

"什么，姬路？"

"是、是……"

武藏把这名看守扔向继续围拢过来的敌人，迅速躲进小屋的角落。五六支箭落在那里，他的衣角上也落着一支。

可下一瞬间，一直啃着拇指指甲、盯着箭一支支飞过来的武藏，突然朝栅栏跑去，像飞鸟一样跳到外面。

轰！

朝武藏射去的火绳枪的声音在谷底回荡。逃出来了！武藏像从山顶滚落的岩石一样逃了出来！

要洞悉可怕之物的可怕之处！

暴勇是儿戏，是无知，是野兽之勇！

拿出武士的坚强！

生命比珍珠还珍贵！

泽庵的一句句话语以同样的速度，在疾风一样奔去的武藏大脑里飞驰。

光明藏

一

这里是姬路城外围。宫本武藏一直在花田桥下或在桥上，等待着阿通的到来。

"怎么回事？"阿通始终没有露面。从约定后分别的日子起，今天已经是第七天了。阿通明明说过，要在这里等武藏一百天甚至一千天。既然约好了，就决不能背弃，武藏历来如此。他都等得有些麻木了。

他还有一个目的，就是打听据称被转移到姬路的姐姐阿吟究竟被幽禁在哪里。当花田桥畔看不见他的影子时，便是他正头顶破草席，像乞丐一样在城下町四处游荡的时候。

"啊，碰到了！"突然，一个僧人向他跑来，"武藏！"

"啊！"武藏化了装，自以为谁都认不出自己，冷不丁被对方一喊，吓了一跳。

"喂，过来！"抓住武藏手腕的僧人竟是泽庵。他使劲拽着。"若不嫌我多管闲事，就快过来。"

看来泽庵是要将自己带到某处。武藏无力反抗此人，任由他牵着往前走。这次结果又会如何呢？是再次被吊到树上，还是被关进藩里的大牢？恐怕姐姐也被锁在城下的牢狱里。如此一来，自己就可以跟姐姐同坐一个莲花座了。如果无论如何也难逃一死，至少要跟姐姐在一起。武藏暗暗在心里祈祷。

白鹭城巨大的石墙和白壁矗立在眼前。泽庵二话不说，率先走过正门前的唐桥。看到铆钉铁门下面明晃晃的枪林，武藏犹豫起来。

泽庵招招手。"快来啊。"说着穿过城楼而去。

两人走向城墙内的第二道门。这分明还是一座没有完全恢复太平光景的大名城池。藩士们严阵以待，似乎随时都可以出征。泽庵大声呼唤官差："喂，领来了！"说着便把武藏交给了对方，随即又嘱咐了一句，"拜托了。"

"是。"

"只是必须得当心。这可是只没有拔掉牙的小狮子，还有不少野性，弄不好会立刻咬你一口。"丢下这么一句，泽庵不待人引路便径直从二道城往太阁城走去。

或许是泽庵事先警告的缘故，官差们并未碰武藏一根指头，只是催促了一声："请吧。"

武藏默默地跟了上去，不久便来到一处澡堂，对方让他洗澡。这让他很意外。上次中了阿杉的计时，也是在洗澡，让他苦不堪言。他不禁抱着胳膊犹豫。

"衣服早就准备好了，您洗完后更换就是。"一名小伙计说着，放下黑色棉质窄袖和服和裙裤，便离开了。

武藏抬眼一看，怀纸和扇子早就摆好，甚至连简陋的大小两刀也一应俱全。

二

天守阁和太阁城矗立在翠绿的姬山前，这一片正是白鹭城的本城。城主池田辉政身材矮小，脸上有淡黑色的麻点，剃着光头，正越过走廊扶手眺望院内。"泽庵和尚，就是那人吗？"

"正是。"站在一旁的泽庵点头答道。

"嗯，果然气度不凡。你可帮了他大忙啊。"

"不，饶他一命的可是大人您。"

"不。如果官吏中有你这样的人，或许早就帮他成为有用之人了。可是那些家伙只知道用绳子捆，真让我头疼啊。"

武藏就坐在隔着走廊的庭院里，身穿崭新的黑色棉质窄袖和服，两手扶膝，低头不语。

"你叫新免武藏吗？"辉政问道。

"是。"武藏干脆地答道。

"新免家原本是赤松一族的分支，那赤松正则也曾是白鹭城的城主。而你今天又被领到这里，也可以说是一种缘分啊。"

武藏一直认为自己是辱没祖先之名的人。他在辉政面前没有一丝愧疚，却总觉得在祖先面前抬不起头。

"但是，"辉政变换了语气，"你的所作所为实属不肖！"

"是。"

"我要严惩你。"辉政转向一旁，"泽庵和尚，我的家臣青木丹左卫门连我的命令都敢忤逆，与你约好，说是抓住武藏之后任由你来处置。这话当真吗？"

"一问丹左，即可辨明真伪。"

"不，我早就调查过了。"

"既然如此，那还用问？我泽庵怎么会说谎？"

"好，那你们二人所说就一致了。丹左是我的家臣，他发的誓就是我发的誓。我虽然身为领主，却已没有处置武藏的权力……只是不能就这样白白放了他……不过，以后的处置就交给你了。"

"愚僧也有此意。"

"那么，你打算如何处置他？"

"让武藏经受折磨。"

"怎么折磨？"

"据说这白鹭城的天守阁上有一间鬼怪出没、从不开启的房间。"

"有。"

"现在仍未开启吗？"

"从未强行打开过，家臣们也都嫌恶，所以就一直那样放着。"

"在德川家第一勇者胜入斋辉政大人的城里，居然还有一间见不得光的房间，您觉得这会不会影响您的威信呢？"

"这倒不曾想过。"

"但领下的民众认为这事也会关乎领主的威信。我们就把光放进去吧。"

"嗯。"

"那愚僧就暂借天守阁这一间房，将武藏幽禁在里面，直到愚僧宽恕他为止。武藏，你就好好反省吧。"泽庵说道。

"哈哈，好吧。"辉政笑道。上次在七宝寺，泽庵对泥鳅胡青木丹左所说并非虚言，他与辉政确是禅友。

"待会儿不来茶室吗？"

"怎么，又要展示您那笨拙的茶道？"

"胡说！最近长进不少，今天我要好好给你露一手，让你看看我辉政并非空有一身武功。我等你。"

辉政率先站起来，消失在里屋。不足五尺的矮小身材让整个白鹭城显得更加伟岸。

三

这里便是传说中天守阁高处从未打开过的房间。此处一片漆黑，没有所谓的年月，也没有春秋，生活中的所有声音都听不到，只有一盏油灯和灯光映照下武藏那苍白脸颊的瘦削影子。

现在应该正值严冬，顶棚上黑黢黢的房梁和木板像冰一样冷，武藏在灯光下呼出一团团白气。

"孙子曰：地形有通者，有挂者，有支者，有隘者，有险者，有远者……"武藏在桌上翻开《孙子兵法》的《地形篇》，一读到会心的章节，他便反复朗读，"故，知兵者动而不迷，举而不穷。故曰：知彼知己，胜乃不殆，知天知地，胜乃可全。"

眼睛累了，他就取过装满水的容器洗洗眼睛。灯芯的油一旦吱吱作响，他就剪剪灯芯。桌子旁边仍堆着山一般的书，和书和汉书都有。其中既有禅书，又有国史。他已经完全埋在书山里了。

这些书全都是从藩的文库里借来的。武藏被泽庵幽禁到天守阁中时，泽庵曾告诫说："书能看多少就看多少。据说古代的名僧，入大藏，读万卷，每每出来时，心眼总能豁然开朗。你最好也把这黑暗的房间当作母亲的子宫，为自己的出生做好准备。虽然以肉眼看来，这里只是从未打开的漆黑房间，可你要仔细看，仔细思索，这里充满和汉所有圣贤献给文化的光明。究竟把这里当成黑暗藏，还是当作光明藏，都取决于你自己的心。"说完，泽庵便转身离去。

从那以后，究竟已几度春秋？寒来便知冬至，暖来便知春归，可武藏完全忘记了日月流转。若燕子再次重返天守阁狭缝间的巢，似乎就是第三年的春天了。

"我也二十一岁了。"武藏陷入了忘我的自省，自言自语，"二十一岁之前，我都做了些什么？"他也曾有过深感惭愧、头发蓬乱、陷入苦闷的日子。

天守阁檐下传来燕子的鸣啭。春天渡过大海，降临人间。就在这第三年的一天，泽庵忽然到来。

"武藏，你还好吧？"

"嗯……"武藏十分怀念地抓住他的僧衣。

"我刚旅行回来。正好是第三年，我想你也差不多在母亲体内生出骨架了吧。"

"您的大恩……不知何以为报。"

"报？哈哈哈，你说话已经颇有人情味了。好，今天就出关吧，去世间，去人间，拥抱光明。"

四

时隔三年，武藏出了天守阁，再次被带到城主辉政面前。三年前，他被安置在庭前。而今天，他获准坐在太阁城宽廊的地板上。

"怎么样，愿意为我家效劳吗？"辉政问道。

武藏称谢，回答说实在不敢当，现在并不想拥有主人。"倘若我在这座城里尽忠，天守阁那从不开启的房间也许每天都会出现传说中的鬼怪。"

"为何？"

"如果用明灯仔细照照大天守内部，就不难发现那里的梁柱上和木板上到处都沾着漆一般的黑点。仔细观察，那全是人的血迹。或许就是赤松一族悲惨灭亡的血迹吧。"

"嗯，或许如此。"

"我汗毛倒竖，血液也不由得愤怒奔流。曾经称霸中国地区的祖先赤松一族究竟去了哪里？他们像去年的秋风一样，在茫然中转瞬灭亡，可是他们的血仍继续奔流在子孙的身体里，不肖如我新免武藏也是子孙之一。因此我若住在此城，亡灵们一定会在那从未开启的房间里兴奋起来，未必不会闹出乱子。若赤松的子孙再夺回此城，岂不徒然又增加一个亡灵之屋？那只能重复杀戮的轮回，对不起欣享和平的领民。"

"言之有理。"辉政点点头，"那么，你想再度返回宫本村，做一辈子乡士吗？"

武藏默默露出微笑。过了一会儿，他说道："我想去流浪。"

"是吗？"辉政转向泽庵，"给他应时衣服和盘缠。"

"大人的恩德，泽庵深表感谢。"

"你如此郑重言谢，这还是头一次呢。"

"哈哈哈，或许吧。"

"趁着年轻，流浪一下也不错。可是无论走到哪里，也不要忘记安身立命之本，不要忘记故土。从今以后，你把姓改为宫本吧，对，就姓宫本。"

"是。"武藏两手自然触地，伏身叩拜，"就姓宫本。"

泽庵则在一旁说道："武藏之名也改个读法吧，就读作武藏（musashi）^①吧。今天是从光明藏的胎腹内重生到光明人世的第一天，最好一切都换成新的。"

"嗯，嗯！"辉政越发高兴，"宫本武藏？好名字！祝贺你！来人，拿酒来！"他吩咐侍臣。

更换聚会场所之后，泽庵和武藏一直作陪到晚上。在家臣们的注目下，泽庵甚至跳起了猿乐舞。醉意越浓，泽庵滑稽的舞姿就越发创造出无限的欢乐，而武藏则恭谨地望着这一切。

二人出白鹭城时，已是次日。泽庵说要踏上自由自在的旅程，就此分别。武藏也表示把今天当成第一步，想要踏上个人修行和兵法历练的旅程。

"那么，就此分别吧。"

来到城下，正要离别，武藏的衣袖一下子又被泽庵抓住，不禁"啊呀"一声。

"武藏，你是不是还有一个人想见见？"

"谁？"

"阿吟小姐。"

"哎？姐姐还活着吗？"武藏做梦都没有忘记这件事，他的眼睛立刻朦胧起来。

---

① "武藏"二字日文原本读作"takezou"，此时改为"musashi"。之后武藏的名字一直采用"musashi"这一读音。

花田桥

一

据泽庵讲，三年前武藏袭击日名仓岗哨的时候，姐姐阿吟便已经不在那里了，所以没有受到任何处罚。之后她经历种种波折，最终也没有回到宫本村，后来就在佐用乡的亲戚家安身，现在仍平安生活着。

"想见吧？"泽庵劝道，"阿吟小姐也想见你。不过，我是这么说，她才一直等待的。'你就权当你弟弟死了吧，不，他应该已经死了。三年后，我会给你领来一个改头换面的弟弟……'"

"那您不仅救了我，连我姐姐也救了？您真是大慈大悲啊。"武藏双手合十，感激不已。

"那，我给你带路。"泽庵催促道。

"不，这已经跟见过面一样了。我不想见。"

"为什么？"

"我好不容易获得重生，决心踏上修行的第一步……"

"我明白了。"

"不用我多说，想必您也能猜出来。"

"你居然已历练到这种程度了，那就请便吧。"

"就此告别……只要活着，我们还会再见的。"

"嗯。我也是云游四方……能见就见，由他去吧。"泽庵也爽快地说道。刚要分别，他忽然又想起一件事。"对了，有件事我还要提醒你一下。本位田家的大娘和权叔也已经离家，发誓不杀了阿通和你，就决不踏上故乡的土地半步。或许会有点麻烦，但你也不用在意。还有那个泥鳅胡青木丹左，这当然不是因为我多嘴多舌了，那个武士总是一事无成，被弃之不用，大概也踏上了流浪的旅途。无论如何，人生路途上到处充满坎坷，你一定要多加小心，好好走吧。"

"是。"

"那就再会。"说完，泽庵向西而去。

"一路平安。"武藏朝着泽庵的背影送出祝福，站在路口目送泽庵离去。终于只剩下一个人的时候，他向东迈开步伐。

孤剑——自己的依靠只有这一把剑。武藏下定决心：我要成为一把剑！以剑为灵魂，磨砺不止，把自己历练到人的最高境界！泽庵以禅为道，我就以剑为道，不超越他誓不罢休！二十一岁的年纪为时不晚，武藏脚下充满了力量，眼睛里闪烁着生机和希望。他不时地抬抬斗笠，充满活力的眼神瞭望着无法预知的人生之路。

就在这时——

武藏刚离开姬路城下，走过花田桥时，桥边正好走来一名女子。"啊……你！"女子一下抓住了武藏的袖子。是阿通。

"啊？"

阿通恨恨地望着吃惊的武藏。"武藏先生，你不会早已把这座桥的名字忘了吧？就算你忘了那个发誓要在这里等你一百天、一千天的阿通……"

"你从三年前就在这里等我？"

"我一直在等。我遭到了本位田家婆婆的袭击，好不容易捡回一条命，那正好是你我在中山岭分别二十天之后。从那时起，我一直等到现在……"说着，阿通指指桥边一家经营竹质手工艺品的土产店，"我到了那家店铺说明原委，一面帮工一面等着你的到来。若是算日子，今天正好是第九百七十天，你一定是如约来带我走的吧？"

二

就连一直让自己牵肠挂肚的阿吟姐姐，武藏都双眼一闭，狠下心避而不见，准备匆匆踏上旅程。为什么？他勃然自问。自己就要踏上修行之旅，怎么能带女人去？而且这个女人还是本位田又八的未婚妻，按阿杉大娘的话来说，即使没有又八，也照样是她家的儿媳妇。

苦涩的表情从武藏的脸上渗出，怎么也抑制不住。"带你走？去哪里？"他生硬地问道。

"去你要去的地方。"

"我要去的是一条艰苦的道路，不是去游山玩水。"

"我知道。我不会妨碍你修行，什么样的苦我都能吃。"

"有带着女人的修行武者吗？笑话！放开我。"

"不。"阿通倔强地抓着他的袖子，"你难道在骗我？"

"我什么时候骗你了？"

"我们不是在中山岭上约好的吗？"

"嗯……当时我稀里糊涂的。而且那并不是我自己说的，只是被你催问，匆忙中应了一声而已。"

"不！不！我不许你这么说！"阿通像要打架一样逼过来，将武藏一步步挤向花田桥的栏杆，"你吊在千年杉上，我为你割断绳子时也说过。咱们一起逃走吧。"

"快松手！喂，有人在看！"

"看不看我不管！当时我问你接受我的搭救吗，结果你高兴地让我快割断绳子。你甚至连着喊了两声，难道不是吗？"阿通的责备有理有据，可她满含泪水的眼睛里却沸腾着激情。

武藏无法反驳，情感上更是被阿通的激情灼烧，连眼睛都不由得发烫。"你松手……大白天的，你看，来往的人都回头看呢。"

阿通乖巧地松开手，接着便伏在桥栏杆上抽泣起来。"对不起，我一时忍不住说了些粗话，似乎逼着你报恩似的，请你别在意。"

"阿通姑娘。"武藏看了一眼阿通,"其实到今天为止的九百多天里,也就是你在这里等我的日子里,我一直被关在白鹭城那整日不见阳光的天守阁上。"

"我听说了。"

"你知道?"

"嗯,从泽庵师父那里听说的。"

"原来那个和尚把什么事情都告诉阿通姑娘了啊。"

"在三日月茶屋下面的山谷里,当我失去意识的时候,搭救我的是泽庵师父。给我在那家土产店找到帮工机会的也是他。但后来他就对我说起谜一样的话来,说男女之间的事结果如何,没人能知道。他昨天还来店里喝过茶呢。"

"啊,是吗……"武藏回头望着西面的道路。刚刚分别的那个人,什么时候才能再会呢?如今,他再次深深感受到了泽庵的大爱。原以为泽庵只是对自己好,看来自己还是太肤浅了。而且泽庵也不只是对姐姐好,对阿通和所有人,他都平等地伸出了援助之手。

三

男女之间的事结果如何,没人能知道——武藏听到泽庵撇下这句话离去,顿觉肩上压了一块意料之外的重物。他花了九百多天在那从未开启的房间里浏览数目庞大的和汉书籍,但就连那之中似乎都没有一行文字谈及这种人生大事。连泽庵也独独对男女之事采取事不关己的态度，逃之夭夭。

男人与女人的事，只能由男女自己来思考。莫非泽庵留下的是此种暗示，抑或是向武藏投来的试金石？像这种小事，最好由你自己决定——武藏凝视着桥下的流水，陷入了沉思。

这一次换成阿通窥探武藏。"你答应了……对吗？"她继续缠着不放，"我早就跟店里说好，随时都可以走。请你先等一等，我去说明情况，准备一下马上回来。"

"拜托了！"武藏拽住阿通白皙的手，"你再慎重考虑一下。"

"什么意思？"

"我刚才也说了，我在黑暗中闷头苦读了三年，终于明白人该走的道路是什么，刚刚重生到这个世界。今后，我宫本武藏将无比珍惜每一天，除了修行，我心无旁骛。即使你愿意与我这种人共赴永恒的艰苦之路，你也绝不会幸福的。"

"你越这么说，我的心就越被你吸引。我终于发现了这个世上唯一的真男人。"

"你到底在说什么？我不能带你走。"

"那我就永远追随你，只要不妨碍你的修行就行，对吧？我一定不会给你添麻烦。"

"……"

"好不好？你要是不声不响地离去，我会生气的。你在这里等着……我马上就回来。"阿通自问自答着，急匆匆地朝桥边的竹质手工艺品店跑去。

武藏想趁此机会扭过头，两眼一闭，狠下心朝反方向奔去。可仅仅是动了动念想，脚却像钉在原地动弹不得。

"你要是走，我就生气！"阿通一边回头，一边不放心地叮嘱。面对她白皙的笑颜，武藏禁不住点了点头。阿通以为他接受了自己的感情，终于安心地消失在店里。

好机会！若是离去……武藏在内心抽打着自己。阿通那白皙的笑颜和可怜又可爱的眼神浮现在眼前，束缚着他的身体，真是惹人怜爱。如此爱慕他的人，除了姐姐，这天地间绝不会再有第二个。而且他也绝不讨厌她。武藏望望天空，望望流水，闷声抱着桥栏杆，迷惘不已。忽然，也不知他做了什么，只见栏杆上簌簌地落下白色的木屑，飘落在水上流走了。

浅黄的绑腿，崭新的草鞋，斗笠的红绳系在下巴上。这打扮跟阿通的容貌十分相配。可是，武藏已不在那里。

"哎呀！"阿通惊慌地哭喊起来。

刚才武藏站立的地方散落着一些木屑。阿通无意间抬头看向栏杆，上面留着小刀刻下的几个白色字痕：原谅我，原谅我。

水
之
卷

吉冈染

一

今日苟且活，焉知有明天。信长也曾如此吟咏：人生五十年，如梦亦如幻。

无论是否为有识之人，都有这种观念。尽管战火已经熄灭，京都和大坂的街灯又如室町盛世时辉煌起来，但不知何时，这街灯也同样会熄灭。长年战乱烙在人们大脑深处的人生观，当然不会那么容易就完全磨灭。

庆长十年，关原合战已然成为五年前的回忆。德川家康辞去将军之职，德川秀忠于今春三月继承将军之位。新即位的将军大概不久即会上洛，京城也开始恢复生气。

不过，没有人相信这战后的景气便是真正的太平。虽然二代将军坐镇江户城，可大坂城里的丰臣秀赖仍健在。不，岂止是健在，诸侯们仍不断前往效忠，而且秀赖仍具有足以容纳天下浪人的城池和财力，还有秀吉为他播下的德望。

"早晚还会再战。"

"只是时间问题罢了。"

"这战争与战争之间的灯，和这街上的灯火一样，莫说是人生五十年了，明天就会化为黑暗。"

"今朝有酒今朝醉，有什么想不开的？"

"对，及时行乐。"

这里也有一群人生活在这种人生观下。他们是陆陆续续从西洞院四条路口出来的武士。旁边则是白色长墙和宏伟的横木门。

　　室町家兵法所出仕
　　平安　吉冈拳法

尽管门牌上的文字已经变黑，不凑近看几乎辨认不出来，但一眼望去仍不失威严。

每到街上掌灯时分，年轻的武士们便会从门里涌出回家，似乎一天也不休息。有的包括木太刀在内，腰上竟佩了三把刀，也有的扛着真枪出来。一旦打起仗来，他们个个都能展开杀人竞赛。每个人都跟刚刚形成的台风一样，有着一颗不安分的心。

"小师父，小师父。"这时，八九个人围着一个人说笑起来，"昨晚那家，可真是对不住大家了。是吧，诸位？"

"可不是嘛。那家的女人只跟小师父一个人眉来眼去，根本没把我们放在眼里嘛。"

"那今天咱们就换一家，既不知道小师父是谁，也不认识我们，怎么样？"

"好！好！"人群顿时喧闹起来。

这条街沿着加茂川，灯火通明。连那些历经战火、杂草丛生的空地，地价也涨了起来，搭建起一片新的小屋，门前也挂上了红色或浅黄色的帘子。

抹着厚厚香粉的丹波女像老鼠一样尖声浪叫，肆意勾引着路边的男人。被大量买来的阿波女郎则弹着最近流行的三味线，唱着小曲。

"藤次，去买斗笠。"一来到烟花巷附近，被唤为小师父的吉冈清十郎便回头对同伴说。他个子很高，黑褐色的衣服上绣着三个楼斗菜图案的家徽。

"斗笠？草笠行吗？"

"行。"

"还戴什么斗笠啊？"弟子祇园藤次咕哝一句。

"我不喜欢让人背后指着我说，吉冈拳法的长子居然在这种地方出没。"

二

"哈哈，您的意思是不戴斗笠就无法在烟花巷出现？到底是名门少爷，怪不得那么招女人喜欢，还为您伤脑筋呢。"藤次一面半带揶揄半拍马屁地说着，一面吩咐伙伴中的一人，"喂，快去买草笠。"

于是，一个人钻出醉醺醺的、如皮影戏般喧闹的人群，穿过街灯下的道路，朝一家草笠茶屋跑去。

"戴上这个，谁也不会认出我了。"一买来草笠，清十郎立刻遮住脸，毫无顾忌地迈开步子。

"小师父，您这样就更帅气了，越发风流倜傥了。"藤次又在后面奉承。

他这么一说，其他人也附和起来："您瞧，女人们都从布帘里看您呢。"

不过，徒弟们的话也并非全是奉承。清十郎身材修长，腰间的大小两刀耀眼夺目，年龄在三十上下，正值男人的大好年华，气度不凡，不愧是名家子弟。

女人们纷纷从檐下的浅黄色帘子或紫红色格子门后钻出来。"去哪里啊，美男子？""假正经的斗笠美男。""进来玩玩吧。""喂，让我们看看你斗笠下的脸吧。"

笼中的鸟儿们喋喋不休。

清十郎越发装模作样。在祇园藤次的鼓动下，他最近才开始踏足烟花巷，但他拥有吉冈拳法这样的名人父亲，从小就不愁没钱花，也从未尝过人间辛苦，一出生就是大少爷，自然爱慕虚荣。弟子们的奉承和女人们的哕声呼唤就像甜润的毒酒一样，麻醉了他的心。

这时，一家茶屋里传来女人哕声哕气的喊声："咦，四条的小师父，不管用哟，就算遮住了脸，我也认得你。"

清十郎掩饰起得意的神情，故作惊讶。"藤次，为什么那个女人会认出我是吉冈的儿子？"说着，他在格子门前停下脚步。

"奇怪。"藤次反复打量着格子门后笑盈盈的白面娇娘和清十郎，"诸位，真是怪事一桩啊。"

"什么？什么怪事？"同行的人故意喧哗起来。

藤次为制造气氛，故作滑稽地说道："我还以为是个纯真少年呢，没想到我们的小师父还真不能小瞧。原来，小师父早已与这个女人好上了。"他说着用手一指。

女人立刻道："什么？别瞎扯了！"

清十郎的语气也十分夸张。"你胡说些什么！我可从未来过这家。"他认真起来，竭力辩解。

藤次当然知道这些，但他还是故意挑逗："那为什么这个女人一口能说中用草笠遮脸的您就是四条的小师父呢？岂不可疑？诸位，你们说呢？"

"可疑！"大家齐声起哄。

"不，不。"女人把抹满香粉的花容贴在格子门上，说道，"喂，你们这些徒弟，如果连这点小事都看不出来，我们还怎么伺候客人啊？"

"哦，口气这么大？那，你是从哪里看出来的？"

"黑褐色的外褂可是往来四条道场的武士们最喜欢穿的，有名的吉冈染在我们这烟花巷都流行起来了。"

"可是吉冈染谁都可以穿，又不止我们小师父一人穿。"

"可是，上面的家徽可是三朵楼斗菜的图案。"

"啊，原来是这个露馅了。"

趁着清十郎察看自己的家徽，格子门后的玉手一下子拽住了他的衣袖。

三

“遮了脸却没遮家徽，惨了！惨了！”藤次戏谑地对清十郎说道，“小师父，看来您别无选择，只能进去了。”

“这倒无所谓。但你快先让她放开我。”清十郎为难地说道。

“美人，我家少爷答应你进去了，快松手吧。”

“真的？”女人松开清十郎的袖子。

一伙人挑开帘子，蜂拥而入。这里同样只是匆忙地简单装修过，房间简陋得无法落座，到处胡乱装饰着庸俗的绘画和花草。可是清十郎和藤次似乎没有高雅的兴致，他们毫不在乎，傲慢地吩咐道：“拿酒来，酒！”

酒刚被端上，又有人大喊：“拿下酒菜！”

酒菜刚上完，一个叫植田良平的人又怒喝：“拿女人来！”他与藤次一样，也是深谙此道的老手。

“哈哈！哈哈哈！”

“好一个‘拿女人来’。植田老人吩咐了，快把女人拿来！”大家竞相模仿。

“你胆敢叫我老人？”良平隔着酒杯瞪着年轻人，“不错，在吉冈门下，我无疑是个老人了，但你看看我耳边的头发，不是照样这么黑吗？"

"是不是跟斋藤实盛学的，也染黑了啊？"

"你这家伙，说话也不看场合！过来，罚酒！"

"过去麻烦，就直接扔过来吧。"

于是酒杯在呼喊声中飞来飞去。

"怎么没人出来跳舞？"藤次问道。

清十郎也来了兴致。"植田，你正年轻呢。"

"明白。既然都说我年轻了，那我怎能不跳。"说着，植田立刻走到走廊一角，把女佣的红色围裙系在头后，又在衣带插上梅花，扛起扫帚，"好，诸位，那我就来个飞骅舞吧。藤次先生，劳驾伴唱！"

"好好，大家都唱！"于是，众人或用筷子敲打盘子，或用火筷击打火盆，唱了起来，"篱笆啊，篱笆，翻越了篱笆，雪之长袖，一瞥而过。长袖，雪之长袖，一瞥而过。"

掌声一起，众人匆忙间乱了节奏，于是女人们敲打乐器接着唱道："昨日所见人，今日已不在。今日所见人，明日复不在。不管明日事，只恋今日人。"

另一个角落里，几个人正用大杯喝酒。

"就这么点酒，还喝不下？"

"我认输。"

"你还配做武士？"

"你说什么？那好，我若是喝，你也得喝！"

"给我拿来！"

酒徒们展开了饮酒竞赛。他们以牛一般的豪饮为荣，甚至喝得酒从嘴角溢出来。不久，有人开始呕吐，目光呆滞，也有人瞪着饮酒的同伴。更有平时的狂妄之辈借酒发挥起来："除了我家京八流的吉冈师父，天下还有懂剑之人？若有，不才第一个便去拜会……切磋技……艺……"

四

这时，清十郎旁边的另一个男子也醉了，不住地打嗝，大笑起来："不要觉得小师父在，就在这里口无遮拦，净说奉承话。天下的剑道不光是京八流一家，也不可能只有吉冈一门天下第一。光是这京都就有好几家名门。黑谷有出自越前净教寺村的富田势源一门，北野有小笠原源信斋，白河那边虽无弟子，却也住着伊藤弥五郎一刀斋啊。"

"那又能怎么样？"

"所以，一个人自高自大，没用！"

"你这家伙……"遭到挖苦的傲慢男子探过身来，"喂，过来！"

"怎么？"

"你这家伙，身为吉冈师父的门徒，却贬低吉冈拳法流？"

"我没有贬低。现在时代不同了，再不是一提起室町御师范，一说起兵法所出仕，人们就以为先师是天下第一的时代了，有志于此道之辈风起云涌，莫说是京城，就连江户、常陆、越前、近畿、中国、九州等偏远之地都出现了不少名人高手。不要看吉冈的师父有名，就自我陶醉地以为现在的小师父和徒弟们也是天下第一了。怎么，我这么说，有何不对？"

"就是不对！身为学武之人，竟是惧怕他人的胆小鬼！"

"我不是惧怕，只是想告诫你，人不可狂妄自大。"

"告诫？你老兄还有力量告诫别人？"此人说着，咚的一下，朝对方胸膛就是一拳。

对方一下子趴在杯盘上。"你敢打我！"

"打的就是你！"

师兄祇园和植田连忙喝阻："别打了，真不知好歹！"说着，他们把二人强行拉开，"算了，算了。"

"我明白老兄你的心情。"植田打着圆场，继续劝酒，结果一方仍怒号不已，另一方则搂着植田的脖子倒苦水："我真的是为了吉冈一门着想才直言不讳。如果门下净是些马屁精，那师父的名声就毁了……最终会毁掉的……"说着，竟哇哇大哭起来。

女人们已经逃走了，鼓和酒瓶也被打翻了。

"浑蛋女人！臭女人！"

有人见此勃然大怒，边骂边在另一间屋内来回踱步。也有人两手扶住走廊地板，脸色苍白，让友人帮忙捶背。

清十郎没有醉。见此情形，藤次悄悄对清十郎耳语道："小师父，让您扫兴了吧？"

"难道这样他们就高兴了吗？"

"他们就喜欢这样。"

"没想到这酒竟喝成这样。"

"那就由小的陪着，给小师父换一家清静的，如何？"

清十郎获救似的顺水推舟。"我想去昨夜那家。"

"蓬之寮？"

"嗯。"

"那家茶屋格调的确高雅。我知道，小师父一开始就想去蓬之寮，无奈身后跟着这些乌七八糟的东西，才故意来这家便宜茶屋。"

"藤次，咱们悄悄溜。剩下的交给植田好了。"

"我装着上厕所的样子，随后就到。"

"那我在门外等你。"清十郎丢下同伴，巧妙地溜了出去。

向阳·背阴

一

这个半老徐娘披散着刚洗过的头发，踮起白皙的脚后跟，重新点上被风吹灭的灯笼，又将身子朝檐下探去，却怎么也不能把灯笼挂到钉子上。灯影和黑发在她白皙的肘部摇曳，二月的晚风中飘来阵阵梅花香。

"阿甲，我来给你挂吧。"忽然有人从背后说道。

"哎呀，小师父。"

"等一下。"随后来到阿甲身边的却不是小师父清十郎，而是他的弟子祇园藤次。"这样可以吗？"

"给您添麻烦了。"

藤次端详着写有"蓬之寮"几个字的灯笼，觉得有点歪，又正了正。很多男人都是这样，在家时懒散挑剔，可一来到烟花巷，就意外地热情勤快起来，经常亲手打开窗子或晾晒被褥，总抢着干活。

"还是这里清静啊。"清十郎一坐下来便称赞道，"真安静。”

“我把窗户打开吧。”藤次二话不说便行动起来。

狭窄的走廊镶着栏杆，高濑川在下方潺潺流淌。从三条小桥往南是瑞泉院宽阔的庭院和暗淡的寺町，还有一片茅草丛生的原野。世人记忆犹新的杀生关白秀次与其妻妾子女的恶逆冢就在附近。

“怎么连个女人也没有，太冷清了……今晚又没有别的客人，阿甲那家伙在忙什么呢，连茶都没上。”

看来，一旦不必要的殷勤劲儿上来，藤次也是个坐不住的人。他大概是去催茶水，大大咧咧地朝通往后面的窄廊走去。

“啊。”迎面传来悦耳的铃声。一名少女正端着泥金画的盘子走来，铃声是从袖口上发出的。

“哟，朱实啊。”

“茶要洒了。”

“茶倒无所谓。你喜欢的清十郎少爷来了，为什么不早点过来？”

“啊，洒了！快去拿抹布来。都是你弄的。”

“阿甲呢？”

“在化妆。”

“怎么现在才化？”

“今天白天实在太忙了。”

“白天？白天谁来了？”

“谁不都一样。快闪开。”朱实进入房间，“欢迎光临。”

清十郎正呆呆地望着外边出神，没注意到朱实进来。"啊……是你？昨晚……"他腼腆地说道。

朱实从橱架上取下一支镶边的陶质烟管，放在一个香盒模样的器具上。"先生抽烟吗？"

"烟？最近不是禁了吗？"

"可大家不都在偷着抽吗？"

"那就抽一点。"

"我给您点上。"朱实从一个精致的螺钿匣中取出一点烟叶，用白皙的手指塞进陶质烟管里，"请用。"她将烟嘴朝向清十郎。

清十郎吸烟的动作并不熟练。

"很呛吧？"

"呵呵。藤次去哪里了？"

"又到母亲的屋里去了吧。"

"他似乎喜欢阿甲。嗯，没错。藤次这小子，经常把我丢在一边，一个人来这里。"

二

"你说没错吧？"

"讨厌！呵呵。"

"这有什么奇怪的？你娘大概也偷偷跟藤次眉目传情吧？"

"这种事我怎么知道。"

"一定是这样……这样岂不正好？大家都是恋人，藤次与阿甲，我跟你。"清十郎若无其事地说着，把手悄悄搭在朱实手上。

"讨厌。"朱实高傲地甩开对方。

这反倒激起了清十郎的勇气，他一下子抱住正要起身的朱实那娇小的身子。"去哪里？"

"讨厌，讨厌……放手。"

"别走，在这儿陪陪我。"

"我去拿酒。"

"还拿什么酒？"

"要挨娘骂的。"

"阿甲正在那边与藤次说情话呢。"清十郎刚把脸朝朱实埋下的脸庞贴去，朱实却把燃烧般滚烫的脸颊猛地扭到一边。

"来人啊！娘！娘！"她真的喊了起来。

清十郎一松手，朱实立刻晃着袖口的铃铛，像小鸟一样逃向宅子深处。伴随她的哭声，一阵阵大笑声也立刻传来。

"真是的……"清十郎碰了一鼻子灰，露出掺杂着寂寞和苦闷的难以言喻的表情。"回去！"他咕哝了一句，来到走廊，显得十分生气。

"哎呀，清少爷。"阿甲见状，慌忙抱住清十郎。此时她的头发已经束起，妆也重新化过。她先抱住清十郎，接着使劲喊藤次帮忙。

"对不住了，对不住了。"

阿甲好歹把清十郎拉回原先的座位，立刻拿来酒安抚起清十郎。藤次则把朱实拽来。朱实看到清十郎情绪低落的样子，扑哧一声低头偷笑起来。

"快给清少爷斟酒。"

"是。"朱实答应一声，捧起酒壶。

"这孩子就这样，清少爷。也不知怎的，我这个女儿总是这么小孩子气。"

"这样才好啊，就像初樱一样。"藤次也在一旁坐下。

"可是她都已经二十一岁了。"

"二十一？怎么看都不像，这么小巧玲珑，顶多十六七。"

一听这话，朱实的表情顿时像小鱼一样活泼起来。"真的？藤次先生，我真高兴！我希望永远都是十六岁，因为十六岁时发生过一件好事。"

"什么事？"

"谁都不能告诉。十六岁的时候……"她陶醉地把双手抱在胸前，"你们知道我在哪里吗？关原合战的时候。"

阿甲忽然沉下脸来。"别在这里絮叨些没用的话，还不赶紧把三味线拿来。"

朱实噘着嘴，一声不吭地站起身。不一会儿，她便抱着三味线唱起来。虽说是唱给客人听，却感觉更像在独自回味过去。

今宵空无眠，
犹恨不阴天。
不忍泪涟涟，
明月照孤单。

"藤次先生，你还想听吗？"
"嗯，再来一曲。"
"真想就这样弹一晚上啊。"

纵处黑暗中，
我心不游移。
无奈君不解，
徒为我痴迷。

"果然，这么看的确是二十一岁了。"

三

不知怎的，一直托着额头沉浸在歌中的清十郎心情一下子好了起来，突然说道："朱实，来，喝一杯。"说着把酒杯递给朱实。

"嗯，那就喝一杯。"朱实落落大方地接过酒杯，一饮而尽，"喝完了。"她说着还回酒杯。

"爽快！"清十郎也立刻干了，"再来一杯。"

"谢谢。"朱实怎么都不放下手中的酒杯。杯子虽小，可看她的样子，似乎用更大的酒杯来喝都不尽兴。

朱实娇弱的身体看起来顶多有十六七岁，娇唇尚未被男人的嘴唇玷污，眼眸如小鹿一般满含羞怯。这么多酒，究竟进入这女人的哪里去了呢？

"不行啊。这孩子一旦喝起酒来，灌多少都不醉。还是让她先抱着三味线吧。"阿甲说道。

"有趣。"清十郎更起劲地斟起酒来。

看到情形有些不对，担心出事的藤次说道："您这是怎么了？小师父，今夜喝的是不是有点多啊？"

"没事。"果不其然，藤次的担心成了真。"藤次，我今晚可能回不去了。"清十郎拒听劝阻，继续喝个不停。

"那您就住下来吧，多少天都行。对吧，朱实？"阿甲拿腔作调地说道。

藤次使了个眼色，悄悄地把阿甲拉到另一个房间。"麻烦了，不好办啊。"他悄悄嘀咕道，"看他那迷恋的样子，无论如何也得让朱实答应。先不管当事人如何，你这个当娘的想法最重要。至于钱的问题，你出个价。"他认真地交涉。

"这……"阿甲在黑暗中托着浓妆的脸颊，陷入思考。

"无论如何也要想想办法。"藤次凑过来，"这岂不是美事一桩？虽说是练武之家，可现在的吉冈家有的是钱。上一代的拳法师父长年为室町将军担任教头，吉冈家的弟子人数也是天下第一。而且，清十郎少爷尚无妻室，无论风云如何变幻，将来结果也不会糟。"

"我倒是觉得可以。"

"只要你答应了，那还有什么问题？那，今晚两个人就住下了？"

房间里并没有灯。藤次肆无忌惮地把手搭在阿甲的肩上。这时，啪嗒一声，拉门紧闭的隔壁房间里传来声响。

"还有其他客人？"

阿甲默默地点点头，把湿漉漉的嘴唇贴向藤次的耳朵。"待会儿再……"

二人若无其事地走出来。清十郎已经醉倒在地。分配好房间后，藤次也睡下了，但他没有闭上眼睛，而是等待着阿甲的来访。结果却颇具讽刺意味。直到天亮，里面的房间都静悄悄的，一点动静都没有。两间房里连衣服的摩擦声都没有听见。

受骗的藤次很晚才起床，一脸不快。清十郎早已起来，又在沿河的屋里喝了起来。阿甲和朱实围在旁边，二人全都一副若无其事的样子。

"那，您可一定得带我们去啊。"二人在跟清十郎约定着什么。

四条的河滩上正好有阿国歌舞伎的演出。他们是在谈论这个。

"嗯，去。酒和好吃的可得先准备好。"

"对，洗澡水也别忘了烧。"

"太高兴了。"

今天早晨，只有这母女二人欢闹不已。

四

最近，出云巫女阿国的舞蹈成了街头的热门话题。不少人模仿这种女性歌舞伎，纷纷在四条的河滩上搭建起舞台，一较风流，什么大原木踊、念佛舞、奴踊等，各家都独具特色。而且，还出现了这样一种现象—— 一些娼妓出身的人取了男性艺名，比如佐渡岛右近、村山左近、北野小太夫、几岛丹后守、杉山主殿等，也经常女扮男装，出入贵人的宅邸。

"还没准备好？"

日已过午，阿甲和朱实正在为看歌舞伎而认真化妆。清十郎感到疲倦，脸上现出不悦的神色。藤次也在为昨晚的事耿耿于怀，也没有心情大献殷勤了。

"带女人去也行，可就是临出门的时候麻烦，什么头发如何，腰带怎样，真能让男人烦死。"

"我不想去了……"清十郎望着河面说道。

在三条小桥下，一个女人正在晒布。桥上，一人正骑马通过。清十郎想起了道场的训练，木太刀的声音和枪柄带来的呼呼风声不断在耳中响起。那么多的弟子，一旦发现他今天不在，会说些什么呢？尤其是那个弟弟传七郎，一定又在不住地呷嘴。

"藤次，咱们回去吧。"

"事到如今再说回去，恐怕……"

"可是……"

"一开始让阿甲和朱实那么高兴，一旦食言，她们肯定会生气的。我去催催她们吧。"说着，藤次走了出去。他往镜子和衣服散落一地的房间内探头一看，有些纳闷。"咦？在哪儿呢？"于是他又去另一间屋子看了看，也没有。

背阴处有一间房门紧闭的阴暗屋子，散发出阵阵被褥棉絮的气味。藤次哗啦一声，无意间打开了房门。

"谁？！"

藤次忽然被当头一声怒喝吓了一跳，不由得后退几步，慌忙瞅瞅屋子里面。屋内十分昏暗，潮湿破旧的榻榻米与正面客厅的根本无法相比。一个浑身上下透着股流氓习气的浪人正在榻榻米上躺成"大"字，他约莫二十二岁，太刀的护手放在肚子上，肮脏的脚底朝着外面。

"啊……是我疏忽了，您是客人吗？"藤次说道。

"不是客人！"男子躺在那里，朝着顶棚怒喝道。刺鼻的酒气扑面而来。虽不知对方是谁，但最好还是不要招惹。藤次说了声"啊，失礼了"，就要离去。

"喂！"对方忽地坐起来喊住了他，"关上门再走！"

"哦。"藤次蒙了，大气也不敢出，乖乖关上门离去。

在挨着小屋的洗澡间里为朱实梳头的阿甲立刻露出贵

妇人般浓妆艳抹的身影。"你发什么火啊！"她用训斥孩子般的口气说道。

朱实则从后面问道："又八哥不去吗？"

"去哪里？"

"看阿国歌舞伎啊。"

"呸！"本位田又八不屑地歪着嘴，对阿甲说道，"天下哪里还有让客人跟在自己老婆屁股后，自己却又跟在那客人屁股后的丈夫？"

五

将要外出的阿甲精心化妆，盛装打扮，沉浸在一片兴奋中。"你说什么？"或许是这种心情被破坏的缘故，她的眼角挑了起来，"我和藤次先生有哪里不对了？"

"谁说不对了？"

"那你刚说的是什么？身为一个男人……"见又八碰了一鼻子灰，沉默不语，阿甲瞪了他一眼，说道，"每天就会忌妒，我真受够你了！"她突然扭过脸。"朱实，别理这个疯子，咱们走。"

又八伸手揪住阿甲的衣角。"你什么意思？你居然敢说你丈夫是疯子？"

"那又怎么了？"阿甲甩开他，"若是丈夫，你就拿出个丈夫样来。好好想想吧，你到底是跟着谁吃饭。"

"什、什么……"

"自从离开江州，你赚过哪怕一百文钱吗？你难道不是一直靠我和朱实来养活？每天就知道喝酒瞎逛，居然还有脸抱怨？"

"所……所以，我才说哪怕是去搬石头也要干活啊。可你却说什么粗茶淡饭咽不下，寒门破户不喜欢之类，不让我干活，还说你自己喜欢过这种卖笑生活。我看还是别干了吧。"

"什么别干？"

"这种生意。"

"要是不干，明天拿什么吃饭？"

"我就是搬石头，也能养活你。有什么大不了的，不就是两三个人的生活嘛。"

"既然你那么想搬石头、运木头，那你可以自己走啊。你一个人去做小工也行，干什么都行，我管不着。你本来就是作州的乡巴佬，这么做倒真合了你的本性。我也没有死乞白赖地求着让你留在这个家里，如果不愿待，你随时都可以走，用不着客气。"说完，阿甲一拂袖，从满含悔恨泪水的又八眼前离去，朱实也走了。

尽管二人的身影已从眼前消失，可又八仍呆呆地注视着那里，眼泪像烧沸的水一样簌簌地落在榻榻米上。时至今日，后悔已经迟了。关原败北，自己一路逃亡。藏在伊吹山那座茅屋里时，他曾一度感受到人情的温暖，感觉仿佛捡了条性命，幸运至极。可事实上，这跟落入敌人手里成为俘虏一样。堂堂正正被敌人捕获拉至军营，与成为多情寡妇的消遣玩意儿，一辈子没有男人的自尊，整日郁闷地生活在阴暗的烦恼与污蔑下，这两种结局究竟哪一种更幸福呢？阿甲就像吃了人鱼似的永远不老，乐此不疲地沉浸在吸引男人的脂粉中，充满傲慢与贪婪，而自己竟被这样一个女人如此傲慢地教训。

"可恶……"又八颤抖着，"可恶！"他的眼泪甚至渗透到了骨头里，连骨髓都想哭泣。为什么！为什么！我为什么没有在那个时候回到故乡宫本村？为什么没回到阿通那纯真的心里去？

宫本村里有母亲，有姐夫、姐姐和河滩的权叔，大家都充满了温情。阿通所在的七宝寺的钟声今天仍在响吧？英田川的河水如今仍在流淌吧？河滩上的花仍在绽放吧？鸟儿也仍在歌唱春天吧？

"浑蛋，浑蛋！"又八拼命打着自己的脑袋，"你这个浑蛋！"

六

阿甲、朱实、清十郎和藤次——从昨晚便流连于此的两位客人和母女二人结伴而行，拥着走出家门，欢闹不已。

"外面已经是春天了。"

"马上就三月了。"

"都说江户的德川将军家将在三月上洛，这下子你们可又发财了。"

"不行，不行。"

"你们不招待关东武士吗？"

"他们太粗野。"

"娘，那边就是阿国歌舞伎的伴奏吧……你听，有钟声，还有笛声呢。"

"这孩子，嘴里净说这些，你的魂早让戏勾去了吧。"

"可是……"

"先帮清十郎少爷拿草笠。"

"哈哈，小师父，您跟我们一块儿挺合适的。"

"讨厌……藤次先生。"朱实回头一看，只见阿甲慌忙把袖子下面被藤次捏住的手挣开。

他们的脚步声和说笑声从又八所待的屋子旁边飞过。屋子与外面的大路只隔着一扇窗户。又八把恐怖的眼神向窗外投去。仿佛遭受了奇耻大辱，忌妒油然而生。

"有什么了不起的。"他又一屁股坐回黑屋子，"瞧你那个样子！窝囊废！你那没出息的样！"他骂自己没骨气、神经病、可耻，自我发泄着愤懑。

"出去！那个女人让我出去，那我就堂堂正正地出去，犯不着死皮赖脸地待在这里。我才二十二岁，还是个好小伙儿。"大家都出门后，家里一下子静了下来。又八自言自语。"对，没错，就这样。"他坐卧不宁。为什么！他也弄不清楚，大脑里一片混乱。

又八自己也承认，这两年的生活把他的脑子弄坏了。自己的女人到别的男人那里，把曾经做给自己的媚态卖给别人，这任谁都无法忍受。他晚上睡不着，白天也烦躁不已，无心出去，便闷声躲在阴暗的屋子里，每天只是喝酒。

这个臭婆娘！又八十分悔恨。他也清楚，如果踢开眼前的臭婆娘，便能在高空舒展青年的大志，哪怕已有些迟，至少能改变错误的道路。可是夜晚不可思议的魅惑又拽住了他。那女人竟然有那么大的吸引力，她是魔鬼吗？浑蛋、绊脚石、神经质，这些辱骂自己的话一到深夜就恶作剧般化为那个女人的快乐蜜罐。尽管年近四十，可溶化在鲜红胭脂中的嘴唇仍不次于朱实。这甜蜜的一面始终存在于又八心里。

若真的离开这里，又八并没有当着阿甲和朱实的面去搬石头的勇气。这样的生活过上五年，惰性当然已渗入他的身体。一旦穿上锦缎，品味起不同风味的滩酒和土产酒，宫本村的又八就不再是以前那个质朴刚毅的青年了。尤其他在二十岁前尚未成熟时起就与年长的女人过上了这种不正常的生活，生活中自然失去了青年的朝气，变得萎靡卑屈、顽固扭曲。

可是！可是！今天他却爆发了。"可恶，以后可别吓一跳！"他愤然敲打着自己，站起身来。

七

"我走了。"即使又八这么说，也没有人拦他。家是空的。太刀无论如何也不能离身。又八把太刀插在腰上，咬着嘴唇。"我也是男人。"

虽说从挂着布帘的正门大摇大摆出去也没有关系，但又八还是按照平常的习惯，趿拉着脏脏的草履从厨房门口迅速走到外面。出是出来了，脚却像是被挡住一样。又八眨着眼睛，在充满初春阵阵寒意的东风中迷惘起来。去哪里呢？世间似乎一下子变成了无依无靠的渺茫大海。若说他有什么社会经验，就只有故乡宫本村的生活和关原合战了。

"对啊。"又八再次像狗一样钻进厨房门，返回家中，"不拿钱怎么行。"他忽然意识到这点，走进阿甲的房间，随手翻找匣子、抽屉和镜台，却没有找到钱。那女人早就提防到他会这么做了。他深受打击，在乱七八糟的女人衣服堆里失望地坐了下来。

红绢、西阵织、桃山染……阿甲的气息像烟霭一样升腾起来。她现在大概正在河滩的阿国歌舞伎小屋里和藤次靠在一起看戏吧。又八的眼前又浮现出那女人的媚态和白皙的肌肤。"妖妇！"他的脑海中不由自主渗出来的全是悔恨的苦涩回忆。

虽然悔之晚矣，可痛切浮上心头之人仍是被又八抛弃在故乡的未婚妻阿通。他无法忘记阿通。不，日子越久，他就越感到承诺在那土气的乡下等待自己的女人有多么清纯和尊贵。日子越久，他就越想念她，甚至想双手合十向她道歉。可是现在，他连与阿通的缘分都没有了，更没道理觍着脸主动找人家。

　　"这也是因为那个泼妇！"事到如今，即使醒悟过来也已太迟。又八后悔不该乖乖地把故乡有这样一个阿通的事告诉阿甲。阿甲听到这些的时候，脸上绽出婀娜的微笑，装出一副漠不关心的样子，心底却燃起深深的忌妒，不久便为此争风吃醋地吵起来，逼又八写下休书，还故意把她自己露骨的文字也封在里面，让信使给故乡那个一无所知的阿通送去。

　　"啊……阿通会怎么想呢？阿通……"又八发疯般叨念起来，"现在她在干什么……"

　　又八悔恨的眼中又浮现出阿通和她那含恨的眼神。故乡宫本村应该也即将迎来春天，那些令人怀念的山河如今又浮现在眼前。又八真想从这里大声呼唤。故乡的老母亲和亲戚们都那么温暖，连泥土都充满了温暖！

　　"再也无法踏上那片土地了。这也全都是因为这个女人。"又八倒空阿甲的衣箱，疯狂地撕起来，又踢得满屋子都是。

　　但这时，正门布帘前的来访者已经站了片刻。"打扰。在下是四条吉冈家的差使，请问我家小师父和藤次先生在不在这里？"

"不知道。"

"不，应该是在这里。在下也知道跑到这种偷着玩的地方找人实在无趣，无奈道场出大事了，事关吉冈家的名誉。"

"你真啰唆。"

"那，麻烦你给带个话也行。就说一个名叫宫本武藏的但马武士闯入道场，门弟中无一人可敌，于是他顽固地赖在那里，扬言非等到小师父回来不可，所以希望他们能立刻回去。"

"什、什么，宫本？"

优昙花

一

对吉冈家来说，今天绝不是个吉祥的日子。四条道场在这西洞院西口创办以来，还从未遭受过如此侮辱，令武道名门声名扫地。今天是一个刻骨铭心的日子，有心的门人个个一脸沉痛。若在平常，一到黄昏，大家就该纷纷踏上归途了，而此时的道场里仍弥漫着黯然的不安气氛。一群人聚集在铺着木地板的休息室，另一群人则像墨迹一样留在另一个房间。大家都留了下来，没人回去。

"小师父回来了？"只要一听到门前有轿子之类停下来的声音，大家就立刻打破沉重的沉默，纷纷站起身。

"不是。"道场入口处，有人倚在柱子上，重重地摇着头，无精打采地说。

每一次，门人都会重新陷入沼泽般的幽暗。有人咋舌，有人则在一旁大声叹气，在黑暗中不停地眨着懊丧的眼睛。

"究竟是怎么回事？"

"偏偏今天……"

"还没找到小师父吗？"

"已经让人分头去找了，大概不一会儿就会回来。"

"真是的！"

医生从后面房间里走出来，在门人默默的目送下朝玄关走去。医生一回去，人们又无声无息地退回房间。

"怎么连灯都忘了点！来人，点灯！"有人窝火地呵斥起来。声音中透着对自己无力洗刷屈辱的愤怒。

在道场正面供奉"八幡大菩萨"的神龛上，灯突然点亮了。可是，就连这灯光都暗淡无华，像吊唁的灯一样投下不祥的光晕。

最近几十年来，吉冈一门的确太顺利了，门人中的德高望重者也在反省。这四条道场的开山鼻祖吉冈拳法与今天的清十郎和弟弟传七郎不同，的确是个了不起的人。他原本只是染坊的一介染匠，却在用糨糊粘贴染型纸的过程中发明了太刀刀法，又掌握了鞍马僧长刀刀法，还研究了八流剑法，形成独立流派。最终，吉冈流的小太刀刀法被当时的室町将军足利家族采用，拳法也成为兵法所的一员。

还是先师伟大啊。现在的门人追慕的，也无非是已故去的拳法的为人与德望。至于第二代清十郎与其弟传七郎，虽说都传承了不次于父亲的修为，但同时也直接继承了拳法留下的大量家产和名声。

这才是祸根——有人如是说。现在的弟子并非追慕清十郎的德，而是追慕拳法的德望和吉冈流的名声。只要在吉冈流门下完成修行，在世面上就能吃得开，门徒自然会大增。

由于足利将军家灭亡，到清十郎这一代时已没有俸禄。但拳法在世时并未享乐奢侈，财产便在不知不觉间积累下来，再加上宅邸宏伟，弟子的数量在日本第一的城市京都也堪称第一。所以不管其实质如何，至少在表面上，吉冈家已成为风靡于用剑尚剑阶层的名家。

可是，当这白墙内的人还在骄傲、自满、享乐的时候，墙外的时代已经发生了翻天覆地的变化。这让吉冈家终于遭遇了如今的黑暗侮辱，迎来了惊醒的一日。

宫本武藏，一个名不见经传的乡巴佬，就是因为他的剑……

二

事情的起源是这样的。

"在下是作州吉野乡宫本村的浪人宫本武藏。"

下人传话说，大门口来了一个乡巴佬。在场的人顿时来了兴趣，便问是什么样的人。据传话人交代，来人年龄二十一二岁，身高近六尺，呆板得像是一头从黑暗中拽出的牛。卷曲的红发大概一年都没有梳理，随意地扎起，衣服已被雨露弄脏，分不清原来究竟是纯色还是碎花，是黑色还是茶色。或许是心理作用，来人身上似乎透着一股臭

197

味，但背上斜背着一个用纸绳网涂柿漆做成的百宝囊，即俗称的武者修行袋，看来也是一个近来颇为流行的以修行武者自居之辈，总之是个年轻的傻子。

这倒还罢了。本以为来人只是在厨房要顿吃的，可看到这偌大的门户，便提出比武，而且找谁不好，偏偏要找吉冈清十郎比武。听到这些话，门人都禁不住大笑。有的说立刻轰走，也有的说莫急，先问问他是什么流派、拜谁为师。于是，传话人也半凑热闹地往返其间，结果来人的回复竟更加离谱。

来人称幼时曾跟父亲学过铁尺术，后来问道于每一个来到村里的武者。他十七岁离开故乡，十八到二十岁间因故只钻研学问，去年则独自躲进山里，一直拜树木、山灵为师修炼，因此还没有明确的师父，也无流派。他希望将来能汲取鬼一法眼之传，参透京八流真髓，虽不才但刻苦钻研，愿像开创吉冈流拳法那样开创宫本流。

来人态度倒是诚实本分，但舌头不利索，结结巴巴的，还带着浓浓的地方口音。传话人煞有介事地模仿起来，逗得大家再次哄堂大笑。

光是迟钝地来到这天下第一的四条道场，就已经算是彻头彻尾的冒失鬼了，竟还扬言要像拳法那样开创流派，真是不自量力。于是众人决定，既然如此，那就给他个面子，并吩咐传话人再去询问一下来人有无收尸人。结果来人半带嘲笑地答道："至于死尸之事，万一不测，扔到鸟边山也行，扔到加茂川跟垃圾一起冲走也行，自己决不会抱怨。"回答十分干脆，不似他迟钝的样子。

"叫他过来！"一个人发了话。梦魇便开始了。众人本想把来人叫到道场，打残之后扔出去，可是没想到第一回合，被打残的人竟出现在道场一方。有人被木刀打折手腕，不，更确切地说，是被扭下手腕，只剩皮肤连着。

弟子们接连上场，结果几乎都负了同样的重伤，全部惨败。木刀也已滴起血来，道场里充满凄怆的杀气。事到如今，吉冈门人即使一个不剩地全被杀，吉冈道场也不可能让这个无名的乡巴佬就这样趾高气扬地生还。

"这样打下去没有用，还是请清十郎师父来吧。"

武藏提出理所当然的请求，不再上场与门人比武。众人无奈，只好先让他在房间里等着，立刻派人去寻找清十郎，另一方面则请来医生，救治数名重伤者。

医生回去后不久，后面亮着灯的房间里便传来两三次呼唤伤者名字的声音。道场的人跑去一看，并排躺着的六名伤者中已有二人气绝身亡。

三

"不行了？"围在死者枕边的门人个个脸色苍白，心情沉重。

这时，只听慌乱的脚步声从玄关走向道场，又从道场朝后面走来。正是带着祇园藤次回来的吉冈清十郎。两人都像刚从水里爬上来一样，一脸苍白。"这是怎么回事！瞧你们这个样子！"藤次既是吉冈家总管级别的用人，也是道场中德高望重的前辈，说话从不顾及场合，专横跋扈。

死者枕边有个眼泪汪汪的善感门人，一下子抬起愤怒的目光。"我还要问你是怎么回事呢。你把小师父引诱出去，连个分寸都没有。"

"你说什么？"

"拳法师父在世的时候，一天也不曾有过这样的日子！"

"偶尔去散散心，看点歌舞伎什么的，有什么不好？照你说把小师父闷在这里就好了？多管闲事。"

"不就看个女人歌舞伎吗，用得着从昨晚就住下？拳法师父的牌位都在后面的佛堂里流泪了。"

"你这家伙还没完了！"

为了将两人劝开，人们又吵嚷了一阵子。这时，隔壁房间的黑暗里传来呻吟声："吵……吵死了……也不知道体谅一下别人的痛苦……呜呜……呜呜……"

呻吟声未落，又有人在裤子下捶打着榻榻米叫嚷起来："还有闲工夫在那里瞎吵！小师父若是回来，还不赶紧给我们雪耻……决、决不能让那个浪人活着走出这里……都听见没有？拜托了！"

虽然还不至于死，但在武藏的木刀下，好几人的手脚已被打碎。他们情绪高涨。

对！每个人似乎都受了当头棒喝。在这个世上，除了农、工、商之外，剩下的武士阶层平常最看重的就是一个

"耻"字了，一旦遭受耻辱，这个阶层的人甚至会随时献出生命。现今的当权者只顾打仗，尚未把太平的纲纪公布于天下，只有京都的世风得到暂时整顿，但也只是草草颁布一些不完备的法令来搪塞而已。武士之间，重视耻辱的习俗仍然盛行，百姓与商人也自然地尊重起这种气魄来，甚至影响到社会的治安，所以法令的不完备之处也只能靠市民的自治来弥补。

吉冈一门的人当然也知耻，他们绝不像濒死之人一样厚颜无耻。一旦从一时的狼狈和失败中苏醒过来，耻辱就会顿时在大脑里燃烧。

这完全是家师之耻！人们顿时舍弃小我，聚集到道场，包围着清十郎。可独独今天，清十郎的脸上毫无斗志，昨夜以来的倦怠仍挂在眉间。"那浪人在哪里？"他一面系紧从肩部延伸到后背的皮质带子一面问，又从门人取出的两把木刀中选了一把，提在右手。

"那家伙说怎么也要等您回来，我等就依着他的意思，让他在那边的房间里等待。"一人手指院子对面书斋一旁的小屋说道。

四

"给我叫来！"清十郎张开干裂的嘴唇，"那就见上一面。"他在比道场地面更高的属于师父的位子上坐下，挂着木刀说道。

"是。"三四个人答应一声，立刻穿上草鞋，就要朝书斋的走廊跑去。

这时，祇园藤次和植田等高徒一把抓住了他们的袖子。"等一下等一下，不用如此着急。"然后便耳语起来。至于内容，稍远一点的清十郎就听不见了。由于人数太多，无法以吉冈家的家人和高徒为中心凑在一起，人们便分成好几组交头接耳，有人提出异议，有人发表见解，纷纷议论。

但商量的结果似乎立刻就出来了。众人心里完全清楚清十郎的实力，为了吉冈家，他们一致认为倘若把那个等在后面的无名浪人叫来，让他无条件地在这里与清十郎对阵，实在是下策。既然已经死伤数人，万一连清十郎也输掉，对吉冈家来说将是奇耻大辱，大家都惧怕这种极度危险的后果。

倘若清十郎的弟弟传七郎在，众人就不用如此担心了。但可气的是，偏偏那个传七郎从今天早晨起也不见了。在大家眼里，比起哥哥，弟弟似乎更多继承了先师拳法的天分，只因身为次子没有责任，甚为悠闲自在。今天也一样，他只说了一声要跟朋友去伊势，便连什么时候回来都没说就出门了。

"请借一步说话。"不久，藤次便来到清十郎身边嘀咕。清十郎的脸色顿时难看起来，似乎受到了难堪的耻辱。

"暗算？"

藤次连忙用眼神制止清十郎。

"若用如此卑鄙的手段，那我清十郎岂不声名扫地？对方不过是个乡野武士，若如此畏惧，以多打少，传扬出去……"

"怎么会……"藤次打断硬充好汉的清十郎，说道，"请交给我等吧，不用您动手。"

"难道你们以为我清十郎会败给后屋那个叫什么武藏的人？"

"那倒不是。但大家都说，对方也不是什么有名的对手，若让小师父亲自应战，实在不像话。这也根本谈不上是什么事关名誉之事……总之，若是让他活着回去，那才会让当家的在世上丢脸呢。"

说话的时候，挤满道场的人已经减半。有的潜入院子，有的钻到后面，有的从玄关迂回至后门。大家像蚊子一样悄无声息地纷纷潜入黑暗中。

"别犹豫了，小师父。"藤次呼的一下吹灭灯，然后解开刀鞘的绳子，撩起袖子。

清十郎依然坐在那里，默然望着眼前的一切，微微有种舒口气般的感觉。但那绝不是愉快感，只能说是自己遭到了轻视。反省一下父亲死后自己疏于修行的过程，清十郎怎么也提不起情绪。

那么多门人和家仆都藏到哪里去了呢？道场里只剩下清十郎一个人，井底般的沉寂和清冷弥漫整座宅邸。他忍不住站起身，从窗户往外窥探，亮着灯光的只有武藏等候的房间，其他什么也看不见。

五

隔扇内的灯火静静地闪烁。无论是走廊地板下方、走廊里，还是旁边的书斋，除了那个灯影暗淡摇曳的房间，一切都沉浸在黑暗中，无数只眼睛像癞蛤蟆一样缓缓从黑暗中爬过来。

众人屏息凝神，隐藏起利刃，全神贯注倾听着屋内的动静。

嗯？藤次迟疑了一下，其他门人也呆住了。宫本武藏虽说名不见经传，可也功夫了得。但不知为何，屋里一片死寂。但凡懂些武道的人，哪怕对方隐藏得再好，当如此多的敌人逼到眼前时，他绝不会浑然不觉。武者若以此种心性混迹于世，恐怕一月一条性命都不够用。

大概睡下了吧？众人觉得姑且可以如此判断。

怎么说也等了这么长时间，实在等厌倦了，也许已打起盹来。可是倘若对方是一介狡猾之辈，那么他或许早已察觉了这边的动静，浑身上下也已收拾停当，却故意连灯芯都不修剪，屏息凝神单等敌人前来。

看来是这样……不，正是如此。

每个人的身体都僵硬起来，首先就被自身的杀气震慑住了，谁都不愿意身先士卒冲进去。空气静寂得连咽唾沫的声音都听得到。

"宫本大人，"藤次故作轻松地从拉门边探问道，"让您久等了。可否拜会一下？"

里面仍然一片静寂。看来敌人更有准备。

不要大意！藤次先向左右使了使眼色，然后咚的一下朝拉门的下半部踢去。可是本该一跃而入的人影全都下意识地向后退缩，拉门的一面脱落，甩出两尺多远。"出来！"有人大喊一声，震得四面的门窗哗哗作响。

"咦？"

"不在！"

"不在？"

突然抬高的声音在摇曳的灯火中响起。刚才门人送烛台时武藏端坐在上的坐垫还在，火盆和未喝的冷茶也在。

"让他跑了！"有人跑向走廊把消息传到院子。

人们从庭院暗处和地板下怒气冲冲地凑过来，纷纷捶胸顿足，责骂监视人的疏忽。奉命监视的门人们则众口一词说绝不可能。他们也十分纳闷，只看见武藏去过茅房一次，且立刻就返回屋内，断不可能出去。

"他又不是风……"有人嘲笑监视人的辩解。

"啊，快看这儿！"一个脑袋钻进橱柜的人指着被扒开的地板上的洞大喊一声。

"若是掌灯后才跑的，应该还没有逃远。"

"追！快追！"

发现敌人的软弱后，武士们一下子兴奋起来，呼的一下推开小门和后门，散到外面。"在那里！"随着一声惊呼，所有人都看到一个人影从正门旁的低墙后弹了出来，穿过大道，迅速消失在对面的小巷里。

六

人影简直如四处逃窜的野兔，像蝙蝠一样掠过小巷尽头的夯土墙，翻到一旁。四处响起杂乱的脚步声，众人拼命追赶，也有人向前面绕去，一直追到空也堂和本能寺废墟一带的昏暗街道。

"卑鄙小人！"

"不知羞耻！"

"吃豹子胆了！刚才的本事呢！"

"喂，回来！"

众人抓住了人影，顿时一阵拳打脚踢。这个拼命逃到此处的男人嗷嗷叫喊了两声，却猛然反扑，眨眼间便把欲上前揪他颈后头发的两三个人打倒在地。

"啊？"

"这个人……"

眼看就要一阵血雨腥风。

"等、等一下！"

"打错人了！"不知是谁喊了一声。

"啊，果然。"

"不是武藏。"

众人当即傻了眼，晚一些赶来助阵的祇园藤次问道："抓住了吗？"

"抓是抓住了……"

"嗯，怎么是这个人？"

"你认识？"

"这不是在蓬之寮茶屋里面的……而且今天还见过面。"

"哦？"

众人纳闷地盯着默然整理乱发和衣服的又八，从头到脚一阵打量。

"茶屋的老板？"

"不，那边的老板娘说了，不是老板，是个吃闲饭的。"

"真是个奇怪的家伙。站在门前探头探脑地干什么？"

这时，藤次忽然拔腿向前。"你们还有空理他，武藏就该跑了！赶快分头去找，哪怕找到他栖身的旅店也好。"

"对，查出他住的旅店。"

又八默默垂着头，欲朝本能寺的大水沟走去。听到众人匆匆离去的脚步声，他忽然想起什么似的叫住对方："喂，等一下！"

"什么事？"最后一个人止住脚步。

又八慌忙赶过去。"你们说的今天来道场的那个什么武藏，多大年龄？"

"不知道。"

"是不是跟你差不多大？"

"嗯，差不多。"

"他有没有说出生地是作州的宫本村？"

"正是。"

"名字是不是武藏这两个字？"

"你问这些干什么？难道是你的熟人？"

"那倒不是。"

"你要是再没事瞎溜达，小心还会像刚才一样挨揍。"

那个人丢下最后一句，也朝黑暗跑去。又八沿着阴暗的水沟无精打采地走着，不时望望星空停住脚步，不知该往何处去。

"果然没错。看来已经化名，去修行了……如果现在遇见，一定变样了吧。"

又八将两手插入前带，用草履鞋尖踢着石头。每一块石头上似乎都浮现出朋友的面孔。

"真是不巧。无论怎么想，现在我都没脸见他。我也有志气，若是被那家伙蔑视，岂不很恼火……不过，他一旦被吉冈的弟子们发现可就没命了……究竟在哪里呢？真想告诉他一声啊。"

坂

一

　　碎石遍布的坡道两旁挤满了生着青苔的木板房子，仿佛参差不齐的牙齿。街上不时飘来一阵阵臭烤咸鱼的臭味。正午时分，阳光晒在头顶。忽然，一阵骂声从一间破房子里传来："把老婆孩子晾在家里，你还有脸回来？你这个醉鬼，死老头子！"随着女人尖锐的一嗓子，一个盘子朝街上飞来，摔成白花花一片，紧接着，一个年近五十、匠人模样的男人也像被扔出来一样滚了出来。

　　女人赤脚、蓬发，像母牛一样的乳房裸露胸前。她一面骂"你这死老头子，你去哪里"，一面跑出来，揪住男人的发髻，噼里啪啦连打带咬一顿揍。孩子像着火般扯着嗓子大哭不已，狗也汪汪地吠个不停。拉架的人慌忙从附近跑来。

　　武藏回过头来，斗笠下露出苦笑。他正站在相邻的一家陶器作坊前，像个孩子般痴迷地望着陶器师操作滑轮和刮刀，忘记了一切。

他很快回过神。他已经看呆了，但里面做活的两个陶器师却连头都没抬。他们仿佛把灵魂都要揉进黏土一样，制作陶器入了神。

看着看着，武藏不禁也想捏捏那黏土。他从小就喜欢这种东西，觉得自己至少能做个茶碗。但一看到那个年近六十的老翁用刮刀和手指灵巧地侍弄着眼看要变成茶碗的黏土，武藏不由得责备自己不逊的态度。

真是高超的技艺，要达到这种程度……最近，武藏动辄会产生这种感动。人的技术，人的技艺，无论是什么，只要是优秀的东西，他都抱有尊敬。而自己却没有类似的本领——他现在仍这么想。仔细望去，作坊的一角放着一张门板，上面摆放着盘子、瓶子、酒杯、墨水盂之类，以低廉的价格卖给拜谒清水寺的人。就连制作如此低廉的陶器，都如此仔细、用心，武藏不禁觉得自己离立志追求的武道还差得太远。

最近二十余天，除了吉冈拳法一门，他还走访了几家著名的道场，结果让他深感意外，同时也让他产生了强烈的自豪感。自己的实力并没有想象的那样拙劣。

他本以为京都乃府城之地，是将军的旧府，名将强卒无数，必定是武道高手云集之地，于是特来造访，却没有一家道场让他心悦诚服。

武藏每次获胜，都抱着一种寂寞的心情走出那家大门。是他强大，还是对手弱小？他无法知道。倘若此前走访的武道家便是当今的代表，那他简直要怀疑眼前这个社会。

可是不能因此就狂妄自大——不经意间，眼前的陶器师就给他上了一课。哪怕从制作那些仅仅值二十文或一百文杂器的老翁身上，只要凝神一看，武藏都不由得感到一种禅定一般的韵味和技术。再看看生活，这世上不都是些为吃饭而奔波的穷苦人吗？社会是不可能太甜美的。

武藏默默地在心里朝手上沾满黏土的老翁点头致敬，然后才离开这家店铺。抬头仰望坡道，清水寺崖边的路就在眼前。

二

"浪人先生！浪人先生！"武藏正要登上三年坂，背后有人喊了起来。

"叫我吗？"武藏回头一看，身后有个男人手持竹杖，光着小腿，只裹着一块布片遮住腰部，满脸胡须。

"老爷可是宫本大人？"

"嗯。"

"名讳武藏？"

"嗯。"

"多谢。"说完，男人转身朝茶碗坂的方向下行而去。

再仔细一看，男人走进一家茶店模样的店铺。在那里，有许多跟男人一样打扮的轿夫正凑在一起晒太阳，武藏刚才走过来时早已看到。让人打听自己姓名的究竟是谁呢？

接下来那人就要出来了吧？武藏伫立了一会儿，却没有任何人露面。

他登上坡顶，围着千手堂、悲愿院一带转了一圈，祈祷起来："保佑独在故乡的姐姐。赐给愚钝武藏苦难，赐给我死，赐给我天下第一的剑吧。"

礼拜完神佛之后，心就会像洗过一样清爽，武藏无形中从泽庵那里学到了这些，后来又从书籍的知识中获得印证。他把斗笠扔在崖边，在一旁坐下。从这里望去，整座京城尽收眼底，身边的笔头草一簇又一簇。

真想成为伟大的生命——单纯的野心让武藏年轻的胸怀膨胀起来。既然生而为人……他在心里描绘着远大的梦想，与徜徉在明媚春天里的参拜者或游山客远远不同。

武藏曾在一本书里读到一个传说，当然是杜撰的故事：在很久以前的天庆年间，平将门与藤原纯友都是野马般狂傲的野心家。他们曾约定，将来一旦成功，要将日本对半平分。当时，武藏不禁觉得这种无智无谋十分可笑，现在却笑不出来了。虽然他的想法与二人不一样，但有相似之处。每个人都可以梦想开创自己的道路，这是青年才拥有的权利。

织田信长如此，丰臣秀吉也如此。可是，战乱已经是旧梦，时代迎来了渴望已久的和平。一想到为实现历史使命而一忍再忍的德川家康，武藏觉得，拥有正确的梦想其实也很难。

在庆长年间，一个拥有崭新生命的人就这样生活在这里。尽管学习信长已经迟了，模仿秀吉的生活方式也不可取，但作为一个人，还是要拥有梦想，谁也无法剥夺一个人拥有梦想的权利。即使是刚才离去的轿夫，也可以拥有梦想。

可是……武藏再一次把那些梦想置于脑外，重新思考起来。剑！自己的道便在于此。织田信长、丰臣秀吉和德川家康也都一样。在这些人走完辉煌一生的同时，社会也实现了文化的繁荣发展和生活水平的提高。只是德川家康做到了连野蛮的革新和跃进都不再需要的完美地步。如此看来，从东山上一眼望去的京都，也绝不会再像关原合战以前那样风云突变。

不一样了。现在的世道已经与织田信长和丰臣秀吉的时代不一样了。武藏接着又思考起剑与社会、剑与人生的问题，他把年轻的梦想与自己追求的武道结合起来，陷入了恍惚与沉思。

这时，刚才那个木雕蟹一样的轿夫再次从崖下露出头。"啊，在那边。"他用竹杖指着武藏说道。

三

武藏盯着崖下。那群轿夫正在那里吵嚷。

"喂，他盯着这边看哪。"

"走起来了。"

轿夫们拥挤着爬上山崖尾随而来。武藏并不理他们，继续前行，结果前面也出现一群同样的人，抱着胳膊，拄着竹杖，远远地挡住了去路。

武藏停住脚步。他一回头，轿夫们也止住脚步，露出白色的牙齿笑道："快看，正在看匾额呢。"

武藏站在本愿堂阶前，仰望着古梁木上的匾额。扫兴！他真想大声呵斥他们，可是呵斥一群轿夫也太无礼了。如果是误会，估计不一会儿就散了。他忍耐下来，仍聚精会神地仰望着匾额上的"本愿"二字。

"啊，来了！老婆婆来了！"轿夫们嘀咕着，脸色忽然大变。

武藏猛然一抬头。此时，清水寺的西门已经挤满了人。参拜者、僧人和商贩都睁大了眼睛，在远远围住武藏的轿夫们背后又围了三层，好奇地观看着事情的发展。

"嘿哟！哦哟！"正在这时，一阵震耳的呼喊声从三年坂的坡下一带传来。不一会儿，一个看起来有六十岁的老太婆由一名轿夫背着出现在寺内。后面还有一个年近五十的老武士，一身乡村土气，毫无飒爽之姿。

"行了，行了。"老太婆在轿夫背上神气地摆摆手。轿夫便屈膝蹲在地上。

"多谢。"说着，老太婆轻轻下了地，对后面的老武士振奋地说道，"权叔，可不能大意了。"

原来是阿杉与渊川权六。两人从头到脚打扮利落，看来已做好命赴黄泉的思想准备。"他在哪里？"

他们湿了湿刀柄，分开人群。

"老婆婆，对手就在这边。"

"您不用急。"

"对手似乎非常顽强啊。"

"得做好准备。"

轿夫们围拢过来，有人担心，有人劝慰。围观的人们大吃一惊。"那个老婆婆难道要与那个壮汉决斗？"

"看来是……"

"那个帮手也步履蹒跚，一定有原因啊。"

"肯定有。"

"啊，你看，她正冲那个同伴发火呢！居然还有这么倔强的老婆婆。"

一个轿夫快步从别处拿来一竹勺水，阿杉咕咚喝了一口，然后递给权叔。

"有什么可怕的！他不就是一个乳臭未干的毛孩子吗？就算学了点剑术，也强不到哪里去。你给我稳住。"说完，阿杉率先来到本愿堂阶前一屁股坐下，从怀里取出念珠，无视站在对面的武藏，也没有把周围的人放在眼里，竟念念有词，祈祷起来。

四

权叔也模仿阿杉，双手合十。过于悲壮的情形反倒让人觉得滑稽。围观的人见状哧哧地笑起来。

"谁在笑？"一名轿夫冲着那人愤怒地呵斥，"有什么好笑的？不许笑！这位老婆婆从遥远的作州来到这里，为了处决夺走儿媳逃跑的家伙，从前些日子起就每天来这清水寺参拜。至今已有五十多天，没想到居然在茶碗坂发现那家伙。就是他。"

这名轿夫刚解释完，另一人接着说道："不愧是武士门第，就是与众不同。都那把年纪了，若是在故乡，早已儿孙绕膝，安享天年。可老婆婆竟不顾功成身退，毅然踏上征程，替儿子一雪家耻，真是令人敬佩。"

又有人接着说道："我们绝不是因为老婆婆每日管酒，也不是因为偏袒她，出于那么狭隘的心胸才支持她。我们是看不下去这种残酷。那么一大把年纪了，竟要跟一个年轻浪人决斗。支持弱者是人之常情，不是吗？就算她输了，我们也会一齐冲向那个浪人，你们说是不是？"

"当然。"

"我们怎么能眼看着老婆婆送命呢？"

听完轿夫们的说明，群情激奋，吵嚷起来。"好！好！"还有人不断煽动。

"可是，那老婆婆的儿子怎么样了？"也有人询问。

"儿子？"轿夫的同伴们似乎也都不清楚，有的说大概死了，也有的显出一副知情的样子，说老婆婆顺便也在查访儿子的生死。

这时，只见阿杉把念珠收到怀里。轿夫和人群也同时安静下来。"武藏！"她左手伸向腰间的短刀，大喊道。

武藏一直默然地站在那里，与阿杉隔着三间的距离，一动不动。

权叔也在阿杉身边拉开架势，向前探出头来，大叫一声："呀！"

武藏似乎不知如何回答。他已经想起在姬路城下与泽庵分手时对方的提醒，可轿夫向人群散布的那些话仍着实让他意外。而且，自己一直被本位田一家怨恨也让他难以接受。

说到底，这无非是在那片狭隘的乡土范围内的面子和感情问题。只要本位田又八在这里，一切都可迎刃而解。可是武藏现在却为难起来。眼前的事态该如何应对？面对步履蹒跚的老婆婆和老武士的挑战，他陷入两难，无言以对，一脸困惑。

轿夫们见状，立刻言语恶毒地支援阿杉："看你那窝囊样！""吓傻了吧？""有种就拿出个男人样来，乖乖让老婆婆处置！"

阿杉大概太过愤怒，眨了眨眼睛，使劲摇了摇头，忽然回过头对轿夫说："别吵了！你们只须站在这里做见证人就行。我们二人若被杀，就拜托你们把这老骨头送回宫本村。我老婆子的请求就这些。此外不需要你们多言，也不需要帮忙。"说着，她推出短刀的护手，瞪着武藏，又向前一步。

五

　　"武藏！"阿杉又喊了一声，"原先在村里，我老婆子一直喊你恶藏。但听说你现在改名了，叫宫本武藏，倒是很气派……呵呵呵。"她晃着满脸皱纹的头，刀未抽出，恶毒的语言已劈了过来，"你以为只要改了名字，我老婆子就找不到了吗?! 幼稚! 苍天有眼，为我老婆子照亮了你躲藏的地方……来，看看是你漂亮地斩下老婆子的首级，还是老婆子取了你的性命! 来，一决胜负! "

　　权叔也挤出嘶哑的声音："自从你逃出宫本村，屈指一数已有五年。你知道我们费了多大气力找你? 终于没有白白地每天参拜清水寺，终于在这里碰上了你，真让人高兴! 我渊川权六虽已老朽，却还不会输给你这样的臭小子。你就瞧着吧! "说着，白光一闪，抽出太刀，"老太婆，这里危险，躲到后面去。"他庇护着阿杉说道。

　　"你说什么! "阿杉反倒斥责起权叔，"你才得小心! 你中过风，小心脚底下。"

　　"我们可是有清水寺诸菩萨的护佑! "

　　"没错，权叔，本位田家的祖先都在后面为我们助阵呢，别怕! "

　　"武藏，来吧! "

　　"来吧! "

两人并起利刃，从远处挑战。可是武藏不仅毫不理睬，还像个哑巴似的沉默不语。阿杉说了一声："你怕了，武藏？"然后迈着小碎步绕到武藏侧面，就要杀入。可就在这时，她似乎被石头绊了一下，两手扶地，跌倒在武藏脚下。

"啊，完了！"周围的人群顿时惊呼起来，"快去救！"

此时权叔也失去了方寸，只是盯着武藏。但阿杉不愧是个刚毅的老太婆。只见她立刻捡起扔出去的刀，自己爬起来，立刻跳回权叔身旁，重新摆好架势。"傻瓜，你那刀是装饰品吗？还是你根本就没有杀人的力气？"

这时，一直像面具一样毫无表情的武藏才大声地回答："没有！"说着便迈开步子。

权叔和阿杉跳到两边。

"去、去哪里？武藏！"

"没有！"

"站住！你敢不站住！"

"没有！"

武藏三次都抛去同样的回答，头也不回，径直分开人群向前走去。

"他想逃！"阿杉慌了，"别让他跑了！"

轿夫们呼啦一下像雪崩一样抢到前面，包围起来。

"啊？"

"咦？"

围倒是围起来了，可武藏已不在里面。

后来，在从三年坂和茶碗坂四散的人群之中，有人说当时武藏就已经像猫一样跳上西门两侧六尺多高的夯土墙上不见了，但没有一个人相信，权叔和阿杉更不相信。是不是在佛殿的地板下？有没有逃到后山去？两人一直狂奔到太阳落山。

河童

一

扑哧，扑哧……打稻草的沉闷杵声传遍细民町，雨水让养牛人家的房子和做抄纸的小屋如秋天般发霉腐烂。尽管地处京都的北野，可由于这一带是城郊，即便到了黄昏时刻，飘散着温馨炊烟的人家也不过几户。

一家的檐下挂着斗笠，上面用假名写着"小客栈"。

"爷爷！小客栈的爷爷！在吗？"一到泥地房前，那个常来的酒馆小伙计便用充满朝气的声音嚷嚷起来，气势比他的个头大得多。

小伙计也就十到十一岁，雨水让他光亮的头发散乱地盖在耳朵上，简直就像画上的河童，窄袖的短上衣系着绳带，泥巴都溅到了后背上。

"是阿城啊。"小客栈的老板在后面说道。

"嗯，是我。"

"今天客人还没回来，不要酒。"

"可是回来后还要啊，我先跟平常一样送些来吧。"

"等客人要喝的时候，我再去打就行了。"

"爷爷，你在做什么？"

"我想托明天往鞍马送货的人捎封信，可是半天都想不起一个字，正累得肩膀发酸呢。你别跟我说话，太吵了。"

"呵，背都要驼的年纪了，还不识字？"

"你这毛孩子，又在这里说大话，是不是又想吃棒子？"

"我给你写吧。"

"别瞎说。"

"我说的是真的！哈哈，居然还有这样的'芋'字啊，是'竿'。"

"真吵！"

"我没法不吵啊，真看不下去。爷爷是给鞍马的熟人送竹竿吗？"

"送芋头。"

"那就别这么倔强了，写'芋'不就行了吗？"

"我要知道，从一开始不就这么写了吗？"

"不行啊，爷爷，这封信除了你谁也读不懂啊。"

"那，你写写试试。"老板说着把笔塞给他。

"我给你写，你就别唠叨了。"酒馆的城太郎坐在门口的木横档上拿起笔。

"笨蛋。"

"什么？你自己不识字，还骂别人笨蛋。"

"你的鼻涕流到纸上了。"

"是吗？这张纸就抵了我的酬劳吧。"说着，城太郎把纸一揉，擤了擤鼻子后扔掉了，"那怎么写？"他握笔的姿势倒是像模像样。按照小客栈的老板所说，他流畅地写好了信。

就在这时，今早没带雨具就外出的客人拖着沉重的脚步，从泥田般的路上赶了回来。他把顶在头上的稻草编的炭包扔在檐下，浑身都已湿透。

"啊，这场雨一下，梅花也要凋零了。"他一面抬头望着每天早晨都让自己赏心悦目的红梅，一面拧着袖子咕哝道。

此人正是武藏。他已经在这家小客栈住了二十多天，一回到这里，就有一种回家般的安心感。

走进泥地房，武藏一抬头，只见平时总来的酒馆小伙计正与客栈老板凑在一起。武藏悄悄地从背后探过脸，窥探他们在做什么。

"啊……你这人真坏。"城太郎一发现武藏，慌忙把纸和笔藏到了背后。

二

"给我看看。"武藏捉弄道。

"不行！"城太郎摇摇头，反倒揶揄起武藏来，"那你得跟我玩接龙游戏。我说红色。"

武藏解开濡湿的和服裙裤递给客栈的老板，笑道："哈哈哈，我才不吃你这一手呢。"

城太郎立即答道："不吃手，就吃脚啊。"

"要吃脚，那也得是章鱼脚。"

结果城太郎响亮地回答："吃章鱼喝酒。大叔，就吃章鱼喝酒。我去拿吧。"

"拿什么？"

"酒。"

"哈哈哈，你这小家伙，又引我上了钩。哎，又让小伙计强卖了酒。"

"五合？"

"要不了这么多。"

"三合？"

"喝不了。"

"那……你要多少？你真小气，宫本大叔。"

"一遇到你我就不行。说实话，我没有那么多零钱啊。我是个穷武者。就别那么刻薄了。"

"那，我去量些来，便宜卖给你。但大叔，你得讲有趣的故事给我听。"

城太郎在雨中高兴地跑了回去。武藏看着留下来的书信，问道："老板，这是刚才的少年写的？"

"是啊。真让我吃惊，那个孩子居然这么聪明。"

"嗯……"武藏叹服地认真读了起来，"老板，你有没有能更换的衣服？睡衣也行，借我穿穿。"

"我就估摸着您会湿着回来，所以早就给您拿出来了。"

武藏到井边冲了冲，不久便换上衣服，在炉旁坐了下来。在此期间，锅已经挂在炉上的吊钩上，咸菜和茶碗也已备齐。

"那小家伙干什么呢？这么磨蹭。"

"那个少年多大？"

"说是十一。"

"挺老成的啊，小小年纪。"

"怎么说呢，从七岁左右就在酒馆里当伙计，什么赶马的、做抄纸的，天天跟这些人打交道，早给调教出来了。"

"可是就凭这样的营生，他是怎么写得一手好字的呢？"

"写得有那么好？"

"虽然透着一股孩子的稚嫩，但稚嫩中有一种天真还是什么……如果用剑来打比方，有一种气贯长虹的气势。这孩子，将来必成大器。"

"成大器，成什么器？"

"人。"

"哎？"客栈老板一面取下锅盖查看，一面咕哝着，"怎么还不来？那小家伙不会又到哪里瞎逛去了吧。"

客栈老板正在唠叨，城太郎便赶到了，刚一落脚就喊道："爷爷，拿来了！"

"你干什么去了？客人都等半天了。"

"那个，我正要去打酒，店里也来了客人。那个醉鬼揪住我，喋喋不休地问这问那。"

"问什么？"

"宫本大叔的事。"

"又在那里瞎说了？"

"就算我不瞎说，这附近也没有人不知道前天清水寺那件事。邻家的老板娘，还有前面漆店的女儿，那天都去参拜了，大叔被轿夫围住左右为难的情形，大家可都看见了。"

三

武藏默默地坐在炉前，抱着膝盖，请求般说道："小家伙，那事就别提了。"

眼尖嘴快的城太郎一察觉武藏脸色不对，还没等武藏说出来，就已经改口道："大叔，今晚在这里玩玩没关系吧？"

"嗯，你家那边能行吗？"

"店那边没事。"

"那就跟大叔一起吃饭吧。"

"那我来烫酒吧，这我拿手。"他说着便把酒壶埋在炉子的灰烬里，"爷爷，好了。"

"果然拿手。"

"大叔，你喜欢喝酒吗？"

"喜欢。"

"可是，没钱就喝不上酒啊……"

"嗯。"

"只要是习武者，就都会被大名招去，赏给很多的领地吧？我听店里的客人说，从前有个叫冢原卜传的，旅行时让随从专门牵着换乘的马，让侍卫托着鹰，后面还跟着七八十个家臣呢。"

"嗯，没错。"

"听说被德川大人招贤的柳生大人在江户，有一万一千五百石的俸禄呢。真的？"

"真的。"

"可是大叔为什么那么穷呢？"

"因为我还在学习中。"

"那你到多大才能像上泉伊势守和冢原卜传那样，有很多的随从呢？"

"这个嘛，我恐怕当不了那么大的官。"

"你软弱吗，大叔？"

"或许在清水寺看见我的人都会这么说，毕竟我是逃出来的。"

"所以附近的人都说住在小客栈的年轻修行武者很懦弱，连我听了都生气。"

"哈哈哈，人家又没说你，生什么气？"

"可是……求求你别那样了，大叔。前面的漆器店后方，抄纸作坊和桶店的年轻人都凑在那里比剑呢，你到那里去跟他们比试比试，胜一回给人看看。"

"好好好。"无论城太郎说什么，武藏都点头。他喜欢这个少年。不，大概因为自己身上多少还带着少年的气质，所以立刻就被同化了。而且他也没有兄弟，几乎从未体会过家庭的温暖，这大概也是原因之一。他有一种潜意识，总想追求一种类似的感情来安慰自己的孤独。

"不说这些了。我倒要问问你，你的老家是哪里？"

"姬路。"

"什么，播州？"

"听口音，大叔是作州人吧。"

"是，挺近啊。那你家在姬路做什么？我是说你爹。"

"是武士！"

"哦……"武藏露出意外的神情，但还是点了点头，似乎已经料到。随后他询问起城太郎父亲的名字。

"我爹叫青木丹左卫门，也曾是年俸五百石。可是在我六岁的时候成了浪人，后来到了京都，越来越穷，于是就把我托付给酒馆，自己当了虚无僧。"城太郎感慨地回忆道，"所以，我无论如何也要成为一名武士。要想成为武士，最好有高超的剑术。大叔，我求你了，就收我为弟子吧。我什么事都愿意做。"

一听这话，武藏面露难色，可是少年却苦苦纠缠。但此时，武藏的心早已不在答应与否这件事上，而是同情起那个泥鳅胡青木丹左。万万没想到他竟沦落到这一步。在武道中，不是你死就是我亡，武士每天都把脑袋系在裤腰上，可一旦亲眼见到这种人生的轮回，心里就会感到另外一种孤独，沉醉犹醒。

四

城太郎着实是个磨人精，怎么哄都不听，小客栈的老板磨破了嘴皮子，越是训斥劝导，城太郎越是不听话，对武藏纠缠不休，甚至抱着武藏的胳膊软磨硬泡，最后竟哭了起来。武藏禁不住他的纠缠，于是说道："好，好，那就收你为弟子。但今晚你必须回去，跟店主人也好好说说，之后再来。"

城太郎这才答应回去。

到了第二天清晨——

"老板，这么多天承蒙照顾，我要动身去奈良，快给我准备便当吧。"

"啊，您要走？"老板对武藏突然动身非常吃惊，"那个小家伙无理纠缠，您才突然……"

"不不，不怪那个小家伙。这是我长久以来的凤愿，我要去大和有名的宝藏院看看枪法。一会儿小家伙来了，一定又会麻烦你，拜托了。"

"瞧您说的，小孩子就算一时哭闹，一会儿就没事。而且酒馆的主人也不会答应的。"

武藏走出客栈。红梅花瓣在泥泞里凋谢。这天早晨，雨已经完全停了，吹在肌肤上的风感觉也与昨天不同。

三条口污浊的水流大增，临时便桥旁边有许多骑着马的武士，正在一一检查往来的行人，不只是针对武藏。一打听，才知道原来是江户将军家上洛的日子将近，作为先锋的大名小名也将于今天抵达，所以正在严查意图谋反的浪人。

武藏三言两语就打发了对方的盘查，若无其事地通过。但这再次让他意识到，自己已经完全变成了无属无派的一介浪人，既不属于大坂，也不属于德川。

现在回想起来，武藏觉得实在可笑。关原合战的时候，他只扛着一杆枪就满腔豪气出去硬闯，实在鲁莽。父亲侍奉的主人是大坂一方，英雄太阁的精神也深深地渗入了故土，少年时每天在炉边听到的那些故事也让英雄的伟大深深地印到了他的脑海里，即使现在问他究竟支持关东还是大坂，他也仍会毫不犹豫地回答后者，他血液中的某个地方还残留着这种情感。

可是，他在关原醒悟了。他明白自己混在足轻里面，无论怎么在大军中挥舞那杆枪，也无法撼动任何东西，更不会做出多大的贡献。

愿主君武运长久——带着这种念头死去也行，也算是轰轰烈烈，不失意义。可是武藏和又八当时的想法并非如此。他们心中燃烧的不过是功名，只想发那无本的大财。

后来，是泽庵的教诲才让武藏明白，生命像珍珠一样珍贵。仔细想想，当时怎能说是未带本钱，分明是提着最大的资本去的，却只为了一点禄米，而就连这点禄米也像押宝一样只能靠运气押中。现在想来，武藏觉得那种单纯实在可笑。

"到醍醐山了吧。"

武藏身上出了汗，便止住脚步。不知不觉间，他已经走在高高的山路上。忽然，远处传来一个声音："大叔……"过了一会儿，又传来了第二声。

"啊？"武藏眼前立刻浮现出一张河童似的脸从风中冲过来。果然如他担心的那样，不一会儿，城太郎的身影便出现在道路彼方。

"骗人！大叔骗人！"城太郎嘴里骂着，脸上带着欲哭无泪的神色，气喘吁吁地追了过来。

五

来了，终于来了。虽然内心有些为难，武藏还是把灿烂的笑容挂在脸上，回过头等着。快，真快！从对面飞奔而来的城太郎简直就像一只小小的乌天狗。

随着距离的缩短，城太郎机灵鬼般的身影越发清晰，武藏的嘴角不禁又添了一丝苦笑。城太郎的穿着与昨晚明显不同，他换下了伙计打扮的衣服，但仍是高腰半袖，腰带上别着比他还高的木刀，还背着伞一般大的斗笠。

"大叔！"城太郎一跑过来，就一下子扑进武藏的怀里，"你骗人！"他一把搂住武藏，"哇"的一声哭了起来。

"怎么了，小家伙？"武藏轻轻地搂住了他。

他知道山里没人看，便扯开嗓子肆意大哭。

"哪有这么哭的人啊？"武藏终于训斥道。

"我不管，我不管。"他一面哭，一面甩着身子，"那么大的人，怎么能欺骗小孩呢？昨晚都说好要收我为弟子，却把我当块木头丢下，有、有这样的大人吗？"

"是我不好。"

武藏刚一道歉，城太郎又变换哭声，仿佛在撒娇一样，流着鼻涕哇哇哭着。

"别哭了。我哪里骗你了？你有爹有主人，没有他们的允许，我怎么能带你走呢。所以才说让你回去商量。"

"既然如此，你等到我回信为止不就行了？"

"所以我才道歉了啊。你跟你主人说了吗？"

"嗯……"城太郎这才沉默下来，从一旁的树上揪下两片树叶。还未弄清他究竟要干什么，却见他哼的一声，竟用树叶擤起鼻涕来。

"那，你主人是怎么说的？"

"他说滚……"

"嗯。"

"主人还说，像我这样的小崽子，正儿八经的习武人和道场是不会收我为徒弟的。只有住在小客栈里的那个懦弱的人才会看上我。不过那人正好可以做我的师父，我就等着给他拿行李吧……作为饯别的礼物，主人还送了我这把木刀呢。"

"哈哈，真是个有趣的主人。"

"后来我就跑到小客栈的爷爷那里，结果爷爷出门了，我就把挂在檐下的斗笠拿来了。"

"那不是客栈的招牌吗？上面还写着'小客栈'呢。"

"那又有什么关系？万一下雨就麻烦了。"

师徒的约定及其他一切事项就这么圆满完成了。武藏内心也接受了这个徒弟。可是一想起这孩子的父亲青木丹左的失意以及与自己的宿怨，武藏就不由得为这孩子的未来着想。

"啊，忘了……还有，师父。"城太郎安下心来后，忽然想起了什么，在怀里翻找着，"还有……这个。"说着，他掏出书信。

武藏有些纳闷。"这是什么？"

"我不是说过嘛，昨晚我正要给你送酒的时候，有个在店里喝酒的客人不停地打听你的事。"

"哦，原来是这件事。"

"我回去之后，那个浪人还烂醉如泥，又打听起你的情况来。那个人酒量出奇大，喝了两升。最后他写了这封信，说是让我交给大叔你，然后放下就走了。"

武藏有些纳闷，翻到信封的背面。

六

信封的背面居然是"本位田又八"几个潦草的字迹，字本身仿佛都透着一股烂醉如泥的气息。

"啊……又八来的……"武藏急忙拆开信封,带着一种怀念而悲凉的心情读起来。若是喝了两升酒,字迹乱七八糟当然无可避免,但信的内容也支离破碎,不过好歹还能读懂。

> 伊吹山下,一别以来,乡土难忘,旧友亦难忘。不料前些时日,在吉冈道场闻兄之名,百感交集,见面与否,迷惘至今,终至酒馆买醉。

到这里还能明白,可往后就越发看不懂了。

> 然,与兄分别以来,被饲于女色之槛,遭蚀懒惰之肉而生,度怏怏无为之日已五载。洛阳,今君之剑名益高。加盏。加盏。
>
> 或曰:武藏乃懦弱擅逃之卑怯者也。或曰:彼乃不可思议之剑人。此等评判,任由他去。唯野生暗庆兄之剑为洛阳之人士投一波纹耳。
>
> 思来,君贤明,恐剑亦成巧者,可出世。
>
> 翻看今之我如何。愚,愚,此钝儿仰贤友而何其愧死焉。
>
> 且待人生之长途,尚永远不可测,今不想会,正所谓来日方长也。
>
> 祈健康。

武藏以为全文只有这些，可再看看附言，又絮絮叨叨地记了一件急事，说吉冈道场的千名门徒将上次的仇铭记在心，正拼命搜查武藏的下落，务必严加注意。武藏好不容易在武道方面初露头角，不能死，他又八也混出点样子之后再与武藏相见，彻谈过去，所以，哪怕为了与他又八竞争，武藏也要保重身体，好好活下来。

信差不多就是这些意思。前面描述的还算友情，可后面的忠告里也透着又八大量的妒恨。武藏黯然神伤。啊，好久不见了——他为什么不直接这样寒暄呢？

"城太郎，你问这个人住在哪儿了吗？"

"没问。"

"酒馆的人也不知道吗？"

"不知道吧。"

"是经常来的客人吗？"

"不，第一次。"

武藏深感惋惜。若是知道又八的住处，哪怕现在返回京都也行，可是没有办法。武藏想见面后再敲打一下又八，好让他觉醒，把他从现在的自暴自弃中拉出来。武藏仍未忘记和又八的情谊。

哪怕是为了解除又八母亲的误解——武藏默默地走在前面。前方就是醍醐山的下坡，六地藏的四街道岔口已在不远处。

"城太郎，虽然急了点，我还是想拜托你一件事，你肯为我做吗？"武藏忽然说道。

七

"什么事，师父？"

"我希望你跑一趟腿。"

"去哪里？"

"京都。"

"好不容易才来到这里，再回去？"

"我想请你把我的书信送到吉冈道场。"

城太郎低着头，踢着脚底的石头。

"你不愿意？"武藏看了看他。

"不是……"城太郎疑虑地摇摇头，"不是不愿意，师父，你是不是又想借此把我丢下来当傻瓜啊？"

在城太郎的怀疑目光的逼射下，武藏忽然感到一阵耻辱。他的怀疑是谁导致的呢？"不，武士绝不撒谎。昨天的事，请你原谅。"

"那，我去。"

走进六阿弥陀寺岔口的茶屋，两人要来茶，泡起便当。武藏趁这个空档写下给吉冈清十郎的信，大致如下：

> 据悉，贵下举全门之力欲寻拙者之居所，余今在大和路，今后一年欲游历伊贺、伊势及其他地区，此计划实恐难改。然，前日拜访时恰逢贵下外出，未瞻

贵眉，余同样遗憾。故与贵下约定，明春一月或二月余必再访。诚然，贵下恐亦勉励不怠，余亦趁此一年愈砺钝剑。窃祈自重，勿使前日交手之惨败二度造访荣光拳法先生之门。

内容郑重之中又显豪迈。武藏在最后署名"新免宫本武藏政名"，收信人则是"吉冈清十郎阁下及贵门各位"。

城太郎收下书信。"那，是不是把这封信丢到四条的道场就行了？"

"不，你要正儿八经地从玄关造访，必须好生交给传话人。"

"嗯，明白。"

"还有一件事……只是于你而言恐怕有点难。"

"什么事？"

"昨夜给我写信的那个醉鬼，那人叫本位田又八，是我从前的一个朋友。我想让你见一见他。"

"这还不简单。"

"你怎么找他？"

"挨个酒馆问呗。"

"哈哈，这倒也是个好办法。但从他的信上看，他似乎在吉冈家有熟人。所以你最好问问吉冈家的人。"

"找到之后呢？"

"你去见那个本位田又八，把我的话告诉他，就说来年的一月一日至七日，我每天早晨都会去五条大桥等他，要他在那期间抽出一个早晨去五条大桥找我。"

"就这些？"

"嗯。你告诉他，武藏说了，一定要见到他。"

"明白。但我回来之前，师父，你在哪里等着呢？"

"我先去奈良。住处我会安排好，到时候你到枪之宝藏院问问就知道了。"

"一定。"

"哈哈，你还在怀疑我。这次我要是背信弃义，你就砍下我的脑袋。"

二人笑着走出茶屋。武藏前往奈良，城太郎则奔赴京都。

四街道上，戴着斗笠来往的行人、无数的燕子混着马嘶声喧闹不已。城太郎回过头来，武藏还站在原地。两个人远远地相视一笑，然后分别。

春风便

一

"恋风每拂来，总是推衣袖。呀，衣袖太重了，恋风叹不休。呀，衣袖太重了。"朱实一面哼着从阿国歌舞伎那里学来的小曲，一面下到家后的坡道，把待洗的布投进高濑川中。用手一扯，飘着落花的漩涡也一同靠近。"内心暗思恋，却又装不理。一本瑞正经，思恋埋心底。"

"大妈，唱得真好听！"忽然，岸上传来一个声音。

朱实一回头。"谁？"

原来是一个侏儒般的小毛孩，腰佩长木刀，背扣大斗笠。朱实瞪了他一眼，圆圆的眼珠一转，抿嘴一笑。"你是哪里的孩子？居然喊人家大妈，我还是个姑娘呢。"

"那，姑娘！"

"别喊了。年纪不大的小毛孩，居然还敢来调戏女人，快擤擤鼻涕吧。"

"可是，我有件事想问你。"

"哎呀,光跟你浪费口舌了,要洗的东西都让水给冲走了。"

"我来给你捞吧。"城太郎朝漂向下游的一块布追去,长木刀在这个时候派上了用场,他用木刀挑起布,捡了回来。

"谢谢。你刚才说有事要问,什么事?"

"这里有没有一家叫蓬之寮的茶屋?"

"蓬之寮?就是我家啊。"

"是吗?可让我好找啊。"

"你是哪儿来的?"

"从那边。"

"那边?我怎么知道是哪里?"

"我也不清楚是从哪边来的。"

"真是个奇怪的孩子。"

"谁?"

"不说了。"朱实扑哧一笑,"究竟到我家来有什么事?"

"你们家是不是有个叫本位田又八的人?四条吉冈道场的人告诉我,到这儿来一问就知道。"

"他不在。"

"骗人。"

"真的不在。以前倒是在我家待过。"

"那,现在去哪里了?"

"不知道。"

"能不能帮我问问别人?"

"我娘也不知道。他走了。"

"这下麻烦了。"

"是谁叫你来的？"

"师父。"

"师父？"

"宫本武藏。"

"有没有带来书信之类？"

"没有。"城太郎摇摇头，迷惘地看向脚下的漩涡。

"不知道自己从哪里来的，也没有带书信之类，真是个奇怪的跑腿人。"

"可是我有口信。"

"什么口信？或许他不会回来了，但万一他回来，我帮你转告怎么样？"

"这样好吗？"

"你跟我商量也没用，你得自己拿主意。"

"那好吧。请你转告那个叫又八的人，就说无论如何也要见到他。"

"谁要见他啊？"

"宫本师父啊。来年一月一日至七日，师父每天早晨都会在五条大桥上等他，请他在这七日内去一趟。"

"呵呵呵……这么慢条斯理的口信，你的师父也一定跟你一样是个怪人……啊，笑得我肚子疼。"

二

城太郎生气地噘起嘴，端起胳膊。"有什么好笑的，傻瓜！"

朱实吓了一跳，止住笑声。"不会吧，生气了？"

"当然了。人家那么认真地求你帮忙，你却……"

"对不起，对不起，我不笑了。又八哥若是回来，我一定会告诉他的。"

"真的？"

"嗯。"朱实连忙低下头，抑制住再次涌上的微笑，"只是……叫什么来着？托你捎信的那个人。"

"你可真健忘。叫宫本武藏。"

"武藏怎么写？"

"武士的武……"说着，城太郎捡起脚下的一根小竹枝，在河滩上写给朱实看，"是这样。"

朱实凝望着沙滩上的字。"啊……是不是还有另一种读法呢？"

"就读武藏！你怎么这么奇怪！"城太郎扔出的小竹枝在河面上缓缓漂去。

朱实仿佛被沙滩上的文字吸住了，眼睛一眨不眨，陷入了思考。好一会儿，她的目光才从脚下转移到城太郎的脸上，再次仔细地端详着他的样子，叹息般问道："这个叫武藏的人，是不是美作吉野乡的人？"

"是啊。我是播州人，师父是宫本村人，我们的家乡离得很近。"

"那么，他是不是个子很高，很有男人味，从来都不剃月代头？"

"你知道得还挺多。"

"我记得他曾对我说过，小时候他曾患过一种叫疗的疮，一剃月代头，那疤痕就会露出来，很丑，所以他总是留着头发。"

"曾经？什么时候？"

"已经是五年多以前了，关原合战那年秋天。"

"这么久啊，那你认识我师父？"

朱实没有回答。她无暇回答，内心早已沉浸在那时的回忆中。是武藏哥！她想见武藏，一想到武藏，她的身体不禁颤抖。目睹了母亲的所为，又目睹了又八的变化，她愈发坚信，自己从一开始就在心里认定武藏是正确的。她暗暗为自己还是独身而骄傲。那个人果然与又八截然不同。

尽管见过不少经常来茶屋的男人，可朱实的芳心已经认定，自己的归宿并不在那些人里，她蔑视那些装腔作势的男人，偷偷地把五年前武藏的样子记在心底，哪怕是在哼小曲的时候，也在盼望着将来的梦想。

"我可拜托给你了啊。见到那个又八之后，一定要把刚才的口信转告他。"城太郎办妥事情，急着赶路似的跑上河堤。

"喂，你等一下！"朱实忙追过去抓住城太郎的手。话还没有说出来，她脸上已被美丽的血液点燃，城太郎简直看呆了。

三

"你叫什么名字？"朱实用炽热的语气问道。

城太郎回答了一声"城太郎"，然后用奇怪的表情仰视着她难以抑制兴奋的脸庞。

"那，城太郎，你是不是总是跟武藏先生在一块儿？"

"嗯。"

"我无论如何也想见他一面，他住在哪里？"

"你是问他家？他没有家。"

"咦，为什么？"

"他是修行武者啊。"

"那临时的旅店呢？"

"只要去奈良的宝藏院问问就知道了。"

"哦……那他什么时候在京都？"

"明年一月前回来。"

朱实一时陷入迷惘，拿不定主意。这时，身后的自家后窗传来喊声："朱实，你在那里磨蹭什么？别跟那个小叫花子磨时间了，快干你的活儿！"是阿甲。

朱实平时对母亲的不满立刻发泄出来："这个孩子是来找又八哥的，我不是在跟他解释情况嘛。总是把人当丫头使唤。"

窗里的阿甲顿时焦躁起来，似乎又犯病了。是谁把你养大的，居然教训起老娘来了——虽然话没说出口，却朝朱实投来了白眼。"又八？又八又怎么了？那种人已经不是咱们家的人了，你说句不知道不就行了？他那么要面子，这辈子是回不来了，一定是求了那个小叫花子帮他办事，别理他。"

城太郎吓得目瞪口呆，嘴里咕哝着："别把人看扁了。我可不是小叫花子。"

"朱实，进来！"

"可是还有没洗的东西呢。"

"以后让下人洗吧。你得赶紧沐浴化妆了。要是那个清十郎突然来了，看见你那个样子可就不理你了。"

"哼……那种人，我巴不得他讨厌我呢！"朱实带着满脸委屈，极不情愿地跑回家里。阿甲也不见了。

城太郎望着关了的窗子，骂了一句："呸，都老太婆了，还抹那么多香粉，真是个怪女人！"

可就在这时，窗子又打开了。"你说什么？你再给我说一次！"

"完了，听见了！"城太郎慌忙逃跑。这时只听哗啦一声，一锅稀味噌汤般的脏水已经泼上他的后背。城太郎像小狗一样打了个冷战，撇着嘴摘下贴在后脖子的菜叶，把憎恨灌进喉咙，高唱着逃向远处。"本能寺西小巷子，黑咕隆咚吓死人。老巫婆，化白妆，生个孩子头发黑，生个孩子红毛长。嗒哩啷嗒哩啷，嗒哩啷当。"

遇而不见

一

眼前的牛车上装满了不知是米还是红小豆的袋子，大概是富裕的施主捐献的东西。牛车上插着一块木牌子，浓墨重笔地写着"兴福寺寄进"。

一说起奈良，无人不知兴福寺，而一说起兴福寺，就没人不会想起奈良。连城太郎似乎也知道这有名的兴福寺。

"太好喽！舒服的车子走喽！"城太郎追上牛车，跳到车上，脸朝后坐下，还将背靠在袋子上，十分舒服。

沿路是种满了茶树的圆丘，两边是盛开的樱花。劳作的百姓一面锄麦，一面祈祷今年的庄稼仍能免遭兵马践踏。还有一些妇女正在河边洗菜。大和街道上一片祥和的气氛。

"坐这玩意儿可真舒服。"城太郎心情畅快，仿佛打个瞌睡就能到达奈良似的。即使车轮不时地压在石头上让车体猛烈摇晃，他都感到无比愉快。能动的玩意儿——不光能动，而且还能前进，只是因为这种玩意儿正驮着自己前进，少年的心便兴奋地扑通直跳。

哎呀，不知哪儿的鸡在惊叫。老婆婆，老婆婆，黄鼠狼来偷鸡蛋了，怎么还没听见啊？！还有不知哪里的孩子摔倒在大路上哭起来了，对面的马可就要来了哦。

眼前流逝的所有事物都让城太郎感到兴奋。牛车离开村落，来到种有行道树的路上，城太郎从路旁揪下一片山茶叶，贴在嘴唇上吹奏起来。

"同样身为马，若是驮大将，不是池月马，就是摺墨驹。马鞍镶金边，亮闪闪啊亮闪闪，闪闪亮呀闪闪亮。同样身为马，一旦进到泥田里，驾，给我使劲拉！驾，给我使劲驮！一年到头贫贫贫，贫，贫，贫——"

"咦？"走在前面的赶牛人回头望望，什么都没看见，于是继续向前。

"亮闪闪呀亮闪闪，闪闪亮呀闪闪亮。"

终于，赶牛人扔掉手中的缰绳，绕到车后，攥起拳头猛的一拳。"你这小子！"

"疼死我了。"

"你怎么坐到车上了？"

"不行吗？"

"当然不行！"

"又不是大叔你在拉车，怎么就不行？"

"赶紧给我下来！"

城太郎像个球一样弹到地上，骨碌一下子滚到了行道树旁。牛车的车辙仿佛在嘲笑他，丢下他驶向远方。他揉着腰站起来，突然脸色大变，瞪着眼珠子盯着地面转悠起来，分明是在寻找失物。

"咦？没有啊！"城太郎寻的是吉冈道场让他带回来的回复。他明明十分仔细地装进了竹筒，还用绳子挂在脖子上。可现在一摸，竟然不见了。"完了，完了！"他寻找的范围逐渐扩大。

这时，一个旅行打扮的年轻女人微笑地望着他，走了过来。"掉东西了？"她亲切地问道。

城太郎头也没抬，斜眼瞅了一下斗笠下的女人面孔。

"唔……"他只是点点头，眼睛继续在地上寻找，不时歪着头，满脸疑惑。

二

"找钱？"

"唔……不是……"无论对方询问什么，城太郎仿佛都没有听到。

这时，微笑着的年轻女子又说道："是不是在找一个系着绳子的一尺来长的竹筒？"

"啊，就是它！"

"若是那个，你刚才在万福寺下面朝赶马人拴着的马使坏的时候，是不是被人家呵斥了一顿？"

"嗯……"

"结果你吓跑了，绳子断了，竹筒就掉在大路上，当时似乎让一个站着跟赶马人说话的武士捡了。你赶紧回去问问吧。"

"真的？"

"嗯，真的。"

"多谢。"城太郎拔腿就要跑。

"啊，用不着回去了，正好那个武士大人也从那边过来了。看见没有？穿着武士裙裤笑着的那个人。"女子用手指着远处。

"那个人？"城太郎瞪大了眼睛，等着那人走来。

来人年龄四十上下，留着浓黑的络腮胡子，肩膀和胸膛远宽于常人，个子也高。他穿着皮袜草履，脚步稳健，气宇非凡。连城太郎都觉得一定是某位大名的重臣，不敢轻易搭话。

不过幸运的是，对方主动呼喊起来："小家伙！"

"是。"

"刚才是你吧？在万福寺下面掉了竹筒。"

"啊，是、是。"

"是什么是！不会道谢吗？"

"谢谢。"

"一定是一封重要的信吧？身为信使，却不忘跟马使坏，坐牛车，吊儿郎当地在路上瞎逛，主人怎么会饶恕你？"

"武士大人，您看了里面？"

"但凡捡拾的东西，须查验一下内容方可交给对方。但信封我没开。你也核对一下再收下吧。"

城太郎打开竹筒的塞子，窥视里面，吉冈道场的回信的确在内。他这才安下心来，再次将竹筒挂在脖子上，咕哝道："我再也不会把它弄掉了。"

女子注视着这一切，也在为城太郎高兴。"多谢您的热心帮助。"她替城太郎把未说完的话说了出来。

胡子武士、城太郎和女子一起走了起来。

"小姐，孩子是您的同伴？"

"不，我完全不认识他。"

"哈哈哈，怪不得我觉得那么不对劲呢。真是个怪孩子，斗笠上还写着'小客栈'，真奇怪。"

"真是个天真的孩子。你到哪里去啊？"

夹在二人之间的城太郎此时已经恢复了顽皮。"我吗？我要到奈良的宝藏院去。"说着，他忽然盯着女人腰带间露出的古金线织花的袋子看起来，"咦，小姐，你也带着信筒啊。可千万注意，别弄丢啊。"

"信筒？"

"塞在你腰带里的那个。"

"呵呵，我这不是装信的竹筒，里面是横笛。"

"笛……"城太郎顿时露出好奇的眼神，毫不顾忌地把脸朝女子的胸前贴去。然后又似有所感，再次从头到脚打量起她来。

三

　　显然，儿童也能感受到女人的美丑。就算美丑可以暂放一边，但清纯与否无疑是能够直接感受到的。真是一个美女——城太郎再次对眼前这名女子充满了尊敬。与这样一个美女结伴而行，自己真是撞上了意外的幸福。他顿时兴奋得飘飘然起来。"笛子啊，怪不得呢。"他独自感慨，"大妈，你吹笛子啊？"

　　刚一张口，城太郎大概想起最近因为喊"大妈"，让蓬之寮的姑娘生气的事，于是慌忙改口道："小姐，你叫什么名字啊？"他竟毫不拘泥地问起另一个出人意料的问题。

　　"呵呵。"年轻女子并未回答，望着对面的络腮胡武士笑了起来。

　　身体像熊一样健壮的胡子武士露出一排结实的白色牙齿，也大声哄笑。"这小孩还真不能小瞧。问别人名字的时候，得先报自己的名字，这才合乎礼节。"

　　"我叫城太郎。"

　　"呵呵呵。"

　　"太狡猾了吧，光让我一个人报名字。对了，武士大人还没说呢。"

　　"我？"武士也面露尴尬，"庄田。"他说道。

　　"庄田大人啊。那后面的名字呢？"

"名字恕无奉告。"

"这次该轮到小姐了。两个男人都报了名字，唯独你不说的话，可不合乎礼节。"

"我叫阿通。"

"阿通小姐啊。"原本以为城太郎终于可以消停下来了，可他的嘴仍没闲着，"可是，为什么要把笛子插在腰带里呢？"

"这可是我糊口的重要东西。"

"那阿通小姐的职业是吹笛子喽？"

"哎？我虽不知道有无吹笛子这种职业，但正是靠着这支笛子，我才能熬过漫长的旅程，所以也算是吹笛人吧。"

"是在祇园或加茂宫等地方奏的那种神乐笛？"

"不是。"

"那……是舞笛？"

"不是。"

"那究竟是什么？"

"只是普通的横笛。"

这时，姓庄田的武士盯着城太郎横在腰间的长木刀问道："城太郎，你腰里插的是什么？"

"身为武士居然不认识木刀？"

"我问你为什么要插在腰上。"

"为了学剑术。"

"有师父吗？"

"当然有了。"

"就是信筒里书信的收信人？"

"是啊。"

"既然是你的师父，那一定是高手。"

"也不是。"

"不厉害吗？"

"如果照世人的评论，还差点。"

"师父不厉害可不好。"

"我也很差，没关系。"

"学剑术了吗？"

"没有，还什么都没学呢。"

"哈哈，跟你一起赶路可不无聊……小姐，您到哪里去？"

"我也没有具体的目的地，但我听说奈良最近聚集了不少浪人。多年来我一直在寻找一个人，于是就循着那些传闻，准备赶往奈良。"

四

宇治桥就在前方。通圆茶屋的檐下，一位清雅的老人放下茶炉，正在招呼走进店里的旅人。一看到姓庄田的胡子武士前来，看来是常客了，老人立刻寒暄："哟，这不是小柳生的执事大人嘛，快请喝杯茶休息一下吧。"

"那就休息一下。给那个小孩子弄点点心。"

城太郎拿着点心，似乎耐不住无聊，望见后面有一座低丘便跑了上去。

阿通品着茶，问道："离奈良还很远吗？"

"嗯，就是腿脚快的，到木津也得是傍晚时分了。女人只能在多贺或井手留宿。"

这时，胡子武士庄田立刻接过老人的话茬说道："这名女子说多年来一直在寻找一个人，要去奈良，也不知最近单身女子去奈良怎么样，我都替她捏把汗呢。"

一听这话，老人惊讶地瞪起眼睛。

"怎么能去？"他连忙摆手，"快放弃吧。如果要寻找的人的确在那里，那倒另说，否则千万别去蹚那浑水，危险着呢。"为证明危险，老人还举了各种实例，苦口婆心地劝阻阿通。"说起奈良，很多人可能立刻就会联想到幽寂的棕绿色寺院和鹿的眼睛，似乎只有这祥和的古都才是既无战乱也无饥馑的和平地带。但事实并非如此。"卖茶老人呷了口茶说道。

至于缘由，自从关原合战后，从奈良到高野山一带不知藏匿了多少打了败仗的浪人。这些浪人全都支持西边的大坂一方，既无俸禄，也无法从事其他职业。如果关东的德川幕府继续像现在这样强势扩张，这些浪人恐怕一辈子都无法大摇大摆地走在阳光下。关原合战后，近五年失去依靠的浪人暴涨至十二三万人。

大战后，被德川幕府没收的领地据说达到了六百六十万石。即使除去后来允许重振家名的那部分，遭到灭顶之灾的大名仍有八十多家，三百八十万石领地全部被改易。至于从这些领地上逃离潜入诸国的浪人数量，假定一百石有三人，再加上留在本国的家仆和党徒，就是往少估算也不下十万人。

尤其是奈良、高野山等地，因武力难以介入的寺院众多，对于那些浪人来说，自然就成了绝佳的隐匿场所。光是随意一数，就有九度山上的真田左卫门尉幸村、高野山上的南部浪人北十左卫门、法隆寺附近的仙石宗也和兴福寺长屋的墙团右卫门，其他的还有御宿万兵卫、小西浪人某某等。这些没能在阴暗处化为白骨的危险强人，自然像久旱盼甘霖般静待着天下再次大乱。

那些有名的浪人就算隐居起来，也还拥有相当的权势和强大的生存能力，可是一旦去奈良的陋巷看一看，就几乎全是穷困潦倒甚至连腰间的佩刀都卖掉的无业武士了。他们大半自暴自弃，败坏风气，寻衅滋事，专门扰乱德川治下的世间，只求战火早日烧到大坂。

"那里到处都是他们的巢穴，像你这么美丽的女子，去那种地方岂不等于飞蛾投火？"卖茶老人不住地阻止阿通。

五

听老人这么一说，奈良成了恐怖之地。阿通陷入沉思。如果说奈良那边有一丁点线索，无论有多大的危险，自己也不畏惧。可是她现在连这样细微的线索都没有。从姬路城下的花田桥畔起，数年来，她只是漠然地、毫无目的地在旅途上彷徨，现在也还在虚幻的流浪中。

"阿通小姐，"看到她迷惘的神色，胡子武士庄田说道，"您看这样如何？我刚才也提过，今后与其赶往奈良，还不如跟我一起去小柳生，怎么样？"随后他便自我介绍般说道，"我叫庄田喜左卫门，是小柳生的一名家臣。近些日子，我家年近八十的老主人身体不好，每天苦于无聊。您刚才说一直以吹笛糊口，我立刻想到，反正您现在也没地方去，或许您的笛声还可以为老主人解闷呢。怎么样，愿不愿跟我走？"

一旁的卖茶老人也认为这是个好主意，跟喜左卫门一起频频劝说："小姐，您就去吧。想必您也知道，小柳生的老主人就是柳生宗严大人，现在已经隐居，号石舟斋。少主人但马守宗矩大人从关原合战回来后，立刻就被召至江户，任将军家教头。这可是誉满天下的家名啊，光是能去一趟这样的府邸就已经是无上福气了，您务必同去啊。"

听到对方是武道名家柳生家的家臣时，阿通就已经觉得喜左卫门举止不凡。现在一听，心里更是暗暗点头，觉得果然如此。

"您不愿意？"喜左卫门正欲放弃。

"不，这当然是求之不得的好事，只是小女的拙笛怎敢在这种身份的人面前露丑。"

"不不，您若把柳生家当作一般的大名来看，那就大错特错了。尤其是石舟斋大人，如今就是一个安享朴素人生的风雅之人，反倒不喜欢那些拘谨礼节。"

与其漫无目的地去奈良，还不如暂时到柳生家去更有希望。柳生家毕竟是吉冈以后的武道第一名家，诸国的修行武者必然会前来拜访，也许还会有记录着叩拜者名字的名簿。如果幸运，说不定其中还会有宫本武藏这个自己正在苦苦寻觅的人。

"那我就接受您的好意，与您同去。"阿通忽然痛快地答应下来。

喜左卫门喜出望外。"哎？您真的愿意来？真是感激不尽。"他继续说道，"既然已经决定下来，照您的步速，就算走到夜里也到不了小柳生。阿通小姐，您会骑马吗？"

"倒也能骑。"

于是喜左卫门走出檐下，朝宇治桥畔招招手，聚集在那里的赶马人立刻跑了过来。喜左卫门只让阿通一人骑在马上，自己则步行。

这时，爬到茶屋后山的城太郎看见了，喊道："要走吗？"

"嗯，走了。"

"等一等！"

城太郎在宇治桥追上两人。喜左卫门问他在看什么，城太郎回答说，在山丘的树林里聚集着不少大人，在玩一种不知叫什么的有趣游戏，他刚才在看那个。

赶马人笑道："老爷，聚在那的都是些浪人，在那里赌呢。那些吃不上饭的浪人把旅行者拉去后，不把人扒光就不放走，厉害着呢。"

六

马背上是戴着斗笠的丽人，城太郎和胡子武士庄田喜左卫门走在两侧，走在前面的则是一脸漠然的赶马人。

他们过了宇治桥，不久便来到木津川堤上。河内天空中的云雀似云霞一样飞翔，人仿佛走在画中。

"浪人们正在赌博？"

"赌博倒也罢了……他们还敲诈钱财、拐骗妇女呢。他们来者不善，谁也没有办法。"

"那，领主也视而不见吗？"

"就算是领主，若只是一两个浪人还能拘捕，可河内、大和与纪州的浪人们一旦凑到一处，势力比领主还大。"

"听说甲贺也有？"

"筒井浪人一口气逃到了那里。若不再次发生战火，那伙人是无法变成白骨了。"

喜左卫门和赶马人正在议论，城太郎忽然认真地插了一句："可浪人里面也有好人啊。"

"当然有。"

"我的师父也是浪人。"

"哈哈哈，所以你就打抱不平了？真是个孝敬的徒弟。

可是你刚才说要去宝藏院，你的师父在那里吗？"

"反正去了一问就知道了。"

"你师父是什么流派？"

"不知道。"

"身为弟子，居然不知道师父的流派？"

这时，赶马人又插进嘴来："老爷，最近剑术流行，连阿狗阿猫都成了修行武者。光是走这条路的修行武者一天就有十几个呢。"

"还不是因为浪人增多了吗？"

"也有道理。"

"只要剑术高超，各方的大名就会五百石、上千石地互相争抢，所以大家似乎都开始做修行武者了。"

"嗯，这倒是条出人头地的捷径。"

"就连小叫花子都插上木刀了，只要能打架，就能成为人上人，这种想法真是太可怕了。如果这种人多了，将来可怎么混饭吃啊，我都为他们担心。"

城太郎怒了。"赶马的，你说什么？你再说一遍！"

"说你呢。看你那身打扮，就像跳蚤身上插牙签一样，你以为光凭耍耍嘴皮子就能成为修行武者吗？"

"哈哈哈，城太郎，别生气、别生气。否则脖子上的重要东西可又要掉喽。"

"没事，已经掉不了了。"

"哦，已经到木津川的渡口了，我得跟你分别了。天也快黑了，你也别瞎逛了，快点赶路吧。"

“阿通小姐呢？”

“我要跟庄田大人一起去小柳生。你自己要多加小心啊。”

“啊，怎么只剩下我一个了？”

“如果我们有缘，或许还会有碰面的那一天。你是以旅途为家，我在遇到那个人之前也会以旅途为家。”

“你究竟在找谁啊？什么人？”

阿通并没有回答，只是在马背上微微一笑，送去告别的目光。城太郎跑过河滩，跳上渡船。当渡船被夕阳绘上一层红彤彤的轮廓，漂到河中央时，他回头一望，阿通与喜左卫门的身影已经染上早已降临到山阴的暮色，打着灯笼慢腾腾地走在木津川上游溪谷渐渐变窄的笠置寺道上了。

茶泡饭

一

即使在习武之人多如蚊蝇的当今，宝藏院的名字也是威震天下。一个习武者倘若只把宝藏院当作一处寺院的名字来理解，立即就会招来讥讽："你这样的人也算是习武者？"而来到奈良后就更不用说了。在奈良，尽管几乎所有人都不知正仓院为何物，可一问起枪之宝藏院，立刻就能打听到"啊，在油坂啊"。

眼前乃是兴福寺杉林的西侧，杉林很深，总让人觉得有天狗栖身在内。这里虽然能让人不由自主地想起宁乐朝元林院旧址和光明皇后大建浴舍为千人去垢的悲田院、施药院旧址，可如今只剩下从青苔和杂草中隐约露出的古老石头。

武藏打听到油坂就在这一带，一路赶来，到达后却"咦"了一声，疑惑地四下张望。虽然能看到几栋寺院的殿堂，却找不到像样的山门，连"宝藏院"的门牌都没看见。

冬去春来，一年中颜色最深的杉林上方，流淌着妙龄宫女般温柔活泼的春日山的柔美曲线，虽已接近黄昏，远方的山肩仍沐浴在明媚的春光里。

武藏仰起头，到处搜寻着寺院模样的屋顶，忽然停了下来。可是仔细一看，门上写的却是与宝藏院的名字极易混淆的"奥藏院"三个字。第一个字完全不一样。而且从山门往里窥去，分明是一座日莲宗的寺院。武藏从未听说过宝藏院属于日莲宗，看来这里显然是另一座寺院。

武藏呆呆地站在山门前。这时，一个奥藏院的打杂和尚从外面归来，边打量武藏边走了过去，仿佛在审视可疑人物。

武藏摘下斗笠。"请问……"

"什么事？"

"这里是奥藏院吗？"

"是啊，那里不是写着吗？"

"我听说宝藏院就在油坂，难道不是这儿？"

"宝藏院在这座寺院背面。你要去宝藏院比武吗？"

"是。"

"那还是快算了吧。"

"啊？"

"好不容易从父母那里得到这么好的手脚，若是来医治残疾尚可理解，可也用不着大老远跑到这里来变成残疾啊。"

眼前这个打杂和尚有着一副不似寻常日莲宗和尚的风骨，显然瞧不起武藏。虽然近来武艺流行，但如果都像这样一齐拥到宝藏院来，宝藏院也不胜其烦。那里一如其寺名显示，只是法灯的净土，并非以枪术为业。就算是以此为业，那也是以宗教为本职、枪术为副业。上一代住持觉禅房胤荣曾因常出入于小柳生城城主柳生宗严处，并与跟宗严有交情的上泉伊势守等人也是至交，不知不觉便对武艺产生了兴趣。起初他只是作为一项爱好来练习，后来功夫逐渐长进，终于练就一套枪法，也不知谁取了个宝藏院流的名字，总之名声大噪。可是，这位好奇心强的觉禅房胤荣如今已经八十四岁，已是耄耋之年，根本不会见人。即便见了，也只能动动掉光牙齿的嘴巴，既听不懂话，也完全忘记了枪法。

"所以，就是去了也没用。"这名打杂和尚大概是想赶武藏走，态度越发冷淡起来。

二

"你说的这些，坊间也有传闻，我知道。"武藏明知对方嘲弄自己，还是说道，"但我听说后来的权律师胤舜大师继承了宝藏院流的秘诀，作为第二代继承人，现在也仍在研习枪术，门下众多，对来访者也坦然赐教。"

"那位胤舜大师，似乎也是敝寺住持的弟子。初代觉禅房胤荣大师年至耄耋，觉得好不容易开创了名震天下的枪之宝藏院的名号，如果让其破败下去实在可惜，就把秘诀传授给了敝寺住持，敝寺住持又将其传授给胤舜，然后扶其做了宝藏院的第二代。"

和尚的说法似有糊弄人之嫌。总之，这名奥藏院日莲僧的意思无非是现在的宝藏院流第二代是自己寺院的住持所立，即使在枪术方面，比起第二代胤舜，日莲宗奥藏院的住持才是正统。和尚分明是在向外来的习武者暗示这些。

"原来如此。"武藏姑且点点头。

和尚似乎得到了满足，继续问道："你还是想去看一看？"

"好不容易来到这里。"

"那倒也是……"

"既然贵寺背对着武藏院，那该从山门外的这条路朝右拐呢，还是朝左拐？"

"不用，如果要去，可以直接穿过敝寺，这样近得多。"

武藏道完谢，便按指示走了起来。从斋堂一侧朝寺院深处走去，走过柴棚和味噌窖之后，眼前便现出一片五反左右的田地，如同乡下富农的庄园。

"就是那边了。"

田地的远处又出现一寺。武藏脚踩着青菜、萝卜和大葱间肥沃柔软的土地向前走去。

这时，眼前田地里忽然冒出一位正用锄头干农活的老僧人，后背驼得简直像在上面放了个木鱼。老僧俯着身子默默锄地，只能看见他银白的眉毛仿佛种在额头下面，只有每次下锄时发出的咔嚓声打破广漠的寂静。

这位老僧也是日莲宗寺院的和尚吧。武藏本想打个招呼，却又惮于老僧专心致志的样子，于是轻轻地从其身边穿过，不料面朝土地的老僧却唰的一下把视线从眼角射向武藏脚下。虽然无形无声，目光中却透着一种难以言表的锐气，锐气不像是发自身体，倒像是那欲击穿乌云的雷电之气，让武藏全身不禁一颤。

啊！武藏一惊，回头望向两间开外老僧那静默的身影。仿佛刚跨过疾飞而来的枪，他的身体忽地热了起来。可是老僧佝偻的后背依然朝着他，咔嚓咔嚓，锄地的样子没有丝毫异常。

究竟是什么人呢？武藏心怀巨大的疑问，不久便找到了宝藏院的玄关。但站在那里等待通报人的时候，武藏心里还在犯嘀咕。这里的第二代胤舜应该还年轻，至于初代胤荣，刚才听说他已经老得把枪都忘了……

这位老僧让武藏胡思乱想，怎么也沉不下心。为了赶走疑虑，武藏大喊了两声，可四下只有树木的回声，幽深的宝藏院里怎么也听不到人的回应。

三

武藏无意间抬头一看才发现玄关一旁有一面巨大的铜锣屏。哈哈，原来是敲这个啊。武藏一敲锣，远处立刻传来回应的声音。

应声而出的是一个高大的和尚，若是到叡山做僧兵，此人起码可以做个头目。大概每天都与武藏这种打扮的造访者打交道，和尚瞥了一眼武藏，便径直问道："习武者？"

"是。"

"干什么？"

"拜求赐教。"

"上吧。"说着，和尚指指右面，看来是让武藏洗脚。引水管的水已经引到盆里，十余双磨秃的草鞋杂乱地脱在那里。

武藏跟着和尚走过一段漆黑的走廊，进入一个可窥见窗外芭蕉叶的房间，在那里等候。倘若除去通报人那充满杀气的举止，无论如何端详，这所寺院也与寻常的寺院没什么不同，甚至还可以嗅到不断飘来的熏香气味。

"请在这里写下你的流名和姓名，还有在哪里修行。"仿佛在吩咐孩子似的，刚才那个大和尚返身回来，把一个本子和砚盒丢给武藏。

武藏一看，本子上写着"叩门者授业芳名录——宝藏院执事"，原来是名录。他打开一看，访问日期下记满了修行武者的名字。于是他也模仿前者的样子写起来，只是流名无法填写。

"你的功夫是跟谁学的？"

"无门无派。若要说老师，幼年时倒是跟我爹学过铁尺术，但并未用心学。后来胸怀大志，就以天下万物为师，以天下前辈为师，一直在潜心学习。"

"嗯……那么，想必你也知道，本流乃第一代以来名扬天下的宝藏院流，是凶悍、生猛、残酷的枪术，务请你读过记在授业芳名录开头的文字后再做决定，如何？"

武藏刚才并未注意到，听他如此一说，这才重新拿起放在下面的本子，翻开一看，上面果然写着一些文字，原来是誓书："既来本院接受授业，万一遭遇不测，致使五体伤残或丢掉性命，本人皆无怨无悔。"

"这个明白。"武藏笑了笑，还了回去。既然要走修行之路，在哪里都是一样，这是常识。

"那就这边请。"说着，和尚又往里走去。

眼前出现一处极为宽阔的道场，大概是由大讲堂改建而成。不愧是寺里的道场，不仅粗大的圆柱看上去很奇特，就连楣窗上脱落的金箔和白胡粉颜料也是在其他道场无法看到的。

武藏本以为只是自己一人，未料预备席上早已来了十多名修行者，此外还有十多名出家人，观摩的武士也有不少。此时，道场中央有两个人在比枪，大家正屏住呼吸，看得入神。即使武藏悄悄地坐在一角，也无人回头注意他。

"有求必应，亦可以真枪比试"——尽管道场的墙壁上如此写着，可眼前的对垒者手中的"枪"却只是橡木长棒。但击打的后果似乎也相当严重，不久后，其中一方便被一下撞出来，垂头丧气地返回预备席。定睛一看，那人的大腿已经肿得像木桶，连坐着都无法忍耐，只好用肘部支着，伸开一条腿，强忍着痛苦。

"下一个！"傲慢的和尚把一条一丈有余的大枪立在地

上，站在道场上喊道。仔细一瞧，和尚僧衣的袖子系在背上，腿、臂、肩、额上的肌肉疙疙瘩瘩地凸出来，仿佛瘤子一般。

四

"我来！"只见一人从席上站起。看来他也是今日来叩宝藏院之门的一名修行武者。他把皮带结成十字，朝道场上走去。

和尚立在那里一动不动，武者则手持从墙壁上挑选的一把薙刀。可还未等寒暄结束，随着一声狼嚎般的吼叫，和尚突然挥起直立的大枪，朝对方的头顶砸下。

"下一个！"

只见和尚立刻若无其事地竖起大枪，恢复了原先的姿势。被击中的男子顿时一动不动，虽然不像是气绝，但凭他自己的力气已经无法抬头。于是两三名和尚弟子上前抓住他的裤腰，慢慢地朝席上拖去。他那混杂着鲜血的口水汇成一条线滴落下来，濡湿了地板。

"下一个？"挺立在那里的和尚傲慢不逊。

武藏起初以为这便是宝藏院的第二代胤舜，跟旁边的人一打听，才知道他只是名叫阿严的高徒，并非胤舜。一般的比武也都是由人称"宝藏院七足"的七名弟子来应付，胤舜还没有亲自上场对阵过。

"没有了吗？"法师端起枪。

于是，之前负责通报的那名和尚拿着授业者名录，一一与席上的面孔对照。"你？"他指着一人问道。

"不……改天吧。"

"那边那个？"

"今天的精神状态不太好……"

大家全都胆怯起来。

在点过几圈之后，和尚的下巴终于指向武藏。"你怎么样？"

武藏低下头，说了句："请。"

"请？什么意思？"

"请赐教。"武藏说着站起身。

大家这才一齐打量起武藏来。而此时，不逊的阿严已经退了回去，正与其他和尚哈哈大笑着。由于武藏已走上道场，他便回过头来。"谁来替我？"他一副懒得动弹的样子。

"喂，你不是还要比一个吗？"

被人如此一说，阿严才勉勉强强地再度出来。只见他重新拿起刚才那条泛着漆黑光泽的枪，背对武藏，像怪鸟鸣叫似的朝着无人的方向"呀、呀"地怪叫起来，众人只以为他在运气，不料他突然端枪飞奔起来，扑通一下撞上道场尽头的木板。看来那里已被当成他们平日的练习场，尽管已重新钉上了一块一间见方的新木板，可阿严手中的普通木棒竟如锐利的矛尖一样扑哧一下便穿透了木板。

"嗷！"他怪叫一声拽回木棒，如跳舞一般跳跃着返回武藏旁边，壮实的身体里升起一股精悍的热气，远远地瞪着手提木刀、呆若木鸡的武藏。

"开始吧！"

正当阿严欲挟刺穿木板的气势冲上前时，窗外忽然有人笑了起来。"傻瓜！阿严真是个大傻瓜！你仔细看看，你的对手可跟那木板完全不一样。"

五

阿严端着枪，头扭向旁边，怒喝一声："谁？"

笑声仍回响在窗边。抬眼一看，只见一个老得要进古玩店的光秃秃的脑袋和一对花白的眉毛从窗边露了出来。"阿严，你可是白费力气。这比试还是等到后天吧，等胤舜回来之后再说。"老僧劝阻道。

"咦？"武藏一下子想了起来。这不就是来此地途中在宝藏院后面的田地里看到的那名用锄头干农活的老僧吗？

正当武藏陷入回忆的时候，老僧已经悄然从窗边消失。在老僧的提醒下，阿严一度松开了手，但目光与武藏一碰，似乎立刻就忘记了老僧的叮嘱。"胡说！"他咒骂着已然离开的老僧，重新拿起枪。

为慎重起见，武藏问了一句："好了吗？"

这已足够激起阿严的愤怒。只见他把木棒紧紧握在左拳中，在地板上游走，尽管他身上的筋骨都像铁一般厚重，可他的脚却像水波中的月亮一样游移不定，与地板之间若即若离。而武藏却像是固定在原地，除了木刀笔直地持在手中，并没有什么特别的姿势，将近六尺的身高让人觉得滑稽可笑，而且他的肌肉也不像阿严那样健壮。他只是像鸟一样瞪着眼睛，眼眸并不黑，眸中像渗进血一样，透着琥珀色。

阿严轻轻摇了摇头。不知是因为汗水已经流下，他想甩掉，还是因为老僧的话语仍留在耳畔干扰了他，他想驱走杂念，总之，他的焦躁不安是事实。他频频地变换位置，面对岿然不动的对手，不断做出引诱的动作，同时不停地窥伺对方。

阿严的木棒冷不丁地朝武藏捅去，而就在这一瞬，他高喊一声，身体已被重重摔在地上。武藏高举木刀，已经跳到后面。

"怎么了？"同门的和尚顿时朝阿严身边拥去。有的还踩在阿严抛出去的木棒上摔倒在地，狼狈至极。

"汤药，汤药，快拿汤药来！"起身叫喊者的胸前和手上沾满了鲜血。

尽管之前从窗口消失的老僧已从玄关绕到这里，可已经迟了。事已至此，也只能痛苦地旁观。他叫住慌慌张张往外赶的人。"还要什么汤药？若是那东西管用，我决不拦你。笨蛋！"

六

武藏无聊地走向玄关，穿起草鞋。没有一个人阻止他。

这时那名驼背的老僧追了上来，从后面喊道："贵客！"

"啊？叫我？"武藏回头应道。

"总得尽一下地主之谊。请再回来一趟吧。"

在老僧的引领下，武藏再次进入寺院后面，来到一个比刚才的道场更靠里的房间，那里四四方方，密不透风。

老僧一屁股坐下来，说道："本该是由住持出来接待的，可住持昨天去了摄津的御影，两三天内回不来，只好由老衲代替。"

"多谢。"武藏也低头致意，"没想到今日能受教，只是对贵门下的阿严和尚造成如此遗憾的结果，实在不知说什么好。"

"没关系。"老僧打断了他，"此乃比武较量中的常事。站上比武场之前，就应该做好胜败的思想准备。你无须在意。"

"那，他伤势如何？"

"当场身亡。"老僧的回答如冷风一样吹到武藏脸上。

"死了？"又有一条生命消失在自己的木刀下。每当此时，武藏总会闭上眼睛，在心里念一会儿佛。

"贵客。"

"请讲。"

"你是叫宫本武藏吧？"

"正是。"

"你的剑术是跟谁学的？"

"没有师父。幼时跟我爹学过铁尺术，后来就以诸国的前辈为师——造访，也以山川为师，遍游天下。"

"志存高远啊。只是你太强悍，过于强悍了。"

年轻的武藏以为对方是在称赞自己，脸上不由得浮出一丝羞怯。"哪里哪里，在下初出茅庐，还只是一介鲁莽之辈。"

"不，老衲的意思是，你须矫正一下自己的强悍，变得弱一点。"

"啊？"

"老衲刚才在菜地锄菜的时候，就是你从老衲身旁经过的吧？"

"是。"

"当时，你从我身旁跳开了九尺。"

"是。"

"为什么要躲着走？"

"我怕您的锄头会忽然朝我双脚扫过来。尽管您脸朝下锄地，可您的余光却盯着我的全身，带着恐怖的杀气在寻找我的纰漏。"

"哈哈，事实恰恰相反。"老僧笑了，"当你距我十间远的时候，我的锄头就感到了你的阵阵杀气。你的锋芒和霸气在一步步向我逼近。我就暗暗做好了准备。倘若当时从我身边经过的只是一个寻常百姓，我也就是一个拿着锄头锄地的老人。那份杀气其实正是你的影子，你慑于自己的影子，跳了出去。"

七

这位驼背的老僧果然不是等闲之辈。在确认了自己猜测的同时，武藏也不由得意识到其实在谈话之前，便已经输给了这位老僧，态度也不禁恭谨起来，已然把对方当成一位前辈。

"多谢教诲。请恕在下失礼，您在这宝藏院是何法号？"

"不，老衲并非宝藏院之人。我乃是这座寺背面的奥藏院住持日观。"

"啊，您就是后面寺院的住持。"

"老衲与这宝藏院的上一代住持胤荣是老朋友。胤荣擅长使枪，我也一起学过，只是出于一些考虑，现在已经隐退了。"

"那么，宝藏院的第二代胤舜大师便是跟您学习的枪术？"

"也可以这么说。其实沙门并不需要枪，只是由于宝藏院已经把奇特的名号流播尘世，有人说一旦枪法绝迹实在可惜，于是我就只传给了胤舜一人。"

"那，在胤舜大师回来之前，可否留在下在这佛院一住？"

"你还想比试吗？"

"好不容易造访宝藏院，哪怕能够领教到住持枪法的一招也好。"

"算了吧，"日观摇了摇头，"不必了。"他告诫似的重复道。

"为何？"

"宝藏院的枪法如何，今日通过阿严的枪法，想必你已经大概清楚了。还有什么需要再看的呢？如果你还想了解更多，就请看看我吧。请看着老朽的眼睛。"说着，日观耸起肩膀，向前探出身子，与武藏对视。

武藏的视线迎上去，只觉得那逼人的目光忽地变成琥珀色，又忽地变成暗蓝色，变幻莫测。武藏的眼睛最终还是痛了起来，率先岔开视线。

日观哈哈大笑。这时，另一个和尚来到日观身后，向他询问了些什么。只见日观点点头，对那和尚吩咐道："拿过来。"

不久，待客的高脚食案和盛饭的桶便搬了过来。日观盛了满满一碗米饭递给武藏。"请用茶泡饭吧。不光是贵客你，一般的修行者我们都以此招待，这是本院的惯例。这咸菜叫'宝藏院渍'，是在瓜里面放上紫苏和辣椒腌制成的。挺好吃的，你尝尝。"

"那就不客气了。"武藏拿起筷子，再次从日观的目光中感到一股锐气。究竟是对方所发的剑气，还是自己所发的剑气让彼此戒备？武藏无法判断。他慌忙咀嚼起咸菜，担心他们会像泽庵那样，忽然间挥下拳头，或是拿起木枪。

"怎么样，再给你添一碗？"

"不了，已经够了。"

"宝藏院渍的味道如何？"

"非常不错。"

武藏虽如此回答，却只感受到辣椒的辛辣，即使后来走到外面，也始终没有想起那切成两半的咸菜究竟是什么味道。

奈良之宿

一

　　"输了。我输了。"武藏走在杉林中的幽暗小道上，一面喃喃自语，一面往回走。树荫下不时有一些影子迅捷地跳过，原来是受到他脚步声惊吓而跳开的鹿。

　　"在实力上我赢了，可我却带着失败的心情走出宝藏院。这难道不是表面上赢了，实际上却输了的证据吗？"武藏不仅没有满足，反倒十分懊悔，一边恍惚地走着，一边咒骂自己的鲁莽和幼稚。"啊！"他忽然想起什么，停下脚步回过头，仍能看到宝藏院的灯光。

　　武藏赶回去，站到玄关前。"我是刚才的宫本。"

　　"哦？"守门的和尚探出头，"忘了东西？"

　　"我想，明天或后天会有人来贵院打听我的下落。若是那人来了，烦请告诉他一声，就说宫本住在猿泽池一带，让他顺着那一带的旅店找找就是。"

　　"这样啊。"守门人漫不经心地应着。

武藏不放心，又叮嘱了一遍："打听我的人叫城太郎，是个少年，请务必转告他。"

说完，武藏一面沿着来路大步返回，一面又叨念起来："看来还是输了。就凭连给城太郎留口信都忘了这一点，我就已经输给那个老僧日观，铩羽而归了！"

如何才能成为天下无敌之剑呢？一路上，武藏都像着了魔一样苦恼不已。为什么从赢了比武的宝藏院一出来，这苦涩的不成熟感就挥之不去？他无论如何都高兴不起来。

武藏情绪低落，茫然若失，不知不觉间已经走到猿泽池畔。

自天正年间起，新的民宅以这池塘为中心不断增加，乱糟糟地一直延伸到狭井川下游。近几年，由于德川家的二把手大久保长安所设的奈良奉行所就在附近，加之一个来定居的中国人林和靖的后裔在此开店售卖的宗因包子也深受欢迎，所以各种店铺也都面朝池塘扩展。

看到眼前稀稀拉拉的夜灯，武藏停下脚步犹豫起来，到底该住哪家客栈？客栈有的是，但既要考虑开支，又不好选择那些偏远的或深巷里的小客栈，否则随后赶来的城太郎就不好找到自己了。

尽管在宝藏院已受到招待，不过一来到宗因包子店前，武藏的食欲又被勾起。他走到凳子前要过一盆包子。包子皮上烤着一个"林"字。此时的包子已经不像宝藏院的咸菜一样品不出任何味道了。

"客官，您今晚住在哪里啊？"

幸亏被倒茶的女人问到，武藏趁机说明原委跟对方商量，结果女人说有一家由亲戚兼营的好客栈，务请住在那里，并说现在就去叫主人。不等武藏答应，她就已经走到里面，叫出一个青眉的年轻女人。

二

武藏被领到幽静小巷里一户普通人家，离宗因包子店不算远。引路的青眉妇人敲了敲小门。听到里面的应答之后，妇人回过头来，轻轻地对武藏说道："这里是我姐姐家，赏钱之类，您就不用给了。"

一个小女佣出来，与妇人耳语了几句，心领神会，立刻把武藏领到二楼，妇人说了句"请慢慢歇息吧"就回去了。

武藏进去一看，房间和家具摆设都十分高级，作为旅店实在可惜，这反倒令武藏感到不踏实。他已经吃过饭，沐浴之后就只能就寝了。这一家家境富裕，看起来不用为生计发愁，为何要收留旅人呢？尽管睡下，他还是有些担心。问小女佣缘由，对方也只是笑而不答。

到了第二天，武藏又问小女佣："不久后会有一个同伴前来找我，能否再住一两日？"

"那就请继续住吧。"

大概是小女佣告诉了楼下的主人，不久女主人便过来寒暄。她年龄三十岁左右，是个肌肤细嫩的美人。武藏立刻表明了自己的疑问，女主人便笑着解释起来，说她是人称观世某某的能乐师遗孀。

如今这奈良住着不少来历不明的浪人，举止恶劣，十分不像话。由于他们的存在，一些不体面的餐饮店和涂脂抹粉的女人便在木辻一带激增，可是他们依然觉得不过瘾，便纠集当地的一些年轻人入伙，每晚都去袭扰那些没有男人的人家，还号称"慰问寡妇"，并且愈演愈烈。

关原合战后，战火似乎得以平息，但由于连年战乱，各地的流浪人数都大幅度增加，诸国城下的恶性夜间游荡大肆流行，盗窃勒索不断发生。由于这种恶行是从出兵朝鲜后才出现，也有一些人抱怨是由太阁大人造成的。总之，现在全日本上下到处都风气败坏。由于关原战败的浪人大量涌入，奈良的街道也变得乌烟瘴气，连新任的奉行都无法改变。

"所以才留宿鄙人这样的旅人，好用来驱魔辟邪啊。"

"是啊，毕竟家里没有男人。"美丽的女主人笑了，武藏也不禁苦笑一下。"所以您住多少天都行。"

"明白了。只要有在下，您只管放心。但我的一个同伴会追到这里来找我，能否请您在门口弄个标记什么的？"

"没问题。"

于是，就像写驱邪符一样，女主人在纸上写上"宫本大人住宿中"，贴到了外面。

这一日，城太郎仍没有来。

次日，三名习武者进来说道："我们想拜见宫本先生。"女主人见无论如何拒绝，对方也不回去，就让他们暂且上去一见，不料竟是武藏在宝藏院打死阿严时于预备席上观看的三人。

"啊！"一见面，三人便像旧相识似的，亲昵地围着武藏坐下。

三

"哎呀，真是让我等惊叹啊。"一坐下，三人便十分夸张地吹捧起武藏来，"在造访宝藏院的人当中，将那人称'七足'的高徒一击毙命者，先生恐怕是第一人。尤其是那个傲慢的阿严，只惨叫一声便吐血而亡，实乃近来无比畅快之事啊。"

"我们都对您推崇备至。宫本武藏究竟是何许人也——当地的浪人们凑在一起就谈论您，宝藏院也颜面扫地。"

"像您这样的高手，真堪称天下无双。"

"而且年纪尚轻。"

"真是前途无量。"

"请恕在下失礼，以您这般实力，做浪人实属可惜。"

茶上来后，三人便咕嘟咕嘟地大口喝掉，又大把抓起点心贪婪地放进嘴里，点心屑簌簌地落在膝上。

一通铺天盖地的吹捧，简直令武藏有些不好意思。但武藏既不惊讶也不陶醉，表情十分平静，默默地等待着吹捧的结束。可对方却没完没了，他不得不问道："那么，请问各位尊姓大名？"

对方这才报起家门。"对对，实在是失礼了。在下原本是蒲生大人的家臣，名叫山添团八。这位叫大友伴立，一心钻研卜传流功夫，胸怀大志，是一位伺机而起的野心家。还有这一位叫野洲川安兵卫，其父是织田大人时期的浪人……哈哈哈。"

如此一来，三人大致的来历倒是弄清楚了，可他们究竟为何要浪费时间来打扰他人，武藏若不主动发问，这个问题不知又要拖到什么时候。

"抱歉，请问三位有何贵干？"武藏瞅准时机插上一句。

"对对对。"仿佛刚想起来似的，对方立刻凑上前来，说是有事商量，"也不为别的，其实我们几个人正在奈良的春日下筹划一场演出。说到演出，您或许以为就是那些能剧或是招揽人的杂耍之类，但我们想搞一次加深民众对武道理解的比武赌博。现在我们正让人搭棚，前期反响不错，只是就我们三人实在不够，而且如果有顶尖高手前来，一场对决就会把我们好不容易赚来的钱掳走。所以我们就想与您商量商量，看看您能否加入。您如果答应，赚的钱当然是平分，其间的饭钱和住店钱也一并由我们承担。这样，您赚一笔钱之后，下一次旅行的盘缠不就有了吗？"

武藏冷冷地听着对方频频的诱惑，终于不胜其烦。"算了，如果只是为此事而来，久坐无用，恕不奉陪。"

遭到武藏如此干脆的拒绝，三人深感意外。"为什么？"他们一个劲儿地追问。

武藏有些发怒，现出青年的固执，愤然说道："在下不是赌徒，是用筷子吃饭的男人，而不是用木刀吃饭的男人。"

"什、什么？"

"还不明白吗？无论我宫本武藏如何落魄，也是一名剑士。别废话，回去吧！"

四

"哼！"一人唇边挂着冷笑，一人则满脸怒气。"你给我记着！"三人丢下狠话后离去。他们心里清楚，就算他们三人联手也绝无战胜武藏的可能。他们强忍着内心的苦涩和愤怒，摆出一副色厉内荏的样子，一边流露出"我们可不能就这样回去"的意思，一边朝外走。

最近，每晚都是温和舒适的朦胧夜晚。楼下年轻的女主人也说武藏留宿期间十分安心，一个劲儿地做好吃的。这两天，武藏都在楼下受到了款待，然后便在二楼无灯的房间里伸展畅醉的年轻身体。

"遗憾。"奥藏院住持日观的话语再次浮现在武藏脑海里。但凡败在自己剑下的人，纵使其为半死者，武藏也会让其如泡沫般从大脑中消失，而对那些略胜自己一筹，在气势、能力上压倒自己的人，他却仿佛被冤魂缠住一样，总是无法斩断要战胜对手的执念。

"遗憾。"武藏辗转反侧，使劲地揪着头发。如何才能立于日观之上呢？自己能否成为一个不惧那种可怕眼神的人呢？

昨日和今日，他都闷闷不乐，一直没能从苦闷中摆脱。他口中叨念的"遗憾"其实是对自己的鞭策，而非诅咒他人的叹息。有时，他甚至不由得自我怀疑：难道是自己根本就不行？原本自己就未曾经过系统的修行，正因如此，他也不知道自己的力量究竟到达何种程度。

还有日观的那句话："你须矫正一下自己的强悍，变得弱一点。"武藏始终想不明白这句话。既是武者，强悍本该是绝对的优越之处，为何反倒成了缺点呢？

且慢，那个驼背老僧的话本身也值得怀疑。说不定他欺负武藏是年轻人，故意把歪理说得跟真理似的，让武藏掉进云里雾里，把他支走，自己却在背后偷笑，这种可能性也绝非没有。

读书究竟是好是坏，答案也并非显而易见。近来，武藏时常思考这个问题。他总觉得在姬路城暗无天日的房间读了三年书后，自己已经面貌一新。他似乎养成了这样一个习惯：一遇到问题，总是力图以理性思考来解开。如果不能通过理智的认可，他就无法从内心里接受。不光是剑，无论是对社会的看法，还是对人的看法，都已完全改变，这是一个毋庸置疑的事实。

因此，要说自己强悍，武藏感觉与少年时代相比已经柔弱多了，可那个日观仍说他过于强悍。武藏当然也明白日观指的并不是力量的强悍，而是武藏天性中的野蛮和霸气。

身为武者，无须纸上谈兵。倘若一知半解，便对他人的意念或情绪的变化非常敏感，反倒会变得怯懦。像日观之类的高人，倘若闭眼一击，或许他也会像脆弱的泥人一样粉身碎骨。这时，枕臂而卧的武藏耳边传来上楼梯的脚步声。

五

楼下的小女佣探出头，城太郎也随后跟了上来。城太郎那本就黝黑的脸上满是旅途的灰垢，显得愈发黝黑，河童般的头发上覆盖着一层厚厚的灰白色尘土。

"哦，你来了。挺会找的。"

武藏张开臂膀就要迎接，城太郎却先把脏兮兮的腿一伸，一屁股坐下。"啊，可把我累坏了。"

"找得费劲吗？"

"当然了。真让我好一通找啊。"

"去宝藏院问了？"

"我去问那里的和尚，人家说不知道。师父，是不是你忘了告诉人家了？"

"没有，我再三叮嘱过的。算了，不管他。辛苦了。"

"这是吉冈道场的回信。"说着，城太郎从脖子上的竹筒里拿出回信，交给武藏，"还有，你让我办的另外一件事，我没能见到那个叫本位田又八的人，就让那家人帮忙转达师父的口信，然后就回来了。"

"辛苦了。赶紧洗个澡，然后到楼下吃点饭吧。"

"这里是客栈？"

"反正是跟客栈差不多的地方。"

城太郎下楼之后，武藏拆开吉冈清十郎的回信看了起来。

> 本方正想再次比试。倘若直到约定之冬季仍未赴约，本方自当视汝为胆怯逃走，将汝之卑劣公布于天下，让天下耻笑，务请准时赴约。

看来是代笔，文辞拙劣，只是罗列了些大话。武藏撕掉书信，将其付之一炬。纸灰像烧焦的蝴蝶一样轻盈地飘落在榻榻米上。虽说只是比试，可这来往书信的阵势几乎就意味着生死决斗。这个冬天会有谁因这封信变成灰烬呢？

武者之命朝不保夕——这种心理准备，武藏一直都有，但这只不过是精神准备而已。倘若自己的生命真的只能坚持到今冬，心情绝不会如此平静。自己想做的事还有那么多！武道的修行本该如此，而常人该做的事情，自己还什么都没做。自己要像卜传或上泉伊势守那样，体验一次让众多随从持鹰牵马、纵横天下的感觉，也要从像样的门户里娶一个好妻子，养一群门徒和家臣，要在自幼未曾享受过的家庭温暖中做一回好主人。

不！在进入这些人生的定式之前，武藏还想偷偷地体验一下女人的滋味。迄今为止，他没日没夜念念不忘的只有武道，童贞也就十分自然地保持下来，但最近，即使走在路上，京都或奈良女人那美丽的倩影也会忽然间映入眼帘。不，更准确地说，是忽然间给他带来一股痒酥酥的感觉。每当这时，他总会想起阿通。阿通仿佛存在于遥远的过去，却又像是一直生活在附近。有时，武藏只是漠然地想一想她，孤独和寂寞便在无意间得到了莫大的缓解。

不知什么时候，回到楼上的城太郎已吃完饭洗完澡。他大概已疲劳至极，盘着两腿，两手撑在膝间，流着口水，带着完成使命的安心感惬意地打起盹来。

六

早晨，城太郎已随着麻雀的叫声一跃而起。武藏也早已告诉楼下的女主人，打算今晨离开奈良，正忙着收拾行装。

"啊，您走得太急了。"年轻女主人抱来一叠窄袖和服放下，眼中微微含恨地说道，"请恕我冒昧，这是我从前天起就给您缝制的窄袖和服和外褂，作为饯别的礼物，也不知您是否满意，您就先穿上试试吧。"

"这个……"武藏睁大了眼睛。他绝无理由收下这样的东西。

刚要拒绝，寡妇继续道："这也不是什么值钱的东西，我家里旧的能剧衣裳和男人的旧窄袖和服之类都堆着没用，不如让您这样的修行青年穿去，于是我就尽力做了一些，都是照您的身量缝制的，您若不穿就浪费了，还请您……"说着女人绕到武藏背后，未等武藏答应就往他身上套。

给的全都是些奢侈的衣裳，武藏简直受之不安。尤其是那件无袖外褂，似乎是舶来的料子，金线织花锦缎的下摆上绣着奢华的纹样，衬里用的是纯纺绸，就连系带的做工都十分精细，用的是紫红色皮革。

"真合身。"城太郎看花了眼，毫不客气地说道，"大婶，你送给我什么呢？"

"呵呵呵，你不是个随从嘛，随从穿成这样就行了。"

"我不想要衣服。"

"那你想要什么？"

"能不能把这个给我？"说着，城太郎忽然摘下挂在套间墙壁上的面具，似乎从昨晚第一眼看到时就十分想要，"给我这个。"他接着便把面具戴到了脸上。

武藏为城太郎敏锐的观察力而震惊。他也从留宿的第一晚起就被那个面具吸引。虽不知是谁的作品，但肯定不是室町时代的，至少也是镰仓时代的作品。那是表演能剧时使用的道具，是千雕万凿而成的鬼女面具。

倘若只有这些，也还不能夺人心魄，可这面具与其他普通的能面并不一样，它有一种不可思议的表现力。一般的鬼女面具都是用蓝色颜料涂抹的奇怪形象，可这面具表现的鬼女却甚是端丽，白皙而文雅，怎么看都是一个美人。只是这美人之所以看上去像恐怖的鬼女，是因为其与众不同的微笑的唇角。精雕细琢的月牙形唇线弯向脸的左侧，也不知是出自何等名匠的冥想，充满了难以言表的恐怖，分明是模仿活生生的疯女人的笑脸描绘而成。

"啊，那可不行。"看来面具对年轻女主人非常重要，她慌慌张张想从城太郎手里夺回来，可城太郎却将面具举在头上。

"怎么不行？就算你不愿意，这东西也归我了。"说着，他上蹿下跳，左躲右闪，说什么也不还。

七

孩子一旦耍起脾气，就无休无止。武藏看到女主人很为难，便斥责道："这孩子，怎么这么不懂事！"

但城太郎仍未停止兴奋的动作，甚至还把面具装入怀里。"行不，大婶？就给我吧。你答应了，对吧，大婶？"他说着就往楼下逃。

"不行，不行。"年轻女主人连声说着，可对方还是个孩子，她也无法生气，只得笑着追去。过了一会儿，两人仍没上来。武藏正纳闷时，楼梯咯吱咯吱地响起，只有城太郎一人慢腾腾地上楼来。

上来后就训斥他一顿——武藏想到这里，一脸威严地面向楼梯口坐下，可就在这时，鬼女面具竟先出现在了眼前。

武藏"啊"地一哆嗦，肌肉紧绷，连膝盖都微微颤抖。为什么会受到如此巨大的冲击？连他自己都不明白。但望着出现在昏暗楼梯口的鬼女面具，武藏立刻明白了缘由。原来是面具中蕴含的名匠气魄所致。鬼女那从白皙的下巴翘向左耳的月牙形唇线中浮现着一种妖艳美，令武藏一惊的东西就隐藏在里面。

"那，大叔，咱们走吧。"城太郎在说道。

武藏并未起身，仍坐在原地。"你怎么还不还给人家！这种东西，你不能要。"

"可是人家已经说可以了啊。已经给我了。"

"我可不答应！快下楼还给人家！"

"我刚才在楼下说要还，可大婶说'既然你那么想要，那就送给你吧，但你要好好地带着它'。于是我就跟她约定，一定会好好带着，她就真的给我了。"

"真拿你没办法。"

将这家里极其重要的面具和窄袖和服都平白拿走，武藏觉得实在过意不去，就想留下一点礼物，哪怕是略表寸心也好。可是这一家似乎并不缺钱，他也没有拿得出手的东西，于是就下楼再次为城太郎的无理强求致歉，并要其还回去，不料女主人却说道："不用了，我重新想了想，或许那个面具不在我家，反倒会让我轻松一些。而且他那么想要，您就不要责骂他了。"

听女主人如此一说，武藏更觉这面具似乎连接着某段历史，于是坚决归还。但此时的城太郎已经得意扬扬地穿上草鞋，率先出门等着去了。

比起面具，年轻女主人似乎更留恋武藏，一再嘱咐他再来奈良的时候一定要多住几日。

"那就告辞。"武藏最终还是接受了对方所有的好意，正要系上草鞋绳子，这时，只见这家的亲戚——宗因包子店的女主人气喘吁吁地跑进门。"哦，贵客，原来您还在啊。"她说道，"不行啊，贵客，您现在可不能走，出大事了。无论如何，还请您再回二楼。"她仿佛受到了什么惊吓，牙齿不住打战。

八

"什么事？"

武藏系好草鞋鞋带后，平静地抬起头。

"得知您今天早晨要离开这里，宝藏院的和尚们便扛着枪，带了十多个人往般若坂方向去了。"

"哦？"

"其中还有宝藏院二代，真让町众们瞠目结舌。我们都觉得一定是出大事了，于是我男人就拉住其中一个交情很深的僧人询问，结果对方说，四五天前就住在你亲戚家的那个宫本今天要离开奈良了，我们要在路上候着他。"宗因包子店的女主人剃掉眉毛的地方颤抖着，说若是今晨离开，无异于踏上丧命之旅，所以最好先躲到二楼，待入夜之后再悄悄走，而且此前也最好小心一点。

"哈哈。"武藏坐在门口的横框上，既不出门，也没有返回二楼的意思，"他们说要在般若坂等着在下？"

"具体地点倒是不大清楚，总之是朝那个方向去了。我男人也大吃一惊，追问起町众的传言，结果发现不仅是宝藏院的僧人，各个路口还有许多浪人，都说今天要抓住您交给宝藏院。您是不是说了宝藏院的什么坏话了？"

"没有。"

"可是宝藏院那边说，您指使人在奈良的各个路口张贴匿名打油诗讽刺宝藏院，他们非常愤怒。"

"我怎么不知道？一定是他们弄错人了。"

"所以，如果为这种事就把命丢了，太不值了。"

武藏没有回答，越过屋檐凝望天空。他忽然想起一件事，仿佛那非常遥远，他已记不清是昨天还是前天了，总之有三名浪人说要在春日下举行比武赌博，曾劝他入伙。其中一人似乎叫山添团八，另外两人好像分别叫野洲川安兵卫和大友伴立。看来，当时三人面带可怕的表情回去时，就已想到用这阴损方法来报复自己了吧。至于散布他并未说过的恶言，以及写匿名打油诗张贴在各个路口，无法不让人怀疑是他们搞的鬼。

"走！"武藏站起来，把旅行包袱的扣结系在胸前，拿起斗笠，向宗因包子店的女主人和观世家的年轻女主人道过谢，便踏出门来。

"您难道非走不可吗？"观世家的女主人眼泪汪汪地跟到外面。

"如果等到夜里，一定会连累贵府，实在不忍心再给您添麻烦。"

"没关系，我没事。"

"不，我还是离开吧。城太郎，还不快道谢！"

"谢谢大婶。"城太郎低下头。他顿时没了精神，但看上去倒不像是因为不愿离开。他还不知武藏剑术极好，而且自京都起就一直听人说自己的师父是个软弱的修行武者，所以一听到宝藏院的僧人携枪带棒在前面等着师父，孩子幼小的心里恐怕也顿添一抹不安，担忧起来。

般若野

一

"城太郎。"武藏停下脚步,回过头来。

"是。"城太郎皱着眉头。

奈良城已在身后,东大寺也渐渐远去。月濑大道穿过杉树林,不远处通往般若坂的舒缓斜坡在树林间若隐若现。还可看到那距此不远的三笠山,倘若以斜坡为裙摆,那突向右边天空的山体就像山的乳房。

"什么事?"

此前七町多的路,城太郎一直默默跟随,笑都没笑,似乎在一步步走向死亡。刚才路过潮湿而昏暗的东大寺旁边时,连忽然落在后脖处的水滴都让他吓得差点惊叫,对那些毫不畏惧人类脚步声的乌鸦也厌烦起来。每次抬头看,他都觉得武藏的背影越来越模糊。

无论在山里还是寺里,若想藏起来,也并非无藏身之处。如果想逃跑,也绝非无路可逃。可是武藏为何偏偏主动要去宝藏院的僧众都已埋伏好的般若野呢？城太郎想不通。难道是去道歉？他尝试着如此想象。若是道歉，那自己也一起向对方道歉吧。至于孰是孰非，根本就不是问题。

正想到这里，武藏忽然停住了脚步，喊了一声"城太郎"。城太郎心里不由得咯噔一下，但他觉得自己一定脸色苍白，为了不让武藏看到，他故意仰望太阳。武藏也望向天空。世上仿佛只剩下他们孤零零的两个人，无助的感觉淹没了城太郎。可意外的是，武藏丝毫没有改变以往的轻松语气，只听他说道："好了，我们下面的山路旅行会像踏着黄莺的歌声一样轻松愉快。"

"什么？"

"黄莺的歌声。"

"哦，是啊。"城太郎恍惚地应道。

武藏也看出少年的嘴唇有些苍白。他不禁可怜起这个孩子来，师徒二人走到这里或许就将分别。"般若坂已经很近了吧？"

"嗯，已过了奈良坂。"

"那么……"

四周的黄莺啼叫声在城太郎听来，只充满一阵阵的寒意。他那像琉璃球一样充满阴翳的双眼漠然地仰视着武藏，目光里分明充满了幽寂，与今晨两手举着鬼女面具嬉笑躲藏时那双天真的眼睛截然不同。

"差不多了，你我就在这里分手吧。快走！你若是不走就会受牵连，你没有一点理由受伤。"

城太郎一听，眼泪顿时簌簌落下，继而变成两道白线顺着脸颊淌下，双手手背不断揉着眼睛，肩膀也不住哆嗦，继而全身颤抖，放声哭泣。

"哭什么！这样还像个武士的弟子吗？万一我杀出一条血路逃走，你顺着我逃走的方向赶去就是。我若是被杀，你就返回京都原先的那家酒馆做事。你先躲到远处高坡上好好看着，听见没有？喂……"

二

"为什么哭？"

武藏一问，城太郎抬起满是泪痕的脸，拽住武藏的袖子。"师父，咱们逃走吧。"

"武士不能逃跑。你不是也要当武士吗？"

"我害怕，我怕死！"城太郎战栗着，拼命往后拽武藏的袖子，"就当是可怜我，快逃，快逃吧！"

"你这么一说，我也想逃了。我从小没有受过父母的疼爱，你也强不到哪里去，也是个与父母无缘的孩子。我倒是想为你逃走……"

"那，趁着现在快……"

"可我是武士，你不也是武士的儿子吗？"

城太郎用尽了力气，瘫坐在地。黑色的泪水从被手抹脏的脸上吧嗒吧嗒滴落。

"但不要担心，我不会输。不，我肯定会赢。赢了不就行了？"

武藏如此安慰，城太郎还是不信。他早已听说在前面埋伏的宝藏院僧众有十多人。他觉得以自己师父软弱的力量，就算是一对一的较量都未必能获胜。

若想在今天的死地里闯出生路，必须置生死于度外，武藏已经做好这种心理准备了。他疼爱城太郎，也可怜城太郎，可眼下城太郎却成了麻烦。他不由得焦急起来，突然厉声斥责："没用的东西！像你这样是成不了武士的！滚回你的酒馆去！"他一把推开城太郎，趁势迈步向前。

城太郎似乎受到了强烈的侮辱，听到武藏的叱骂，止住了抽泣。他一愣，慌忙起身，想对大步远去的武藏喊一声"师父"，话未出口，他却忍了下来，抱住旁边的杉树，把头埋进手中。

武藏并未回头，可是城太郎的抽泣声却长久地留在耳畔，他总觉得这个无依无靠、伤心呜咽的薄命少年一直跟在身后。怎么带了个少年出来！他心里后悔不已。明明连未成熟的一己之身都照顾不好，又怀抱孤剑，连明天的命运都无从把握。修行中的武者原本就不需要同伴。

"喂，武藏先生！"不知何时，武藏已穿过杉林，来到一片广阔的原野。说是原野，也只是一片起伏的山脚。喊他的男子从三笠山的山道朝这边走来。"您去哪里啊？"对方一面打招呼，一面亲昵地与武藏并肩走。

原来是那名自称山添团八，曾到武藏住宿的观世家拜访的三名浪人之一。

终于来了。武藏立刻看穿，但仍装着若无其事的样子。"哦，上次……"

"不，前几天实在失礼了。"男子慌忙再次寒暄，样子谦恭得简直有点恶心。他边说边斜眼窥探武藏的神色。"上次的事情就让它付之东流吧，不用在意。"

三

山添团八上次在宝藏院见识过武藏的实力，内心深抱恐惧，可他对这名年龄不过二十一二岁、涉世未深的乡下武士并非心悦诚服。

"武藏先生，您这次要去哪里？"

"我想翻越伊贺去伊势路。你呢？"

"我有点事情，要到月濑那边。"

"柳生谷就在那一带吧？"

"距此四里左右是大柳生，再走一里左右便是小柳生。"

"那有名的柳生大人的城池呢？"

"在距笠置寺不远的地方。您最好也去那里拜访一趟。虽然柳生流的宗师宗严公现在已经隐居钻研茶道，其子但马守宗矩大人也已被德川家招至江户。"

"像我这样一介游历者也肯赐教吗？"

"如果有介绍信，当然更好。对了，月濑那边有位老铠甲师与其有交情，经常出入柳生家。若有需要，在下可以帮您问问。"

团八故意紧挨着武藏的左边走。四周只有静立的杉树和罗汉松，视野非常开阔，一眼便能望到数里之外。前方是起起伏伏的低矮山丘，舒缓的坡道穿梭其中。

就要走到般若坂时，前面一座山丘上冒起茶褐色的烟，似乎有人燃起了篝火。武藏止住脚步。"嗯？"

"怎么？"

"那烟。"

"那烟怎么了？"团八紧紧地贴了过来。他窥视着武藏，表情有些僵硬。

"我总觉得那烟里有一种妖气。你觉得呢？"

"妖气？"

"比如，"武藏指着烟柱的手指突然指向团八的脸中央，"就像你眼睛中透着的东西一样。"

"哎？"

"我让你看看，就是这个！"

突然，"啊"的一声凄厉惨叫打破了原野明媚的静寂。团八飞了出去，武藏也弹向后方。

"啊！"有人顿时在远处惊叫起来。二人刚才翻越的山丘上一下子现出人影，向这边张望，原来也是两个人。"被干掉了！"对方大声地呼喊着类似的话，挥着手不知跑向何处。

武藏垂手握着一把利刃，刃尖反射着璀璨的阳光。山添团八飞起来倒地后，就再没能站起来。武藏任由刀棱上的血垂直滴落，继续静静地向前走。他踏着野花，朝着烟柱升起的山丘走去。

四

春天的微风阵阵吹来，仿佛女人的手在翻弄着鬓角，武藏却浑身毛发倒竖。一步，两步，他的肌肉紧绷，坚如钢铁。站在山丘上俯视，舒缓的原野一望无际。烟是从前面的山谷中升起的。

"他来了！"喊叫的并非围绕篝火的众人，而是从远处迂回跑向那里的两名男子。距离之近已足以让武藏看清，他们分明就是刚刚被武藏一刀毙命的山添团八的同伙——野洲川安兵卫和大友伴立两个浪人。

"哎，他来了？"篝火周围的人立刻鹦鹉学舌般回应，一齐跳起来，在远处晒太阳的人也同时起身。

对方人数将近三十名，其中约半数是僧人，剩下的则是各种各样来头的浪人。就在他们张望的时候，武藏已经翻过山丘，从原野走向般若坂。

唔！确认武藏出现后，腾腾杀气便在人群上空无声地高涨。而武藏则提着沾满了血迹的刀。彼此尚未相遇，战火就已点燃，而且不是由人数众多的潜伏者挑起，而是由本该遭到暗算的武藏主动发起宣战。

"山添，山添他……"野洲川和大友二人用夸张的动作，似乎立刻便把他们的同伴已经倒在武藏刀下的事情告诉了众人。浪人们咬牙切齿，宝藏院的僧人们则骂了句"可恨的家伙"，摆开阵势，睨视着武藏。

宝藏院的十几名僧人全都抱着枪，有片镰枪，有竹叶尖枪，黑衣的袖子系在背上。"今日非报仇雪恨不可！"

为了维护禅院的声誉，为了一雪高徒阿严的耻辱，他们已无法平静地面对，如同地狱中巡逻的兵士一样，一下子列开阵势。浪人们则聚成一团，一面围拢起来防止武藏逃走，一面幸灾乐祸地看起热闹，其中还有人在嘿嘿地冷笑。不过，根本用不着如此麻烦。他们只须站在原地，展开鹤翼阵就足够了，因为武藏丝毫没有逃走的念头，十分从容。

武藏仿佛踏在黏土上一样，踏着山崖柔软的嫩草，但又像鹭一样似乎随时都可能飞起。他沉稳地朝着众人走去。不，是朝着死亡一步步走去。

五

他来了——已经无人再喊出来。武藏单手提刀步步紧逼的身影实在让人恐惧，众人十分害怕那黑色积雨云似的身影不久便会降落到他们中央。

可怕的短暂静谧，便是双方思考生死的瞬间。武藏的脸色苍白得吓人，死神仿佛借着他的眼睛窥探着众人。谁先来？

面对单枪匹马的武藏，无论是浪人，还是宝藏院的僧众，都拥有压倒性的优势，没有一个人的脸如他那样苍白。以多对少——他们似乎充满了乐观，只是闪躲着避免最先被死神的目光撞上。

这时，处在宝藏院僧众队列一端的一名僧人放出了暗号。于是，十几名黑衣持枪人"哇"地大叫一声，跑到武藏右侧，但队形并未散乱。

"武藏！"那僧人喊道，"听说你仗着自己有点本事，趁我胤舜不在的时候，杀死了我门下的阿严，而且变本加厉，不仅向世间散布宝藏院的坏话，还在各个路口张贴侮辱性的打油诗，嘲笑我等，是否确有其事？"

"错！"武藏的回答简洁明了，"世间事物不仅要用眼睛来看，用耳朵来听，还要用心来观察，和尚难道连这点都不懂？"

"什么？"

武藏的话简直是火上浇油。其他僧人则无视胤舜，齐声说道："不用与他争论！"接着，以夹击之势绕到武藏左侧的浪人们齐声附和："对！不用跟他啰唆！"他们纷纷谩骂，还挥舞太刀煽动宝藏院的僧众出手。

武藏似乎早已看穿这些浪人只会耍嘴皮子，是群乌合之众。"好，别争了！谁？谁先上？"武藏恶狠狠地看向浪人，他们不由得向后退，顿时一片混乱。只有两三人故作强硬，刚应了一声"我"，平举起太刀，武藏便突然像斗鸡一样飞奔过去。

噗！仿佛栓塞突然间被弹出来似的，血柱染红了天空。还有生命与生命碰撞一起的响声，这既不是单纯的呐喊，也不属于任何语言，而是发自喉咙的异样吼声，完全无法用人类的语言表达或描述，接近于原始森林中野兽的怒吼。

噌！噗！武藏手里的利刃每次把强烈的震动传至心脏，刀端就斩断人骨。刀光每一闪，刀锋上便划出一道血的彩虹，鲜血中脑浆洒落，断指纷飞，白萝卜般的手臂则被抛向草丛。

六

从一开始，浪人中就充斥着一种凑热闹的乐观情绪，他们似乎以为参与决斗的只是宝藏院的僧众，自己则是看杀人游戏的。武藏看透了这群乌合之众的脆弱，出其不意地杀过去，采用这种战法也是理所当然的。浪人们一开始并未慌乱，他们仍以为有绝对的靠山——宝藏院的僧人们。可是战斗既已拉开，浪人已相继倒下五六人。武藏仍在继续杀戮，宝藏院的僧众却只是横枪旁观，竟没有一人冲向武藏。

"浑蛋，浑蛋！"

"快出手，快！"

各种咒骂从利刃之间传来，声音中充满了对宝藏院僧众奇怪的不战态度的愤怒、不满和渴求帮助的急迫心情。可是整齐的枪列峭然不动，毫不声援，平静如水。

"你们这不是背信弃义吗？这敌人本是你们的，我们只是旁观者，可这样一来岂不是完全颠倒了吗？"不过，眼睁睁地遭武藏屠戮的浪人们恐怕连抱怨的机会都没有了。他们仿佛醉酒的泥鳅，已经在血光中恍惚起来。同伴的利刃挥向同伴，别人的脸竟看成自己的脸。他们无法看清武藏的身影，乱挥的刀剑也只会徒然增加同伴的危险。

当然，武藏也不知道自己究竟在做什么，一切都是在无意识间进行的，构成他生命体的全部机能在一瞬间全都凝聚到了那柄不足三尺的刀身上。五六岁时就挨过的父亲严厉的拳头、后来在关原战场上的体验、独自一人进入山中以树为对手自学到的东西，以及平时游历各国时在各家道场的理性思考，迄今为止的所有历练无意间在五体中化为火花迸发出来，而且这五体已与脚下的土地和草融合，成了完全超脱的风。死生一如——拼杀在白刃中的武藏大脑里已完全没有了生死的意识。

"让他杀死就完了！""我不想死！""尽可能让别人去挡他……"浪人们一面各怀鬼胎，一面胡乱挥舞利刃，无论如何咬牙切齿，他们也无法砍倒独身的武藏，反倒被那些不想死的同伙盲目挥舞的利刃所伤，真是莫大的讽刺，却也无可奈何。

持枪站在那里的宝藏院僧众中，有个人一面观望，一面数呼吸的次数。这段时间，他也就呼吸了十五六次，总之，一切发生在呼吸了不到二十次的分秒之间。

武藏全身都是血迹，剩下的十名左右的浪人也浑身是血。四下的大地，周围的草丛，一切都化为红色的泥泞，令人反胃的血腥笼罩在四周。此时，苦苦支撑的浪人们终于熬不下去。"哇！"突然，随着一声大叫，有人跟跟跄跄开始撒腿逃跑。紧接着，此前一直蓄势待发的宝藏院僧众手持枪尖白刃，呼啦一下子全动了起来。

七

"神啊！"城太郎两掌合拢，朝天空祈祷，"请帮我一把吧！我的师父正在下面的山谷里，只身一人跟那么多敌人决斗。虽然我师父软弱，可他并不是恶人。"

尽管被武藏抛弃，可城太郎无法离开武藏。他一面远远地守望，一面来到般若野谷上方，一屁股坐下来，面具和斗笠被他丢在一边。

"八幡大神，金比罗大神，春日宫的神们！哎呀，师父正逐渐走向敌人。师父疯了！太可怜了！他平时就那么软弱，所以从今早起精神就有些不对了，否则他不会一个人走向那么多人。神啊！救救他吧！"

城太郎百叩千拜，仿佛疯了似的。最后，他竟扯开嗓子喊了起来："难道这个国家就没有神吗？倘若让那些卑怯的人获胜，正义的人被杀，那么邪恶之人都会纷纷效仿，正义之士都会被折磨而死。如果真是这样，远古的传说就都是谎言。不，如果真是这样，我就朝你们这些神吐唾沫！"尽管话语很幼稚，可他双眼充血，神情激动，比起懂得更深道理的大人，这种呐喊更让人震惊。

不仅如此。不久，当城太郎看到远处低洼草地上的一伙人把武藏包围在利刃中，仿佛裹着针一样刮起一股旋风的时候，他更是高举双拳跳了起来。"浑蛋！卑鄙！"他狂喊，"倘若我是大人……"他跺着脚哭了起来，"无耻！"急得转来转去，"师父！师父！我在这里！"最后，他甚至变成了完美的神，"禽兽，禽兽！若是杀了我师父，我决饶不了你们！"他扯开喉咙，声嘶力竭地狂喊。

但不一会儿，他便望见远方厮杀成一团的漆黑旋涡中啪啪地腾起一股股血柱，尸体一个接一个倒下。"啊，是师父杀的！师父真厉害！"决斗双方像野兽一样厮杀，这光景无疑是这名少年第一次目睹。

不知不觉间，城太郎看呆了，仿佛自己也置身于远方的旋涡，浑身是血地杀向敌人，异样的兴奋让他的心脏上下翻腾。"活该！上来试试啊！呆子！丑八怪！我师父就是这么厉害。宝藏院的臭乌鸦们，傻眼了吧？拿着枪又有什么用，没辙了吧！"

可是，远处的形势很快一变，一直静观的宝藏院僧众突然动了起来。

"啊，不好。要总攻了！"

武藏危险！城太郎也能看出已到了最后的决斗时刻，

但他最终忘记了自己的存在，渺小的身体像火球一样愤怒，如同从山丘上滚落的岩石一样冲了下去。

八

"好，上！"此时，尽得宝藏院初代枪法真传、天下闻名的二代胤舜将一直静握的枪一横，用可怕的声音向忍耐到极点的十几名门下发出号令。

嗖！白光顿时像放出的蜂一样向四面八方飞奔，况且僧人的光头本身就带有一种特别的刚毅和野蛮之感。管枪、片镰枪、竹叶尖枪、十字枪，僧人们各自横着惯用的枪，嗜血心切地跃起。一眨眼，几个枪尖上已经沾满了血迹，似乎今天正是难得的实地演练日。

生力军来了！武藏顿生此感，跳起后退。要壮烈地死去——已经累得有些发晕的大脑中忽然生出这种念头，他双手用力握了握沾满黏血的刀柄，瞪起被汗水和血迹糊起来的眼睛一看，却发现没有一杆枪是冲着他来的。

"嗯？"武藏无论如何也想象不到的光景在眼前展开。他茫然地环视四周，不知为何，光头僧人们像争抢猎物的猎犬一样四处追击并用枪尖频频刺向的，竟是本与他们同伙的浪人。

就连那些好不容易从武藏刀下逃走、稍微松一口气的家伙，都被一句"且慢"叫住。他们以为僧人不会朝自己来，便停下来等候，不料只听一句"你这个蛆虫"，便突然间被对方的枪尖刺中，挑上了天空。

"喂，喂，你们干什么？疯了吗？混账和尚！好好看看对手是谁，你们弄错对手了！"浪人们狂喊乱叫，连滚带爬。僧人们则追赶着他们，有的打，有的捅。有一僧人用枪尖刺穿了浪人的脸，其他僧人还以为他就想让对方衔着枪，不料他竟大喊一声"走开"，像甩沙丁鱼串似的摇了起来。

恐怖的屠杀瞬间结束，一片无法形容的静寂覆盖了原野。太阳似乎也不忍目睹，躲到云后。那么多浪人全部被杀，竟无一人从这般若野的山谷里逃出。

武藏简直不敢相信自己的眼睛，心里一片茫然，握刀的手却始终没有松弛下来。

为什么？他们竟自相残杀！武藏完全被弄糊涂了。现在，就算武藏自身的人性并未完全从体热中清醒过来——在那残酷的血腥屠杀中，夜叉和野兽的灵魂仿佛融为一体，可面对这极端的杀戮，他还是有些眩晕。

别人在武藏眼前上演屠杀，竟让他一下子恢复了本来的人性，可以说这种感受是他已完全恢复的证据。他突然间醒悟过来，这才发现双脚仿佛要深深插入地中一样，已经由于过度用力而僵住，而城太郎正拽着自己的双手呜呜哭泣。

九

"久仰大名。您是宫本先生吧？"一名身材修长、肤色白皙的僧人大步流星地走上来，向武藏殷勤致意。

"哦……"武藏这才回过神来，放下刀。

"认识一下吧。我是宝藏院的胤舜。听说您上一次特意拜访，我却不在，结果发生了一些憾事。而且当时门下的阿严在您面前丢了丑，身为他的师父，我也深感耻辱。"

嗯？怎么回事？仿佛要重新思考对方的话，武藏沉默了一会儿。此人谈吐不凡，态度也与言语十分相称，大义凛然。倘若自己也要以礼待之，就必须先理清混乱的思绪，询问对方几件事。

首先要问的便是宝藏院的僧众为何把本该指向武藏的枪突然逆转，将那些认为僧人们是同伙而掉以轻心的浪人全都杀光。这件事情让武藏无法理解。面对这意外的结果，他只有呆立，甚至对自己还活着的事实都惊讶不已。

"请您清洗一下血污，休息一下吧。这边请。"胤舜走在前面，把武藏邀请到篝火旁。城太郎则抓住武藏的袖子，寸步不离。

僧人们撕开早就备好的一反多的奈良漂布，擦拭着枪。看到武藏和胤舜对着篝火并膝而坐，他们也毫不生疑。不久，仿佛理所当然似的，他们也混进来开始交谈。

"快看，那么多！"忽然，一人指着天空说道。

"那些乌鸦已经嗅到血腥味，哇哇叫着朝这满野的死尸飞来了。"

"大概还不会落下来。"

"我们一走，它们就会争着向死尸围去。"

众人甚至谈起这种悠闲的话题。至于武藏的疑问，若是他不提出，似乎没有人会主动提及。

于是，武藏转向胤舜。"在下本来是把你们当成今天真正的敌人，早已做好赴死准备，就是死，也要多带你们一人去黄泉。可是，你们不但帮助了在下，还如此热情款待，这令在下实在不解。"

胤舜笑道："不，我们并无帮助您的意思。虽然有点残暴，但我们只是给奈良进行了一下大扫除。"

"大扫除？"

这时，胤舜指向远处。"这件事就不用小僧讲了，还是等见了您熟识的前辈日观大师后再讲吧。请看，原野尽头不是已来了一队豆粒般大小的人马吗？那一定是日观大师他们。"

十

"大师真是神速啊。"

"那是因为你们慢。"

"您比马还快。"

"当然。"

远处的一队人影中，只有驼背的老僧日观一人不屑骑马，快步前行，朝般若坂赶来。日观身后，五名骑马的官吏正踏着碎石前进。

"大师，大师。"

随着日观一步步靠近，这边的僧众一面悄声嘀咕，一面后退，像在寺院举行庄严的仪式时一样排成一列，恭迎日观和骑马的官吏们。

"都解决了吗？"日观第一句话便如此问。

"是，一切遵照您的吩咐。"胤舜行礼说道，然后又转向骑马的官吏们。"验尸官大人，辛苦了。"

官吏们接连从马上跳下来。"哪里，辛苦的是你们啊。那我们就例行公事了。"说着，他们看了看横七竖八的十几具尸体，简单地记录了一下，"官府会让人来清理现场，后面的事情就不用你们操心了，请回吧。"说完，他们返身上马，再次朝原野尽头驰去。

"你们也回去吧。"日观下令之后，持枪的僧人们默行一礼，开始后撤。胤舜也向师父和武藏行礼，带着僧人们回去了。

大队人马刚走，成群的乌鸦就肆无忌惮地落到地上，围向死尸，像沐浴在梅汁中一样，欢快地扑腾起翅膀。

"讨厌的东西。"日观咕哝着，来到武藏身边轻轻说道，"上一次失礼了。"

"啊，那次……"武藏慌忙两手触地。他无法不这样做。

"请起身吧。在这旷野里不用如此拘礼。"

"是。"

"怎么样，刚才是不是又学了点东西？"

"请详细地给晚辈讲一讲，您为何要如此安排？"

"当然要如此安排。其实……"日观讲道，"刚才回去的官吏们是奈良奉行大久保长安的属下，奉行刚刚上任，属下们也不熟悉这里的情况，于是一些浪人便敲诈勒索、打家劫舍、比武赌博、拐骗妇女、骚扰寡妇，无恶不作，让奉行十分棘手。山添团八、野洲川安兵卫等十四五人正是那伙恶霸浪人的头目。"

"哦……"

"山添、野洲川等人大概是对你有恨。只是畏惧你的实力，便想借宝藏院之手为自己复仇，借刀杀人，一举两得。于是就纠集同伙，到处散布宝藏院的坏话，还乱贴讽刺打油诗，然后再一一向我们告密，全部嫁祸给你。他们真以为老衲是傻子。"

听闻这些，武藏露出笑意。

"于是老衲就想趁此良机，给奈良来一次大扫除，便向胤舜如此授计。这可真把门下的僧人和奈良的奉行乐坏了，再有就是这原野上的乌鸦。哈哈哈。"

十一

高兴起来的除了乌鸦，还有一人，那就是在日观旁边听他们说话的城太郎。至此，他的怀疑和畏惧已经一扫而光。只见这名少年一展雀跃的心情，一面朝远方跑去，一面扯开嗓子唱了起来："大扫除！大扫除！"

武藏和日观闻声回头一看，只见城太郎已把那鬼女面具盖在脸上，抽出腰间的木刀举在手里，一边踢着横七竖八的死尸和围拢在上的乌鸦，一边乱舞。"对吧，乌鸦？不只奈良，大扫除时时需要，这是自然的真理。万物革新，春天总会降临。焚落叶，烧原野，正如偶尔需要一场大雪，大扫除也要时不时地来一次。对吧，乌鸦？你们也就有了盛宴。眼珠子是汤，红色血液作酒，可千万别撑着，也千万别醉喽。"

"喂，孩子！"日观喊了城太郎一声，他才答应一声"是"，停住乱舞，回过头来。"别像疯子似的乱蹦乱跳了，去给我捡些石头过来。"

"这样的石头行吗？"

"再多些。"

"是，是。"

城太郎捡来一堆石头。

日观将"南无妙法莲花经"七个字一个一个地写在小

石头上。"好了，把这些石头撒到尸体上。"

于是，城太郎抓起石头，朝四面八方扔去。其间日观并拢起僧衣的袖子，一通诵经。"好，行了。你们该出发了，老衲也要返回奈良了。"说罢，日观飘然转过驼背的身影，如风一样朝远处走去。

连道别都没有，再会的约定也未留下。多么淡然的人！武藏呆呆地凝望着那远去的背影，忽然想起什么似的，猛地追了过去。"大师，您忘东西了！"他拍拍刀柄喊道。

日观止住脚步。"忘了东西？"

"世缘难遇，好不容易见您一面，还请教诲一二。"

日观听罢，干涩的笑声从没有牙齿的口中响起。"你难道还未明白？老衲能教给你的只有一点：你太强悍了，但倘若你继续以这种强悍自负下去，一定活不到三十岁，说不定今天就已经没命了。这样怎么对得起你自己？你今天的行为完全不可取。不要以为年轻就可莽撞行事，你虽然强悍，可若以为武道就是如此就大错特错了。在这一点上，老衲尚无谈论的资格。这样吧，老衲的前辈柳生石舟斋老先生，还有前辈的前辈上泉伊势守大人，他们走过的路，你今后也仔细地走一走，就会明白的。"

武藏俯首倾听，忽然间却听不到日观的声音了，一抬头，才发现对方早已不见。

此一国

一

　　此地虽处在笠置山中，却不叫笠置村，而叫神户庄柳生谷。这里民宅规整、风气淳朴，是座人杰地灵的山村。但若将此地看作市镇，则户数太少，全无繁华之色。它就像中国蜀道中忽然出现的山间小镇一样，是个富有情趣的地方。

　　在这山中小镇，有一座被当地人称为"公馆"的豪宅，无论是此地的文化，还是领民的精神寄托，都存系于这座保持着古堡样式的石垣宅院。领民从一千多年以前就已住在这里，领主也从平将门叛乱时便在这里定居，给当地百姓传播教化，是拥有弓矢仓库的豪族。

　　领主和领民都把这里的四个村庄作为祖先之地，作为自己的乡土，一直以鲜血守护。无论发生什么样的战祸，他们从来没有迷惘过。关原合战后，附近的奈良城被浪人占领，恶霸文化横行，就连七堂伽蓝的法灯都暗淡下去。

可从柳生谷到笠置地区，那些不逞之徒却一个也找不到。仅此一例也足以看出这一带的乡土风气和管理制度是何等纯正，根本就容不下那些不正之风。

不只是领主优秀、领民纯朴，连早晚的笠置山都那么清丽，用山泉煮的茶是那么甘甜。因梅花闻名的月濑也在附近，黄莺的歌唱声从雪融之际到雷鸣季节一直不绝于耳，音色如同这山水一样清新动人。

诗人说，"英雄生处山河清"。这样的乡土倘若不出一个伟人，那诗人就是在撒谎，这里的山河也只能说是徒有美丽外表的石女一般的风景了，要不就是这片乡土的血液太愚顽。可不管怎么说，这里还是出了一些杰出人物，领主柳生家便是明证。而那些来自乡野，每次战争都立下赫赫功勋的家臣中也不乏优秀人物。他们都可以说是柳生谷的山河和黄莺的歌声所造就的英雄。

如今，隐居在这石垣"公馆"中的柳生新左卫门尉宗严，名号已改为简朴的石舟斋。他躲进了城后的小草庵里，至于政务之类，虽然不知现在是由谁来主持，但他有不少好儿孙，家臣当中值得托付者也不少，周围一切与石舟斋主政时几无变化。

"不可思议。"武藏踏上这片土地，是在般若野之事发生十多天后。他拜访了附近的笠置寺和净琉璃寺，探寻了一下建武时代的遗迹并找了个住处。充分地静养身心后，他于此刻外出散步，只穿了便装，跟在身旁的城太郎也穿着草履。

看看民家的生活，望望田间的作物，再瞅瞅来往行人的举止，每一次武藏都忍不住喃喃自语："不可思议。"

"大叔，什么不可思议？"城太郎反倒觉得武藏的自言自语有些不可思议。

二

"出了中国，一路看遍摄津、河内及和泉诸国，我却不知道世上竟有这样的地方，所以觉得不可思议。"

"大叔，究竟哪里不一样？"

"山上树多。"

城太郎一听武藏的话，扑哧一下笑了出来。"树？哪里没树啊？哪里都有的是。"

"可这里的树不一样。这柳生谷的山上，全是些古老的参天大树。这便是此地并未经历兵火，也未遭受敌人滥伐的证据，更说明了领主和领民从未遭受过饥荒。"

"还有呢？"

"田里绿油油的，麦苗长得很好。户户都能听见纺纱的声音，百姓即使看到行路的他国人奢侈的打扮，也不会露出贪婪的眼神，停下手中的活计。"

"就这些？"

"还有。跟其他地方不同，田里可以看见许多小姑娘。田里能看见这么多红腰带，便说明此地的年轻女子并未流落他乡。因此，此地一定经济富裕，孩子苗壮成长，老人深受尊敬，无论发生什么事情，年轻男女也不会流亡异国。可以想象，此地的领主一定家境殷实，兵器库里的枪炮也一定研磨得很亮。"

"我还以为你在感叹什么呢，原来净是些无聊的东西。"

"对你来说当然不好玩了。"

"可是大叔，你到这柳生谷来，不是要跟柳生家的人比武吗？"

"所谓修行武者，并非完全为了比武而游历。为了一宿一饭，扛着木刀到处比武，这不叫修行，只能算流浪。真正的修行武者，并不只看重武艺的磨炼，更看重心的修行。修行途中还要考察诸国的地理水利，了解当地的风土人情，探寻领主与领民之间的关系，要带着从外表看到本质的用心，用脚量遍每一个角落，用心历尽每一寸土地，这才是修行武者。"

尽管对年幼的孩子说这些也无用，可武藏还是觉得，哪怕是对一个少年，也不能马马虎虎，敷衍搪塞。对于城太郎的刨根问底，他从不皱眉，都耐心回答。

忽然，二人身后传来了马蹄声，马上有一名身材魁梧、年近四十的武士。"闪开！闪开！"他大声喊着，一闪而过。

城太郎无意间朝马上一看。"啊，庄田大叔！"他脱口而出。

那名留着络腮胡的武士像熊一样健壮，城太郎一直没有忘记。原来正是城太郎在赶往宇治桥的大和路途中帮他捡到书信竹筒的那个人。马上的庄田喜左卫门似乎也听到了他的声音，回头一看。"哦，原来是小家伙啊。"他微微一笑，继续策马前行，消失在柳生家的石垣内。

三

"城太郎，刚才那个人是谁？"

"是庄田大叔，说是柳生大人的家臣。"

"你怎么认识他的？"

"上一次来奈良的途中，他帮了我不少忙。当时还有一个忘了叫什么的女人也成了我的旅伴，我们三个人一直走到木津川的渡口了呢。"

武藏观察了一番小柳生城的城郭轮廓和柳生谷的地形，不久便说"回去"，朝先前的方向折回。

此地的客栈虽只有一家，规模却很大，而且正对着伊贺大道，去往净琉璃寺和笠置寺的人都住在这里。一到傍晚，入口处的树下和檐下便拴着十多匹驮马。由于要煮大量的米，淘米水甚至把客栈前的溪流都染成白色了。

"客官，您去哪里了？"一进屋，只见一个孩子上穿藏青色窄袖和服，下穿干活用的裙裤，唯有腰带是红色的——原来是个女孩。她站在那里说道："请快去洗澡。"

似乎终于找到一个年龄相仿的朋友，城太郎兴奋起来：

"你叫什么名字？"

"关你什么事。"

"傻瓜，快说自己的名字。"

"小茶。"

"怪名字。"

"用你管。"说着，小茶抬手就打。

"打人喽。"

武藏从走廊回过头。"喂，小茶，浴室在哪边？前面的右侧？好好，知道了。"

浴室里铺着木地板，衣架上已经放了三人脱下的衣服，加上武藏便是四个人。武藏刚打开门钻进热气里，一直在愉快谈笑的三名客人看到他那健壮的裸体，仿佛看到了异类，一下子闭了口。

"唔……"武藏近六尺的身体一沉入浴盆，里面的洗澡水顿时哗的一下溢出来，简直要把正在外面擦洗小腿的三个人给冲走。其中一人回头看向武藏。武藏则枕着浴盆的边缘，闭上眼睛享受起来。

大概是稍微安心些了，三名客人又开始闲谈。

"叫什么来着，刚才走的那个柳生家的执事？"

"好像叫庄田喜左卫门。"

"是吗？若是柳生家也打发执事来谢绝比武，看来也不过徒有其名。"

"正如那个执事所说，最近无论对谁，柳生家似乎都用一样的言辞来谢绝比武。说什么石舟斋隐居，但马守则正出仕江户。"

"不，不会的。他们一定是听说这边是吉冈家的次子，不敢莽撞行事，便想敬而远之。"

"还让人送来点心之类作旅途的慰问，看来柳生也相当圆滑啊。"

说话人后背肤色白皙，肌肉柔软，看来都是些城里人，洗练的会话中透着理智、幽默和敏锐。

吉冈？武藏忽然听到这两个字，不动声色地扭过头来。

四

说到吉冈的次子，莫非就是清十郎的弟弟传七郎？很有可能。武藏留神倾听。他造访四条道场的时候，一个门人曾说过，清十郎的弟弟传七郎跟朋友去伊势神宫参拜了。倘若真是如此，或许这三人便是参拜回来的传七郎及朋友一行。

浴盆怎么老与我作对？武藏警惕起来。在宫本村时，他就曾被本位田又八的母亲阿杉设计骗进浴盆，在浴室惨遭敌人包围，而今又赤身裸体地撞上宿怨颇深的吉冈拳法的次子。虽说是出来旅行，但他只身闯京都四条道场的经过，对方也一定听说了。倘若知道他就是宫本武藏，对方恐怕会立刻抄起搁在门外的刀挥下来。

武藏暗中思忖应对方法，旁边三人却毫无异样。从他们自鸣得意的谈话中不难听出，一踏上这里的土地，他们立刻就让人持信去了柳生家。吉冈家自足利幕府时起便是名门，如今的石舟斋自名为宗严时便与吉冈家的上一代拳法有些交情，所以柳生家也不敢怠慢，派管家庄田喜左卫门送来旅途的慰问品，到客栈问候。

面对这种礼遇，这几个年轻的城里人竟自高自大地解释起来，什么柳生家也圆滑世故，什么因为惧怕敬而远之，什么柳生家也没什么了不起，得意扬扬地清洗着旅途的污垢。而对于刚刚亲自前往小柳生城，从外部察看了一番风土人情的武藏来说，他们这种自鸣得意和任性的理解方式真是可笑至极。

有个成语叫"井底之蛙"，眼前的几个毛头小子虽然身居大海般的城市，广睹时势变迁，却从来都不想想井底之蛙也会韬光养晦。想想那些远离中央势力的兴衰，在深井下几十年如一日映着月影、枕着落叶、吃着芋头、过着平淡田间生活的武士，柳生家这口古井曾把多少"伟大的青蛙"孕育为英雄，近来成为武道大祖的石舟斋宗严就出自这里，而其儿子中又有深受家康器重的但马守宗矩和勇冠天下的五郎左卫门和严胜等，其孙辈中还有被加藤清正以极高俸禄请到肥后的非凡少年兵库利严等。

作为武道名家，吉冈家地位之高，远非柳生家可比。但这已是过去的事了，而传七郎等人仍未意识到这一点。武藏不禁觉得他们的得意是那么可笑，又那么可怜。

最终苦笑爬上脸来，他实在难以忍耐，便走到浴室一角的引水管下，解开发髻上的细绳，拿起一块黏土抹在发根上，哗啦哗啦地搓洗头发，感觉无比痛快。

其间，三人则继续说笑。

"真痛快！"

"所谓的游兴，其实只在这刚洗完澡的一刻啊。"

"若是晚上再有女人陪着喝上一杯……"

"那就更快活了。"

说着，三人擦拭完身子，先行走了出去。

五

武藏用布手巾绑起濡湿的头发，走进屋内，发现假小子般的女孩小茶正在一角哭泣，便问道："怎么了？"

"客官，那个小孩打我。"

"你胡说！"对面角落里的城太郎噘起嘴抗议道。

"为什么打女人？"武藏斥责道。

"谁让你这个笨蛋说师父软弱了！"

"撒谎，撒谎！"

"你难道没说？"

"人家根本就没说客官软弱。是你自己吹嘘说你师父是日本第一的武者，在般若坂一下子就杀了几十个浪人什么的，我刚说了句日本第一的剑客是这里的领主大人，你就质问'你说什么'，然后就打我的脸，难道不是？"

武藏笑了。"是吗，你个坏东西！过后我会训斥他的，小茶姑娘，你就原谅他吧。”

城太郎似乎依然不服气。

“快去洗澡吧。”

“我讨厌洗热水澡。”

“这孩子跟我一样，但这么大汗臭味怎么行！”

“我明天去河里游泳。”

随着日渐熟悉，这名少年天生的倔强性格也逐渐展露，武藏倒是喜欢这一点。吃饭时，城太郎仍噘着嘴，端着托盘上菜的小茶也不说话。两人一直怒目相向。

武藏这几天也一直有心事，他心中的那个愿望对于一介修行武者来说实在大得离谱，他却坚信这并非完全不可能，因此一直住在这家客栈。他的愿望便是与柳生家的宗师石舟斋宗严会一会。说得更激烈一些——倘若把他熊熊燃烧的年轻野心转化为语言，那就是既然早晚要拼，不如拼向大敌。要么得到自己打倒大柳生家的名望，要么为自己的声誉抹黑，恐怕还要赔上性命。但若不见见柳生宗严，拼上一刀，自己也不配习武。

倘若身边有其他人听到武藏的愿望，一定会嘲笑他是傻瓜。当然，武藏自身也绝非连这点常识都没有。不管怎么说，对方也是一城之主。不光其子是江户幕府的武道教头，整个家族都是有名的武士，顺应新时代潮流的旺盛家运似乎也正佑护着柳生家。

一般情况下是无法打倒对方的——武藏已做好心理准备，就连吃饭时也在想着这些。

芍药使者

一

这是一位鹤发童颜的老人。虽然已年近八十,可风骨也与年龄俱增,颇具高士之格,眼明齿健。

"我要活到一百岁。"这位石舟斋老人常常这么说,是因为他有这种信念。"柳生家代代长寿。二三十岁死去的,全都死在战场上,但凡寿终正寝的,无论哪一位祖先,都没有只活五六十岁的。"

不,即便没有这种血统,如果有石舟斋这样的处世方式和生活习惯,活到一百来岁也理所当然。享禄、天文、弘治、永禄、元龟、天正、文禄、庆长——如此漫长的乱世都活了下来,四十七岁之前的壮年期,更是遇上了三好党之乱、足利氏没落、松永氏与织田氏的兴亡等大事件,即便在柳生谷这个地方也无暇放下弓矢,就连他自己也常说"真不可思议,居然没死"。

而四十七岁之后,也不知得到了什么感悟,即使足利将军义昭以重金引诱，织田信长频频邀请，丰臣氏威遍四海，他再也没有拿起过弓矢。他虽身在大坂、京都的眼皮底下，却像个聋子、哑巴似的，从尘世上销声匿迹，韬光养晦。如同冬眠的熊一样，小心地守着自己山中的三千石，始终没有出世。

后来，他经常对人说起："我还真就坚持下来了。历经朝不保夕的漫长乱世，这么一座小城居然能孤零零地平安保持到今天，这难道不是战国的奇迹吗？"

闻者无不对他的远见卓识感佩不已。倘若跟了足利义昭，一定会被信长所杀；若是从了信长，又未知与秀吉之间会产生何种恩怨；如果接受了秀吉的恩义，当然就会在后来的关原被家康干掉。

此外，若要巧妙地渡过这兴亡的波涛，平安地支撑起整个家族，没有那种武士道之外的残忍信念，既不知廉耻也不要脸面，朝三暮四，毫无志气，甚至对一族或血亲都不惜兵戎相见，就根本不可能做到。

"我做不到那些。"石舟斋所说或许是真的。起居室里悬挂着他自咏的一首诗，就写在怀纸上：身无长物渡乱世，唯求武道隐家身。

可是，就连这位如老子一般睿智的高人，收到德川家康厚礼召见时，竟自语"恳请难拒"，几十年后终于走出隐居之地，在京都紫竹村鹰峰的兵营里第一次拜谒了大御所。他当时带去的有五子又右卫门宗矩，时年二十四岁；还有孙子新次郎利严，当时才十六岁，尚未元服，还留着额发。

就这样，他牵着二人的凤雏之手拜谒了家康，并重新得到了旧日的三千石领地。

"以后，就请老先生去德川家的武道所任职吧。"

当家康如此邀请时，石舟斋却推荐了儿子。"还是让犬子宗矩去吧。"自己则再次回到柳生谷的草庵隐居起来。等到儿子又右卫门作为将军家的教头出仕江户的时候，这位老人传授给他的并不是所谓的技艺和有力的剑术，而是治世的武道。

二

石舟斋的"治世武道"也是他的"修身武道"。

"这些全拜恩师所赐。"他常常将此话挂在嘴边，念念不忘上泉伊势守信纲的恩德，"只有伊势大人才是柳生家的保护神。"

正如他的这句口头禅一样，他的起居室的书架上一直供奉着受自伊势守的新阴流出师证明和四卷古目录。每逢伊势守忌日，他都不忘供膳祭祀。这四卷古目录又名绘目录，是上泉伊势守亲自执笔，用绘画和文章记录的新阴流秘传刀法。

尽管已步入晚年，可石舟斋仍不时翻看，缅怀恩师。"连图画都那么绝妙。"每幅绘画都会出奇地让他感动不已。那些身着天文时代服饰的人物，英姿飒爽地展示各种太刀招式，进行白刃战。每当凝视这些绘画时，他便有一种神思缥缈、云雾直逼山庄檐下的感觉。

上泉伊势守造访小柳生城时，石舟斋只有三十七八岁，仍是野心勃勃的年纪。当时，伊势守携其甥疋田文五郎和弟弟铃木意伯游历诸国，遍访武道家，偶然间在人称伊势太御所的北畠具教的介绍下拜谒宝藏院。由于宝藏院的觉禅房胤荣当时经常出入小柳生城，便对石舟斋——当时还是柳生宗严的他说道："来了这样一个人。"这便是二人相识的机缘。

伊势守与宗严接连比试了三日。第一日刚一照面，"我出手了。"伊势守首先指明要攻击的部位，并一如所说，一击而中。第二日宗严同样败北。他的自尊心受到了打击。第三日他聚精会神，费尽心机，连姿势都换了，结果伊势守说了一句"不好意思，那我就出招了"，便如前两日一样，转瞬间便把太刀搁在了早已指明的部位。

宗严丢下曾经执着在手的太刀，说了一句："我第一次见识了什么是武道。"

之后的半年，他恳请伊势守留在小柳生城，一心求教。后来，伊势守与他分别时说道："我的武道还远未达到最高境界。你还年轻，最好能完成我未竟的事业。"说着，便留给他一个难题而去，难题便是如何实现无刀的刀法。

之后的数年间，宗严一直在思索无刀的刀法，潜心钻研，废寝忘食。后来，当伊势守再度造访时，只见宗严眉间发亮。"如何？"伊势守问道。"嗯！"两个人一比试，伊势守一目了然，"已经用不着再与你比试太刀了。你已抓住真理。"说罢，留下出师证明和四卷绘目录离去。

柳生流由此诞生，而石舟斋晚年的韬光养晦，便源于此流的处世方式。

三

石舟斋现在所住的地方也在小柳生城中，但坚固的城寨并不符合他晚年的心境，于是他另建了一处简朴的草庵，入口也重新修造，过起了山中隐居的生活，安享余生。

"阿通，怎么样，我插的花有生气吧？"石舟斋把一朵芍药插进伊贺壶，望着自己插的花出神。

"太好看了……"阿通从后面看去，"老主人，您是不是潜心学过茶道和花道？"

"瞎说，我既不是公卿，也未曾拜过插花和茶道的老师。"

"我看倒像专业人士插的。"

"这没什么，我插花也是用剑道来插的。"

"啊，您……"阿通惊奇地睁大眼睛，"用剑道也能插花吗？"

"当然能插。插花也是用气来插，并不是用指尖折或是拧花的茎叶，而是将其在野外盛开时的样子保留下来，就这样用气插进水里，花才不会死。"

阿通觉得，自从来到此人身边，自己学到了很多东西。"去给无聊的老主人吹上一曲吧。"——仅仅是在路上的一面之缘，自己就在这柳生家执事庄田喜左卫门的邀请下来到这里。

不知是自己的笛音很合石舟斋的心意，还是老人希望在草庵里留下一点像阿通这种年轻女子的柔和，即使阿通提出要离开，老人也总会百般挽留，说什么"再待一阵子""我教给你茶道"，或者"咱们作和歌吧。你也辅导我一点古今调，万叶也行，不过当了这寂寞草庵的主人后，我还是觉得《山家集》之类淡然一点的更好"，总之不愿让她离开。

阿通也十分细心，总能留意到那些粗心的男家臣注意不到的地方。"我觉得这种头巾可能很适合老主人，就缝制了一个。您戴上试试吧。"

"哦，真不错。"石舟斋戴上头巾，仿佛再也找不到如此可心的人，越发疼爱起阿通来。

每当月夜时分，阿通吹给石舟斋听的笛音就会传到小柳生城前。"没想到老主人如此中意。"就连庄田喜左卫门都觉得像是捡了个宝贝，高兴不已。

喜左卫门此刻刚从城外回来，穿过城寨后面的树林，悄悄地朝静谧的草庵里望了望。"阿通小姐。"

"是。"阿通答应一声，打开柴门，"啊，原来是您……快请进。"

"老主人呢？"

"正在看书。"

"请通报一下，就说喜左卫门已完成任务回来了。"

四

"呵呵呵，庄田大人，您弄反了。"

"此话怎讲？"

"我只是从外面招来的吹笛女子，您才是柳生家的执事大人呢。"

"那倒是。"喜左卫门也觉得有些不对劲，"可是这里是老主人独居的地方，你又得到特殊礼遇。还是你去通报一下吧。"

"是。"阿通答应一声，进到里面，不一会儿又迎了出来，"请。"

石舟斋戴着阿通缝制的头巾坐在茶室里。"回来了？"

"卑职完全按您吩咐的去做了，仔细地转达了您的话，出于礼节，还带了些点心去。"

"他们走了吗？"

"没有，我刚回城，他们又立刻派绵屋客栈送来一封信，说是好不容易途经我们这里，务必要拜访一下小柳生城的道场，所以明天无论如何也要到城内拜访，而且还要好好拜会主人您，道上问候。"

"臭小子。"石舟斋咂舌道，"真烦人！"他面露不悦。

"你难道没有告诉他宗矩在江户，利严在熊本，其他人全都不在吗？"

"这些我都说了。"

"明明都客气地派使者回绝了，却还死皮赖脸地硬要拜访，真是些讨厌的家伙。"

"实在是……"

"看来那些传闻一点不错，吉冈的儿子的确不怎么样啊。"

"我在绵屋见过他了。那个传七郎据说刚参拜完伊势回来，正在那里逗留，的确不知趣。"

"我说得没错吧。吉冈家上一代的拳法很是精干。我同伊势大人一起入京的时候，曾见过他两三次，也在一起喝过酒。近来吉冈家似乎完全败落了，可怎么说传七郎也是拳法的儿子，不能太轻视他，让他吃闭门羹。但让这么个争强好胜的小子前来挑战，着实有辱柳生家的风范。"

"那个叫传七郎的似乎还挺有自信。既然硬要来访，那就让我等去打败他吧。"

"不，不可不可。但凡名家子弟，自尊心都很强，容易记仇。倘若真把他打回去，唯恐他会在外面胡说八道。我倒是超然世外，可对宗矩和利严却不利。"

"那怎么办？"

"最好还是把他当成名家子弟来对待，好生安抚，哄他回去……对了，这次若是再派男使者去，事态恐怕会更糟。"说完，石舟斋回头看看阿通，"这使者嘛，最好是你了。最好是女人。"

"是，我立刻就去。"

"不，用不着现在就去……明早就行。"说完，石舟斋立刻写了一封如精通茶道之人般简洁的书信，系在刚才插花时剩下的一枝芍药上。"你拿着这个去会会那小子，就说石舟斋偶感风寒，由你代为回复。"

五

次日清晨，石舟斋又口述了些命阿通带去的话。"那我去了。"她说罢罩上斗篷，来到山庄外面，瞅了瞅外城的马厩，说道："那个……我来借一匹马。"

正在清扫马厩的管理人答道："咦？阿通小姐啊。你要去哪里？"

"替老主人去城外一家叫绵屋的客栈。"

"那我跟你去吧。"

"不用了。"

"你自己行吗？"

"我喜欢骑马，在乡下的时候我就骑惯了。"

不一会儿，淡红色的斗篷飒飒地飘然而去。在都市里，斗篷早已过时，上流社会也不再流行，但在地方的富豪和中流阶层女子之间仍深受喜爱。

石舟斋的书信系在一枝正要绽放的白芍药上。阿通一手持信，一手轻快地执缰。一望见她的身影，田里的人都亲切地目送她离去。

"阿通小姐过去了。"

"那个人就是阿通小姐？"

如此短的时间里，就连种地的农夫都知道阿通的名字了，由此也可见这里的农民与石舟斋之间并非领民与领主那种冰冷的关系，而是非常亲密。自从听说领主的身边多了一个会吹笛子的美丽女子，他们将对石舟斋的尊敬和亲密之感扩展到了阿通身上，所谓"爱屋及乌"。

"请问绵屋客栈在哪里？"走了半里左右，阿通在马上向一位农家的妇人问道。

妇人正背着孩子在溪流旁洗刷锅底，一听到阿通的问话，便应道："您要去绵屋啊。那我给您带路吧。"说着立刻丢下手中的活计，朝前面赶去。

"您不用亲自领过去，告诉我怎么走就行。"

"没关系，就在那边。"

尽管妇人这么说，却也走了十町远。"就是这儿，这就是绵屋。"

"多谢。"阿通下了马，将马拴在檐前的树上。

"欢迎光临。您要住店？"小茶马上出来招呼。

"不，我来拜访住在这里的吉冈传七郎大人。我是石舟斋大人的信使。"

小茶听了慌忙跑进去，不一会儿便返回。"快请。"

此时，恰好有一些住店的客人要出门，正在穿草鞋，背行李。一看到阿通的身影，他们立刻直勾勾地盯着她。

"谁家的女子？"

"谁的客人？"

看到阿通那乡间难得一见的容颜和美丽文雅的身影，众人好奇地嘀咕起来。

吉冈传七郎及随行者昨晚喝到很晚，刚刚起来，一听小柳生城又派来了使者，便以为还是昨天那个熊一般健壮的络腮胡。可一见面没想到是个女使者，手上还拿着一枝白芍药。

"啊，这……里边这么乱。"几个人十分尴尬，不仅对煞风景的房间过意不去，还忙不迭地整理起衣着，"请，这边请，这边请。"

六

"我奉小柳生城的老主人之命前来送信。"阿通把芍药花枝放在传七郎面前，"请拆阅。"

"哦，这信……"传七郎拆开信封，"那在下就拜读了。"

这是一封不足一尺的书信，墨迹也很清淡，似乎飘着一股茶香。

传七郎阁下及诸大雅：

贵方盛情实令老生惶恐，然时不凑巧，老生日前

偶感风寒，与其目睹耄耋老朽之鼻涕，莫如嗅清纯芍
药一枝更慰诸君子之旅情，故令花容携花，前去致歉。

老朽之身沉湎世外，已厌倦抛头露面。

悯笑悯笑。

石舟斋

"哦……"传七郎无趣地哼了一声，卷起书信，"就这
些吗？"

"还有。老主人是如此说的：哪怕是亲手奉上一碗粗茶
也好，无奈家中净是些鲁莽武者，也没有处事灵活之人，
而且犬子宗矩也正在江户出仕，一旦招待不周，反倒会落
为城市大雅的笑柄，失礼至极。所以只好等下次另寻机会。"

"哦。"传七郎现出失望的神色，"听话音，石舟斋老先
生似乎以为我们只是为讨茶喝而来啊。我等乃武门之子，
不解茶事，只希望目睹老先生的风采，顺便接受赐教。"

"老主人深知此意。但近来老主人已与风月为友，安度
余生，一切都托茶事说话，这已成为习惯。"

"那也只好这样了。"传七郎极不痛快，"那么，请转达
老先生，晚辈下次再来时，一定要拜会一下老先生。"说着，
他把芍药花推了回来。

阿通道："老主人说了，这花是对诸位旅途劳顿的慰问，
就请带回去吧，若您是乘驾而来，可以插在御驾边上，若
是骑马则可插在马鞍上。"

"什么，用这个做礼物？"传七郎沉下脸，受到侮辱般

面露愠色，"浑蛋！你回去告诉他，就说芍药京城也有。"

　　既然被拒绝，也无法再强行塞给对方，阿通便说："那么，回去之后，我会如实禀告……"说着她收起芍药，像剥除肿包上的膏药似的，小心翼翼地道别，然后走出房间。对方显然心里不快，连送都没送，阿通也明显感受到了这一点。她快步来到走廊后，才扑哧一下笑出来。

　　前方隔着几个房间便住着已来此地十几日的武藏。她侧身望了望黑亮的走廊，正要转身朝正门走去时，一个人忽然走出了武藏的房间。

七

　　来人吧嗒吧嗒快步追了上来。"您要回去吗？"

　　阿通回头一看，原来是进来时引路的小茶。

　　"嗯，我已经办完事情。"

　　"这么快啊。"小茶恭维一句，接着便瞧向阿通的手上，"这芍药，开白花吗？"

　　"是啊。这是城里的白芍药，你想要就送给你。"

　　"我要。"说着，小茶伸出手来。

　　阿通把芍药放到她手里，说了一句"再见"，便在檐前跨上马背，轻快地穿好斗篷走了。

　　"欢迎再次光临。"送走阿通后，小茶便朝客栈的用人们炫耀起白芍药来，可是没有一个人称赞花朵美丽。她只好有些失望地把芍药拿到武藏的房间。

"客官，您喜欢花吗？"

"花？"此时的武藏仍在窗旁托腮凝望着小柳生城。怎样才能接近那位大人物呢？如何才能见到石舟斋呢？又如何才能给那位人称剑圣的宗师一击呢？他一直出神地在思考。"……哦，好花啊。"

"喜欢吗？"

"喜欢。"

"这是芍药，白芍药。"

"正好。给我插到那边的壶里去。"

"我不会插。客官自己插吧。"

"不，你能插。不会插反而插得更好。"

"那，我去装上水。"说完，小茶抱起壶走了出去。

武藏的目光无意间落在芍药枝的切口上，立刻好奇起来。究竟是什么引起了自己的注意？他定睛看了一会儿，最后竟将花枝拿到眼前，痴迷地盯着——不是那花朵，而是花枝的切口。

"哎呀……哎呀……"小茶一面担心着壶中溅出的水，一面返回屋中，把壶放在壁龛上，随手把芍药插到里面，"不行啊，客官。"连个孩子都觉得插得不太好看。

"果然，花枝太长了。好，拿过来，我给你切好。我来切，你先把花竖在壶里，对，就像开在地上一样，用手扶好。"

小茶按照吩咐刚竖起花枝，却突然"啊"地大叫一声，把芍药丢了出去，像是受到惊吓一样哭了起来。这也难怪。明明只是切纤弱的花枝，武藏的切法却十分夸张。他的手忽然间摸向身前的小刀，只听"啊"的一声尖叫，小刀却早已啪地还鞘，就在这一瞬间，一道白光已穿过小茶扶着花枝的两手之间，快得几乎看不见。

小姑娘吓得哭了起来，武藏却并没安慰她，而是把两截花枝拿在手里，仔细对比自己的切口和原先的切口。

八

"对不起。"过了一会儿，武藏才抚摩着哭得厉害的小茶的头，痛心地道歉，哄道，"这花是谁剪来的？"

"跟人家要的。"

"跟谁？"

"城里的人。"

"小柳生的家臣？"

"不，是个女人。"

"哦……那就是城里开的花喽。"

"大概是。"

"是大叔不好，一会儿给你买点心好不好？这下应该正好了，快插到壶里看看。"

"这样？"

"对对，这样就行。"

小茶一直把武藏当成一个亲切有趣的大叔，可自从看到刀光，她一下子害怕起来，插完花后便匆匆地离开了。

　　壁龛上，美丽的芍药花在对人微笑，可武藏的目光和心思完全不在花上，仍对落在膝前的花枝根部七寸左右的切口痴迷不已。原先的切口既不是剪的，也不像是用小刀切断的。尽管是柔软的芍药花枝，但在武藏看来，应该是用大腰刀斩断的。这绝非易事，不起眼的小切口闪烁着切花者非凡的技巧。

　　武藏也尝试着用腰刀切了一刀，再仔细一比较，仍然不一样。虽然无法指出究竟是哪里不同，但他还是感觉自己的切法差得太远了。正如雕佛像，即使用同一把刀，知名匠师和普通工人的刀痕也存在着明显差别。

　　他暗自思索起来。就连城内的花匠等打杂的武士都如此了得，或许柳生家的实力远在世间传闻之上，自己终究还是不行。想到这里，他不禁变得谦虚。不，甚至超越了谦虚。有此等对手已经足矣。倘若失败，无非痛痛快快地降服在他脚下罢了。既然连死的准备都做好了，还有何惧？在斗志的驱使下，即使坐着，他的全身也越来越热，年轻的野心在胸腔里不断膨胀。

　　武藏面临的问题是采取何种手段。对于修行武者之类，石舟斋是不会接见的。无论持谁的介绍信，他都不会接待——这是客栈主人的原话。但宗矩不在，孙儿兵库利严又远在他国。如果无论如何也要挑战柳生家，就只能以石舟斋为目标。

有没有好办法呢？当武藏再次思考这一点时，驰骋在血液里的野心和征服欲稍稍恢复平静。他的目光落在壁龛清纯的白花上，突然觉得这花很像一个人。阿通——时隔许久，阿通温柔善良的影子终于再次浮现在他粗大的神经和朴素的生活中。

九

阿通骑着骏马，正轻快地返回小柳生城。"喂！"忽然，杂树丛生的崖下有个人冲她喊了一声。她立刻听出是个孩子，看到年轻女子便出言调戏，这块土地上还没有这种孩子。是谁呢？她停住马。

"吹笛的姐姐，你还在这里啊？"是一个全裸的男孩。湿着头发，衣服卷在一起夹在腋下，露着肚脐从崖下爬了上来，还用轻蔑的眼神仰视着阿通，仿佛在说"居然还骑马"。

"啊！"阿通一愣，"我以为是谁呢，你不是之前在大和大道上哭鼻子的城太郎吗？"

"哭鼻子？净瞎扯。我那时候根本就没哭。"

"先不说这些了，你什么时候来这儿的？"

"前几天。"

"跟谁来的？"

"师父啊。"

"对了对了，你本来就是剑士的弟子嘛。那，今天是怎么了，怎么光着身子？"

"我到这下面的溪流来游泳了。"

"啊……水还这么凉就来游泳，让人看见一定笑话。"

"我是来洗澡的。师父说我身上汗臭味太大，我就来这里了，省的洗热水澡。"

"呵呵呵，你住在哪里？"

"绵屋。"

"绵屋？那不是我刚才去过的那家客栈吗？"

"是吗？那，要是去我们房间玩就好了。别回去了。"

"可我是来送信的啊。"

"那就再见吧。"

阿通回过头。"城太郎，到城里来玩啊！"

"可以去吗？"

一时热情脱口而出的话让阿通自己都有些为难。"行倒是行，但你那个打扮可不行。"

"得了吧，我才不去那种拘束的地方呢。"

阿通反倒因此获救似的，呵呵地笑着进城而去。她把马还回马厩，返回石舟斋的草庵，汇报起送信的情况。

"是吗？生气了？"石舟斋笑道，"那样也好。就算生气了，他也抓不住什么把柄。"过了一会儿，大概是在谈别的事情时又想起了什么，石舟斋问道："你把芍药扔了？"

阿通回答说送给客栈的小女佣了，石舟斋连连点头。"只是，吉冈那个叫传七郎的儿子，有没有把芍药拿在手里好好看看？"

"看了，拆信的时候。"

"然后呢？"

"就径直塞了回来。"

"花枝的切口有没有看？"

"没怎么看……"

"他完全没注意那里，也没说些什么？"

"没说。"

石舟斋像是对着墙壁自言自语般说道："多亏没见他，根本就是不值得一见的小人物。看来，吉冈家就止于拳法一代了。"

四高徒

一

眼前这个道场堪称庄严，本身便是柳生城城墙外郭的一部分，无论地板还是天花板，都是石舟斋四十岁时用巨大的木材重建的。有的地方历经岁月沧桑，已显得十分古旧，有的地方则被磨出了光泽，仿佛在诉说修炼者的历史。道场十分宽阔，战时还可直接用来召集武士。

"太轻了！不是刀尖，是刀腹，刀腹！"执事庄田喜左卫门上穿贴身单衣，下穿裙裤，正坐在高出一层的地板上大声呵斥着，"重来！不行！"

挨他训斥的，自然是那些柳生家的家士。只见他们个个满头大汗，眼睛模糊得都快看不清了。"呼……"他们晃晃头，甩掉汗水，"嗨"的一声，立刻又像火焰碰撞般厮杀。

这里不让初学者使用木刀。他们使用据称是上泉伊势守门中发明的"韬"，是一种将竹片包在皮袋里的东西，类似于没有护手的皮棒。

啪！打斗激烈的时候，即使用这种棒，也会出现鼻青脸肿的情形。可以击打的部位也没有明确规定，就算不按章法攻击对方双腿将其打倒也可以，在仰面倒地者脸上追加一击也不违例。

"不够！不够！那样怎么行！"庄田喜左卫门让众人一直练到浑身疲软，累得直不起腰。越是初学者就越是故意冷酷对待，语言上也是叱骂不绝。这种训练让大多数家士都认为在柳生家当差实在不是寻常易事。能坚持下来的新来者很少，只有那些被严格筛选出来的人才能成为家臣。

无论是足轻还是马夫，但凡柳生家的家臣，多少都懂一些剑术。庄田喜左卫门只是执事，却早已精通新阴流，并深得石舟斋潜心钻研的独门新创家流——柳生流的奥秘。同时，他依靠自己的感悟，将个性和技巧糅合进去，甚至有了自己的庄田真流。

木村助九郎尽管只是马前护卫，功夫却也十分了得。村田与三虽是一介纳户役，即出纳，也成了已前往肥后的柳生家嫡孙兵库的好对手。出渊孙兵卫虽不过是这里的一名差人，但由于从小就受到培养，已成了一名剑术高明的剑士。

"来我的藩吧。"出渊受到了越前侯的诚挚邀请，村田与三也受到了纪州家的邀请。一旦学有所成，名扬世间，诸国大名便纷至沓来。"把那个男人给我们吧。"不少人就像入赘的女婿一样被抢走，柳生家当然风光无限，但也有为难的时候。一旦回绝，对方则会如此挖苦："反正你们这儿今后还会孵出无数雏鸟。"

那些划时代的剑士，不断从这古老城寨的武者群中涌出。在旺盛家运的佑护下，当差的武士如果经受不起韬和木刀的磨炼就不合格，也就成了理所当然的家规。

"什么事，哨卫？"忽然，庄田喜左卫门站起身，对户外的人影说道。哨卫的身后站的是城太郎。"咦？"庄田睁大了眼睛。

二

"大叔，你好！"

"喂，你怎么进到城里来了？"

"是守门人把我领来的。"城太郎的回答不卑不亢。

"这样啊。"庄田喜左卫门转而责问带他来的正门哨卫，"这个小毛孩是怎么回事？"

"他说要面见大人您，所以……"

"怎么能将这么个小毛孩的话信以为真，把他领进城内呢！小家伙，这儿不是你该玩的地方，回去吧。"

"我不是来玩的。我是来送师父的书信的。"

"你师父……哈哈，想起来了，你师父是个修行武者。"

"请看，这是信。"

"不用读了。"

“大叔，你不认字？”

“什么？”庄田喜左卫门苦笑道，“胡说！”

“那么读读又有什么不可以呢？”

“你这小家伙，还真不可小觑。我说的不用读了，是指不用读也能猜出大概的意思。”

“就算知道意思，也要大致读一下，这才符合礼仪，不是吗？”

“修行武者多如蚊蝇，请恕我们无法一一以礼相待。倘若柳生家每天都这么做，那我们岂不是在为修行武者们效劳了？对于好不容易来一趟的你有些残忍，但这封信的内容肯定也不外乎务必要亲眼见识一下小柳生城的道场，以及为了志同道合的晚辈，哪怕看一眼为天下人做教头的太刀的影子也好，务请赐教一招等等。”

城太郎瞪大的眼睛骨碌碌转着。“大叔，你就跟正在读信似的。”

“所以我才说看不看都差不多啊。但对于那些造访者，柳生家也并非毫不客气就把他们赶走。”接着，喜左卫门便一字一句仔细交代起来，“至于怎么做，最好让那个哨卫来告诉你。一般造访本家的修行武者，穿过正门，朝中门的右面望去便会看见一座悬挂着‘新阴堂’匾额的建筑。那里设施齐备，倘若向那里的守门人提出申请，既可以自由休息，也可以留宿一两天。而且为了鼓励世上的后学们，离开的时候，本家还会略表心意，发给每人一封银钱，以资旅费。所以这封信最好带到新阴堂的守门人那里，明白了吗？"

"不明白。"城太郎摇了摇头，耸耸右边的肩膀，"喂，大叔。"

"还有什么事？"

"你可别把人看扁了，我可不是乞丐的弟子。"

"你嘴巴还挺厉害啊。"

"倘若打开书信一看，发现里面写的与大叔说的完全不同，那该怎么办？"

"嗯……"

"你敢拿脑袋来赌吗？"

"等等，等等。"喜左卫门的络腮胡间露出红色的嘴巴，笑了起来，仿佛破裂的栗子外壳。

三

"我不拿脑袋来赌。"

"那就请看看信吧。"

"臭小子！就冲你这不辱使命之心，我就看看吧。"

"这难道不是应该的吗？大叔本来就是柳生家的执事。"

"你真是巧舌如簧啊。倘若剑术也能如此厉害就好了……"说着，喜左卫门拆开信封，默默地读起武藏的信。一读完，他便露出一丝惊愕的神色。"城太郎。除了这封信，你是不是还带了其他东西？"

"啊，差点忘了。这个。"说着，城太郎从怀里拿出一样东西，是一段七寸左右的芍药切枝。

喜左卫门默默地比较起两端的切口，频频露出纳闷的样子，看来武藏信中的一些话令他十分不解。

武藏一开始表示无意间从客栈的女佣手里得到一枝芍药，据说是城内的东西，但看到切口之后，却觉得并非凡人所切。随后他又写道，插花时深感其神韵，很想知道究竟为何人所切，就想十分冒昧地打听一下，究竟是贵府中的哪一位，如若方便，请略书一笔让送信的孩童带回。信中只有这些，既没有写自己是修行武者，也未提出比武的愿望。

真奇怪！喜左卫门一面纳闷，一面再次仔细比对切口究竟有何不同，却怎么也看不出究竟哪一个是先切的，又在哪里存在差异。

"村田。"他把书信和切枝带到道场内，"你看看这个。"说着把花枝拿给村田，"这花枝两端的切口究竟哪个是高人切的，哪个略逊一筹？你能鉴别出来吗？"

村田与三瞪大了眼睛，反复地比较了一阵子，最终吐出几个字："不知道。"

"那就再让木村看看。"说着，喜左卫门又走到后面，朝值班房里瞅瞅，找到木村助九郎问了同样的问题。

"这个嘛。"结果木村也没弄清楚。但在场的出渊孙兵卫却说道："这是前天老主人亲手切的，当时庄田大人应该就在旁边吧？"

"没有，我只看到了他插花。"

"这是当时的一枝。老主人将它与书信系在一起，吩咐阿通送到吉冈传七郎那里。"

"哦，原来是这么回事啊。"喜左卫门闻言，重新读了一遍信。这次他愕然睁大了眼睛。"两位，信里的署名是新免武藏。听说这武藏前些日子与宝藏院的僧众一起在般若坂斩杀了众多恶霸浪人。难道就是那个宫本武藏？"

四

倘若署名是武藏，那一定就是传闻中的那个武藏。出渊孙兵卫和村田与三也都争相传阅书信，再次研读起来。

"文字也气质不凡。""像是个人物。"二人叨念着。

庄田喜左卫门道："假若真如这信里所写，一看芍药枝的切口便感觉非同一般，那么此人功力显然要略胜我等一筹。因为是老主人亲手切下的，或许高明之人一眼就能看出明显的不同。"

"嗯……"出渊点点头，竟忽然说道，"真想见见此人。一来可以确认一下此事，二来我还想问问他般若坂的情形呢。"

这时，喜左卫门忽然想起城太郎来。"前来送信的那个小孩还在等着呢，要不把他叫来？"

"叫来怎么说？"

不敢擅自做主的出渊孙兵卫便与木村助九郎一起商量。助九郎认为，由于道场目前禁止对一切修行武者授业，无法以道场客人的身份接待武藏。但正巧新阴堂池畔的燕子花开了，山杜鹃也逐渐红艳。倘若在那里设宴，一夕把酒论剑，武藏也会欣然前来。即便此事传入老主人的耳朵，想必也不会怪罪下来。

喜左卫门一拍膝盖。"好主意。"

村田也十分赞成。"对我们自己也是一件乐事，那就赶紧如此回复吧。"

于是，事情就这样定了下来。

此时，城太郎正在外面连连打着哈欠。"啊……怎么这么慢。"不多久，一条大黑狗看到他的身影，懒洋洋地蹭了过来。一看到狗，城太郎仿佛见到了好朋友，顿时兴奋起来。"喂。"他抓住黑狗的耳朵拽到跟前，"来，玩个相扑。"说着，他抱住狗翻倒在地。

城太郎太过兴奋，把狗当成玩具扔了两三次，甚至用手抵住狗嘴。"快叫，汪汪！"可不一会儿，不知怎的，那狗也许被惹恼了，忽然咬住城太郎的衣服下摆，像牛犊似的狂叫起来。

"狗东西！你当我是谁！"城太郎伸手就去摸木刀，但他刚摆出动作，狗就张大了嘴，像小柳生城勇士兴奋的呼喊般狂吠。

啪！城太郎的木刀一下打在坚硬的狗头上，就像打在石头上一样。猛犬随即一口咬向城太郎背上的带子，将他甩了出去。

"你好大胆子！"他正要起身，不过，狗的速度远快于他。还没等他站起来，猛犬就已经扑了上去。"啊！"他拼命挡住脸，拔腿就逃。汪！汪！汪！猛犬的狂吠声撼摇着后面的山，血从城太郎指间流下。"哇！"他一面连滚带爬，一面发出毫不输给狗的惨叫，放声大哭。

蒲团

一

"我回来了。"一回来,城太郎便装作若无其事的样子,规规矩矩地向武藏招呼道。

武藏无意间看到他的脸,吃了一惊。他整张脸就像棋盘一样伤痕累累,鼻子像掉在碎石中的草莓一样血红。武藏觉得他一定又痛又烦,但他并未提及此事,武藏也什么都没问。

"他们回信了。"城太郎把庄田喜左卫门的回信递给武藏,刚说了两三句事情的经过,脸上便啪嗒啪嗒地滴血。"就这些。还有别的事吗?"

"辛苦了。"

武藏的目光还落在喜左卫门的回信上时,城太郎已经双手捂脸慌忙跑出去了。小茶则从后面追了上来,担心地瞧着他的脸。"你怎么了,城太郎哥?"

"让狗咬了。"

"啊？哪里的狗？"

"城里的。"

"哦，是那只黑色的纪州犬吧。若是那只狗，城太郎哥怎么可能敌得过呢。有一次，有个偷偷潜入城里的别国密探都被那只狗咬死了呢。"

尽管总受城太郎的欺负，小茶还是热心地把他领到后面的河边让他洗脸，还拿来药给他抹上。城太郎也唯独今天没再调皮，乖乖地接受着她的关心。"谢谢，谢谢。"他不住地低下头，连声道谢。

"城太郎哥，你是男子汉，可不能如此轻易低头。"

"可是……"

"吵架归吵架，可我是真心喜欢城太郎哥。"

"我也是。"

"真的？"

城太郎脸上没被膏药覆盖的皮肤涨得通红。小茶的脸也羞得像着火一样，慌忙用双手捂住脸庞。四周空无一人，干结的马粪上升起烟霭，绯色的桃花瓣在阳光下飘落。

"可是，城太郎哥的师父马上就要离开这儿了吧？"

"大概还要待一阵子。"

"若是能住上一两年该有多好……"

两人仰面躺在马草棚的干草中，十指紧紧相扣，感觉像蒸透的纳豆一样燥热，浑身是汗，城太郎突然疯狂地咬住小茶的手指。

"啊，痛！"

"痛？对不起。"

"没事。你使劲咬吧。"

"行吗？"

"嗯，使劲咬，再使劲咬……"

两人就像两只小狗一样，把干草盖在头上，撕咬般抱在一起。他们也并非要做什么，只是紧紧拥抱。恰在这时，有老头儿前来寻找小茶，看得目瞪口呆，随即露出高尚君子般的表情。"混账！屁大的小孩，在这里干什么?！"他说着揪住两人的衣领，将他们拽出来，使劲打了小茶的屁股几下。

二

从这一天直到次日，也不知武藏在思考什么，他始终紧抱双臂，不发一言。看到他那紧蹙的眉头，城太郎暗暗地感到害怕，心想莫非自己在马草棚中与小茶厮混的事让师父知道了？即使半夜里忽然醒来，悄悄探出头来瞅一眼，武藏也仍在被窝里睁着眼睛，盯着天花板苦苦思索，表情甚至让人害怕。

"城太郎，让账房先生立刻来一趟。"

此时已是次日的夕阳逼近窗户之时。城太郎慌忙跑出去，绵屋的二掌柜随之赶了过来。不一会儿，账单便送到，其间武藏则准备上路的行装。

“晚饭还吃吗？”客栈的人前来问道。

“不用了。”武藏答道。

小茶则呆呆地站在房间的一角。不久，她问道："客官，今晚就不回这里睡了？"

“嗯。这么多天，谢谢小茶的照顾。”

小茶捂着脸哭了起来。

“一路顺风！”“路上小心！”客栈掌柜和用人们并排站在门口，向这对不知为何在黄昏时分离开山谷的旅人送上祝福。

离开客栈后回头一看，城太郎竟没有跟来，武藏于是折回十多步，寻找城太郎。原来，城太郎正在绵屋旁边的库房下面与小茶依依惜别。看到武藏后，两人慌忙分开。

“再见。”城太郎跑向武藏身边，一面畏惧着武藏的眼神，一面不时地回头。

柳生谷中的灯火瞬间便退到了两人身后。

武藏依然只是默默地迈着步。发现回头也已看不见小茶的身影，城太郎只好无精打采地跟在后面。不久，武藏问道："还没到吗？"

“哪里？”

“小柳生城的正门。”

“我们要进城？”

“嗯。”

“今晚要住在城里吗？”

“还不好说。”

"正门就在那边。"

"就是这里啊？"武藏忽然收住脚步，停了下来。

覆盖着青苔的石墙和栅栏上方，长满巨木的树林像海浪一样发出低吼。漆黑的石垣后面，一扇方形窗子里透出微弱的灯光。武藏扬声叫门，守门的哨卫出来了。武藏向他出示了庄田喜左卫门的信。"在下是应邀前来的宫本，烦请通禀一声。"

哨卫早已知道今夜会有客人来，径直说道："早已恭候大驾。请。"说着便走在前面，将武藏引向城墙外郭的新阴堂。

三

新阴堂既是住在城内的孩童学习儒学的讲堂，又像藩里的书库，走廊两旁的每个房间都能看到遮满墙壁的书架。

一提起柳生家，素来只知其以勇武闻名，看来绝非仅限于此。一踏进城内，武藏便不由得感到柳生家给人的印象已远超自己的想象，充满了厚重的历史感。他不禁感叹"不愧是名家"。无论是清扫一新的通道，接待哨卫的言谈举止，还是本城四周肃穆氛围中祥和的灯光，无不让人感慨。这正如访问一户人家时，在家门口刚一脱鞋，几乎就已感受到该家的家风。武藏一面满怀感慨，一面在被引至的房间宽阔的地板上坐下。

新阴堂的每个房间都没有铺设榻榻米。这个房间里也是木地板。侍者拿来草编的蒲团。"请垫上这个。"

"多谢。"武藏毫不客气，接过来坐在上面。至于城太郎，他当然没能跟到这里，正在外面随从专用的休息间里等候。

不一会儿，侍者再次过来说道："欢迎今晚光临。木村大人、出渊大人和村田大人早已恭候多时，只是不巧的是，庄田大人突然有公事，要稍迟一些，但不久后即会赶来，请暂且稍候。"

"闲谈之客，不必拘礼。"武藏把蒲团移到角落的柱子旁，倚了上去。

短架灯的灯光照在庭院里，一阵甜丝丝的香气飘来，武藏一抬头，发现院里的藤花正在绽放，有紫藤也有白藤。而且更让他奇怪的是，这是他今年第一次听到零零星星的蛙鸣。耳畔还有潺潺流水的声音，地板下似乎也有泉水流过。武藏逐渐安下心来，觉得蒲团下似乎也传来潺潺水声。不久，仿佛所有的墙壁、天花板、眼前的那盏短架灯都发出了水声，武藏只觉置身于阵阵冷气中。

尽管身处这寂冷之中，武藏的身体里却有一种无法抑制的东西在沸腾。那是充满了激情的滚烫血液。柳生又如何？角落里柱子旁的蒲团上射出的睥睨眼神中透着一种凛然气概。他是剑士，我也是剑士，在剑术上互有优劣。接着，武藏又转念一想：不，今晚我一定要从这种均势中抢先一步，将柳生压在下风。他一直抱着这种信念。

"啊，让您久等了。"这时，庄田喜左卫门的声音传来。另外三人也同时来到。"欢迎。"寒暄完毕，他们便一个个自我介绍起来：

"不才乃马前护卫木村助九郎。"

"在下纳户役村田与三。"

"在下出渊孙兵卫。"

四

古朴的高脚木盘里放着醇厚的自酿本地酒，菜肴也已被分盛到各人面前的木盘里。

"贵客，山家野人，无以招待，请随意。"

"请不要客气。"

"随意坐。"

四名主人对一名客人极尽殷勤，尽显亲昵。武藏并不嗜酒。他并非讨厌，而是因为不懂品尝酒的味道。可是今夜他却十分痛快。"我喝。"他少有地端起酒杯品尝起来。虽然不觉得难喝，却也没有特别的感受。

"海量。"木村助九郎继续给武藏倒酒。由于座席挨着，两人聊了起来。

"贵客前日所问芍药枝之事，那是本家的老主人亲手切断的。"

"怪不得如此完美。"武藏拍了一下膝盖道。

"不过，"助九郎往前凑了凑，"那么柔软的细枝的切口，贵客是如何一看便知切花人功夫非凡呢？这实在令我等感到惊讶。"

武藏低头沉默起来，似乎不知该如何回答，但最终还是反问道："是吗？"

"当然！"庄田、出渊和村田三人异口同声，"我们都看不出来……看来还是慧眼识英雄啊。今晚务请给我等说明一下。"

武藏又喝了一杯。"诚惶诚恐。"

"不，您别谦虚。"

"并非谦虚。说实话，在下只是感觉如此而已。"

"什么感觉？"

柳生家的四位高徒揪住武藏不放，似要试探他。从见面的第一眼，四高徒就为这名武者如此年轻深感意外。武藏魁伟的身姿，干净利落的眼神及举止，更是令他们叹服。可是等到武藏喝酒时，酒杯的持法和筷子的拿法却无不透着一股粗野。哈哈，原来是个乡巴佬。四高徒不觉间便把武藏当成了尚未出师的一介学徒，多了几分轻视。

只喝了三四杯，武藏的脸便像烧热的铜一样发烫，最后竟招架不住，不时用手遮住脸，那样子就像害羞的处女一样。四高徒不禁笑起来。"贵客所谓的感觉究竟是何物，务请给我们讲讲。这新阴堂本是上泉伊势守先生暂住此地时特意为先生建的雅座，与剑法也极有渊源。在这里恭听贵客讲解最合适不过了。"

"在下实在很难说清。"武藏只好如此回答，"感觉就是感觉，无论如何也解释不清。倘若各位真想知道，恐怕只能拿起刀剑，与我比试比试了。"

五

武藏暗想，无论如何也要抓住这个接近石舟斋的机会，与他比试，让这个人称武道宗师的老人败在自己剑下，为自己的头冠再加上一颗硕大的胜利之星。他来去匆匆，只求把一个创纪录的足迹留在这片土地。尽管他安静地坐着，炽热的血气却在野心的带动下燃遍全身，他始终不动声色。夜很静，武藏这个客人也很静。短架灯的光不时像乌贼一样吐出火苗，零星的蛙声不时随风传来。

庄田和出渊相视一笑。武藏刚才的话听起来四平八稳，却分明是一种挑战。这两人在四高徒中终究是年长者，早就看出了武藏的霸气。臭小子在说什么呢？他们似乎在为年轻人不知天高地厚的想法苦笑。

双方并未停止交谈。谈剑、谈禅、谈诸国的传说，尤其是谈到关原合战，由于出渊、庄田和村田都曾跟随主人参战，当时与武藏分属敌对的东军、西军，自然很谈得来。主人谈得起兴，武藏也说得起劲。

时间就这样匆匆过去，错过了今夜，今后就别再想找到接近石舟斋的机会了。正当武藏暗自琢磨的时候——

"贵客，来点麦饭如何？"说着，侍者撤下酒席，换上麦饭和汤。

武藏边吃边思考如何才能接近石舟斋。既然一般情况下无此可能，那他只能采取下策，即激怒对方，挑起比武。但在自己冷静的情况下激怒别人似乎很难，于是他故意大发谬论，态度粗暴，可庄田和出渊只是付之一笑。四高徒不形于色，毫不介意。

武藏焦急起来。如此空手而归岂不遗憾！他觉得自己的想法似乎已被看穿。

"请随意。"进入饭后茶的时间，四高徒把蒲团移到各自觉得舒服的地方，有的抱着膝，有的盘起腿。唯有武藏依然靠在角落的柱子上，终于沉默下来，心中充满了怏怏的不快感，怎么也散不开。自己未必会赢，甚至可能会被击杀，但不能与石舟斋过招就离开此城，无疑是毕生的遗憾。

"嗯？"忽然，村田与三起身来到外廊，朝着漆黑的夜色咕哝起来，"是太郎在叫，还不是一般的声音，莫非出什么事了？"

太郎或许就是那条狗的名字，声音从二道城方向传来，在四周的山间回荡，相当凄厉，透着一种不似犬吠的可怕。

太郎

一

犬吠个不停，分明是异样的叫声。

"出什么事了？请恕我失礼，武藏先生，我出去看看。请慢慢休息。"说罢，出渊孙兵卫离席而去，村田与三和木村助九郎也欠身。"请恕我等亦暂时失陪。"说着，各自对武藏点头示意，便跟随出渊而去。遥远的黑暗中，仿佛在向主人告急，叫声越发哀凄。

三人离去之后，远处的犬吠听起来更加可怕，苍白的烛光中弥漫着阴森之气。城内的看门狗发出如此异样的声音，不能不让人猜测城内发生了异常情况。如今诸国间似乎已和平相处，却仍不能对邻国掉以轻心，谁也无法保证不会再出现野心膨胀的枭雄。说不定密探们早已潜入某座城下，正在寻找毫无戒备的城池。

独自留下来的庄田喜左卫门也显得十分不安。他盯着苍白的烛火，竖起耳朵，仿佛在数那令人揪心的犬吠。不一会儿，"呜——"一声奇怪的鸣叫传来。"啊！"喜左卫门不禁看看武藏，武藏也轻轻地"啊"了一声，同时一拍膝盖，"死了。"

"太郎被杀了。"喜左卫门也脱口而出。

两人的直觉完全一致。喜左卫门已经待不住了。"真搞不懂。"说着站起身来。

武藏似乎也想起了什么，朝新阴堂外的侍者问道："我带来的仆童城太郎还在那里吗？"

侍者似乎找了一会儿，不久传来回应："您的仆童不见了。"

武藏一怔。"啊，不好！"他随即转身对喜左卫门说道，"在下十分担心，想去看看那狗出事的地方，能否为在下引路？"

"这个容易。"说话间，喜左卫门便走在前头，朝二道城方向赶去。

出事地点距离武士聚集的道场有一町左右。四五簇松明的火光早已汇集在那里，所以他们很容易就找到了。先行出去的村田和出渊都在，此外还有闻声聚来的足轻、值守、哨卫等，正黑压压地围成人墙，吵嚷不停。

"啊！"武藏透过人墙朝火光照亮的圆形空地望去，不禁愕然。果然如他担心的那样，站在那里的正是浑身是血的城太郎。

只见他提着木刀，咬着牙根，大口地喘着粗气，瞪着围在四周的藩士们。他旁边便是那条黑色的纪州犬太郎，同样是一副悲惨模样，龇牙伸腿，眼睛朝着火光睁得很大，嘴里却已吐出鲜血，看来已完全气绝。

二

人们目瞪口呆，哑然无声，不久有人呻吟着咕哝了一声："噢，是主人的爱犬太郎。"

"你这臭小子！"一名家臣忽然走到茫然的城太郎身边，"是你？杀死太郎的凶手竟是你？"

只听嗖的一声，巴掌顿时横扫向城太郎，但他在瞬间躲了过去。"是我！"他昂首挺胸。

"为什么要杀它？"

"因为有理由杀它。"

"理由？"

"报仇！"

"什么？"面露意外之色的不止这个家臣，"谁的仇？"

"我的仇，我来报。前天我来送信的时候，这条狗把我的脸咬成这样，所以我今夜一定要杀了它。我找来找去，发现它正在地板下睡觉。那就堂堂正正地来一场决斗吧，我便自报姓名与它大战。结果我赢了。"城太郎红着脸，坚称自己并未采取卑劣的手法。

不过，盘问他的家臣和十分关心这件事的人并未把狗与小孩的决斗视为问题。人们之所以担心和愤怒，是因为这条叫太郎的看门狗不仅是如今出仕江户的主公但马守宗矩的爱犬，更是纪州赖宣公深爱的母狗雷鼓所生，后被宗矩特意要来精心养大，是条颇有渊源的名犬。一旦被杀，家臣们自然无法置之不理。此前家中甚至还专门派了两名食俸禄的人伺候它。

如今，面无血色地站在城太郎面前的家臣，大概便是服侍太郎的武士。"住嘴！"此人的拳头又朝城太郎的头上飞去。但这一次城太郎并未完全躲开，拳头咚的一下打在他耳边。他一手捂着耳朵，河童般的头上毛发倒竖。"你干什么！"

"既然你杀了这只狗，那我也要杀了你！"

"我是在为上次的事报仇。报仇之后怎么能再报仇呢？你身为一个大人，难道连这点道理都不懂吗？"城太郎是豁出性命前来报仇的。武士最大的耻辱便是颜面受损，他这么做是为了证明自己的骨气，甚至觉得应该受到褒扬。因此无论侍奉太郎的家臣如何责问，如何愤怒，他都毫不怯懦，反而反击对方这种无端指责。

"别狡辩！就算你是个孩子，也不会还没到分清狗与人界限的年龄吧？居然来找狗报仇，真是岂有此理！我今天就杀了你，像你杀死那只狗一样！"说着，家臣一把抓住城太郎颈后的头发，看向周围的人群，寻求人们的赞同，同时也是在宣示自己的职责。

藩士们默默地点点头。尽管面露难色，四高徒也默不作声。武藏也在默默地看着。

三

"快叫，臭小子！"城太郎被揪着抡了两三次，顿时头晕目眩，接着被狠狠地摔在地上。侍奉太郎的家臣挥起橡木棒，"臭小子，我要替那只狗杀死你，就像你杀死它一样！起来，叫吧，汪汪叫吧，咬过来吧！"

大概是一下子站不起来，只见城太郎咬着牙，一只手撑在地上，然后慢慢地倚着木刀直起身体。他虽是个孩子，却横眉立目，誓死相拼，河童般的头上红色毛发愤怒地倒竖，像矜羯罗童子一样可怕。

城太郎像狗一样吼了一声。他并非虚张声势，而是坚信自己的行为毫无过错。对于大人们的激愤，他的确有所反省，可孩子一旦真的愤怒起来，恐怕连其生母都无法阻止，更不用说在他的面前举起橡木棒。他一下子变成了一个火球。"你杀啊！看你怎么杀我！"城太郎疯狂地呼喊，如怨如咒，喊声中透着一股杀气，简直不像孩子的声音。

"去死吧！"拿着橡木棒的家臣一声怒吼。一击下去，咔嚓一声，巨大的声响顿时使人们认为城太郎应该已当场毙命。武藏则仍在一边默默地抱着胳膊，近乎冷淡地旁观。

嗡！城太郎的木刀被震飞。他竟在无意识间用木刀接住了最初的一击，但手一麻，木刀便飞了出去。可就在接下来的瞬间，只听他大喊一声"可恶"，眼一闭，猛地朝敌人的衣带附近咬过去。他的牙齿和手指发疯般钳制住对手的要害处，橡木棒也打空了两次。此人欺负城太郎是个孩子，完全没将其放在眼里，这实在失策。城太郎的表情可怕得无法描述。他张开嘴狠狠地咬向敌人的皮肉，手指则抓烂了敌人的衣服。

"打死这家伙！"另一根橡木棒出现了，从撕咬对手的城太郎背后瞄准他的腰部就要下手。这时，武藏才松开胳膊，眨眼间便从石墙般的人群外一下子进到里面，快得连让人发愣的余暇都没有。

"卑鄙！"话音未落，那人的两只脚和木棒便旋转着飞上了天，接着咚的一声，便像球一样滚落在两间开外的地上。

"你这个惹事精！"武藏叱骂着，两手抓向城太郎的腰带，把他高高举过头顶，然后朝着立刻重新捡起木棒的家臣怒道："我一直在看，你的调查是不是有点疏漏啊？这孩子只是在下的仆童，你是该问罪于这小毛孩呢，还是该找他的主人我来算账呢？"

如此一激，那家臣自然越发激昂。"那还用说，两个都要算！"

"好！那就以我们主仆二人为对手吧。喂，先接住这个！"

四

从刚才起，周围的人便疑惑不已。武藏是不是发疯了，竟把身为仆从的小童举过头顶！他究竟要干什么？人们睁大眼睛，猜不透武藏的葫芦里究竟卖的什么药。

这时，武藏忽然把城太郎抛向对方。"啊！"人们不由得向后跳，留出一大片空地。以人打人——武藏这种做法过于野蛮，众人意外地倒吸一口凉气。

被武藏抛出去的城太郎就像从天而降的雷神之子，"哇"的一声，朝着缩手缩脚愣在原地的对手胸前撞去。"嘎！"仿佛下巴掉了似的，随着一声异样的大喊，两人的身体重叠到一起。对方像被放倒的木材一样直挺挺地朝后倒去。不知是后脑勺重重地撞在了地上，还是城太郎石头一般坚硬的头将对方的肋骨一撞而碎，总之随着嘎的一声，侍奉狗的家臣顿时口吐鲜血。城太郎则在那胸膛上打了个滚，像球一样径直滚出两三间远。

"太、太狠了！"

"哪里来的浪人？"

顿时，不管是不是侍奉太郎的武士，周围柳生家的家臣们全都骂了起来。除了四高徒今晚以客相待，清楚武藏之名外，几乎没有人了解武藏的底细，所以一看眼前的情形，众人立刻杀气腾腾。

"那么……"武藏转过身，"诸位。"他究竟要说些什么？只见他面无血色，捡起城太郎丢掉的木刀提在右手，说道："仆童之罪便是主人之罪，无论如何，我等愿接受处罚。只是无论在下还是城太郎，仗着会一点剑术，自认还是武士中的武士，所以断不能像狗一样被乱棍打死。还望各位尊重对手。"如此一来已不是服罪，而是分明变成了挑战。

　　倘若武藏替城太郎谢罪，解释一下，并极力安慰藩士们的情绪，或许事态就会平息，一直难以出面的四高徒也会打起圆场，说两句"算了"，介入调解。可是武藏的态度分明是在拒绝和解，而且反倒将事态进一步激化，这不禁令四高徒直皱眉头。"奇怪啊。"他们似乎非常厌恶武藏的态度，全都避到一边，用锐利的目光审视着他。

五

　　面对武藏的粗暴之言，除了四高徒，在场之人几乎全都情绪激昂。他们既不明白他的底细，又无法猜测他的内心，本来就如火中烧般愤怒，武藏再如此一激，更是火上浇油。

　　"什么？"有人应道。

　　"不逞之徒！"

　　"一定是哪里的奸细，给我绑了！"

　　"不，杀了他！"还有人大声喊，"别让他跑了！"

　　人们顿时从前后拥上来，武藏以及被他捡到近前的城太郎仿佛淹没在白刃中。

　　"等等！"喊话的是庄田喜左卫门。他如此一喊，村田与三和出渊孙兵卫也都喊了起来："危险！不可鲁莽！"四高徒这才积极介入。

"退下退下。"

"这里就全交给我等了。"

"各位，请返回各自的值班房吧。"

"此人定有阴谋。一旦上了他的当，出现伤亡，我等将无法向主公交代。主公爱犬之事无疑重大，但人命更重要。这责任我们四人来担，绝对不会为你们添麻烦，你们就放心吧。"

不久，剩下的就只有刚才新阴堂里的主客双方。不过现在主客间的关系已经完全变成暴徒和审判者，成了敌我双方。

"武藏，真可惜，你的计划失败了。你一定是受人指使前来打探小柳生城情况，或者是来企图扰乱城内秩序的。"

四人的目光包围着武藏逼了上来，他们无一不是高人。武藏一面把城太郎护在腋下，一面像扎了根似的，站在同一位置岿然不动。如今即使想脱身，也是插翅难逃。

"喂，武藏。"出渊孙兵卫手按刀柄，向前推了推，摆好姿势说道，"既然事已败露，就请痛痛快快地自裁吧，这才是武士的品格。只带着一名仆童就敢堂堂地闯入城内，尽管身为歹人，这种无畏精神也够令人敬佩了。而且我们也算有一夕的友谊。切腹吧，你好好准备一下，我们等着。希望能让我们看到你的武士气概。"

四高徒觉得这样一来，一切就可以解决了。他们原本就是背着老主人擅自邀请武藏，如果武藏切腹，就无须追究他的来历目的，一切都会被神不知鬼不觉地埋葬。

武藏当然不肯。"什么，要我武藏切腹？愚蠢！妄想！"他昂然摇摇头，笑了。

六

武藏无论如何也要激怒对方，挑起争斗。就连轻易不为情绪左右的四高徒也终于竖起眉毛。"好。"出渊语调平静，却满含毅然之气，"我们越慈悲，他的尾巴就会翘得更高。"木村助九郎也接着说道："多言无用。"说着绕到武藏背后，"走！"他推了一下武藏。

"去哪里？"

"牢房。"

武藏点点头，走了起来，但那是按照自身意志移动的脚步。只见他迈起大步，欲朝本城方向走去。

"你要去哪里？"木村助九郎啪的一下绕到前面，张开两手，"牢房不在这边，往后退！"

"不退！"武藏转而对紧贴在身旁的城太郎说道："你最好先到那边的松树下待着。"

这里似乎是接近本城玄关的前庭，到处植有树型秀美的黑松，地上则铺着像筛过一样的沙子，闪闪发亮。城太郎闻言，立刻从武藏袖子下面跑了出去，躲在一棵松树后面。师父一定又有大动作了！一想起武藏在般若坂的雄姿，城太郎便血液贲张。

再看，庄田喜左卫门和出渊孙兵卫二人已经贴近武藏的左右两肋，从两侧反扭住武藏的胳膊。

"回去！"

"不回！"

同样的对话还在重复。

"看来你是铁定不回去了？"

"一步也不回！"

站在前面的木村助九郎终于发作，刚按下刀柄，年长的庄田和出渊二人便制止了他，并对武藏说道："不回就不回。可是你究竟要去哪里？"

"我要去会会城主石舟斋。"

"什么？"四高徒闻之愕然。谁也没想到这名无比奇怪的青年来此地竟是为了接近石舟斋。庄田喜左卫门顿时追问："见老主人干什么？"

"在下是一名修行武道的晚辈，想从柳生流的开山宗师那里讨教一招，作为毕生心得。"

"那为何不按规矩先告诉我们？"

"在下早就听闻宗师不见任何修行者，更不会提供指导。"

"当然。"

"既然如此，除了挑衅比武别无他途，而且就算如此，他也一定不会抛下余生的安乐出山。因此，在下就只能以这城为对手，挑起战役。"

"什么？战役？"四高徒顿时惊讶地反问，重新审视武藏。这家伙莫非是个疯子？

　　武藏把两腕交给对方，抬头仰望天空。黑暗中有个东西啪嗒啪嗒地发出声响。四高徒也都抬头观看。

　　一只鹫突然掠过星空，从笠置山的黑暗中飞落到城内谷仓的屋顶一带。

心火

一

战役——听起来似十分夸张，但按武藏现在的状况，甚至连此词都不足以表达他的心情。使用雕虫小技或者单纯地小试牛刀完全不够。武藏追求的绝非比武这种不痛不痒的形式。战役，彻底的战役——既然都是要拼上全智全力挑战命运，就算形式不同，自己的心情也与战役毫无二致，不同之处唯有发动三军与发动自身全智全力的差别。

一人对一城的战役。武藏踏在地上的脚后跟中充满了强烈的意志力，战役一词因此脱口而出，这家伙是不是疯了？四高徒似乎在怀疑他的常识水平，重新审视着他的眼神。

"好，有意思！"木村助九郎毅然应道，甩掉草履，撩起裙裤下摆，"战役可好玩！就算不鸣阵鼓和阵钟，我也要应你一战。庄田、出渊，把他扔给我吧。"

拦也拦了，忍也忍了。更重要的是，木村助九郎一直想处决他。也只能到此了——庄田和出渊互递眼神。"好，就交给你了。"说着，他们同时撒开武藏的手腕，猛地推了下武藏的后背，武藏近六尺的巨大身躯大踏了四五步，趔趄着冲向助九郎。

助九郎早就候在那里，可还是唰地后退了一步。这是计算好顺势冲来的武藏与自己手臂伸缩幅度的间隔而后退的。他咬牙切齿，右肘举过头顶，突然无声地朝武藏砍去。

沙、沙、沙——刀鸣响起来。助九郎的兵刃像是神灵显现，锵然发出了钢铁般的鸣声。"哇"的声音同时传来，却并非武藏所发，而是躲在远处松树下的城太郎跳着喊出的声音。兵刃之所以会沙沙作响，也是城太郎几次从远处丢过来沙子的缘故。

不过，此时的一把沙子当然无济于事。后背被猛推的一刹那，武藏就已料到助九郎必会重新计算距离，于是他顺水推舟，又加了一些力道，朝对手的胸膛猛突而去。身子在一推之下跌撞而来的速度，与趁势撞去的速度，自然存在巨大的差别。助九郎后退一步，出手的尺度也就出现了误差，自然砍空了。

二

两人跳了出去，彼此拉开约十二三尺的距离。一切就发生在助九郎的刀砍空，武藏的手按在刀上的一瞬间。然后，双方便沉入黑暗中，对峙起来。

"厉害！"庄田喜左卫门脱口而出。出渊和村田也一样，虽未介入战斗，却似被什么东西突然一吹，身子猛地一颤，随即变换所在位置，做好准备比斗的架势。这家伙够厉害！

武藏刚才的一个动作，已让他们完全改变了看法。

悄然袭来的冷气凝固下来。助九郎的刀尖停在他黑黢黢的身影胸前偏下的位置上，一动不动。武藏的右肩也朝向敌人，立在原地，右肘高举，精神集中在尚未出鞘的刀柄上。二人的呼吸简直都能数出来。若从稍远的地方望去，武藏仿佛要划破黑暗，脸上似乎嵌着两粒白色围棋子似的东西，那是他的眼睛。

真是不可思议的精力消耗。尽管连一尺也未靠近，可包裹助九郎身体的黑暗却逐渐透出轻微的动摇。他的呼吸分明变得比武藏的更粗更快。"哎……"出渊孙兵卫不由得呻吟一声。他已感到自己等人的旁观完全多此一举。庄田和村田也无疑都有同感。

此人绝非凡者。三人明白，助九郎与武藏的胜负已分。尽管卑鄙，但趁着尚未惹出大事且未造成无谓伤亡前，不如将这个奇怪的闯入者一口气干掉。这种想法在无形中将三人的目光连结到一起。他们立刻展开行动，朝武藏左右逼了过来。武藏的手臂仿佛突然松开的弓弦，向身后一扫。"来吧！"骇人的喊声顿时从虚空中落下。这大概是因为那喊声并非仅仅发自武藏口中，他的全身都像寺院的吊钟一样鸣响，打破了四下的静寂。

"啐！"四高徒吐了口唾沫，端起刀，摆成车轮形。武藏则如同莲花中的一滴露水。此时，他感到自己处在不可思议的状态中，浑身发烫，仿佛所有的毛孔都在喷血，心却如冰一般冷。佛家所谓的红莲，不就是这种状态吗？正如寒冷与灼热的极致非火非水，实为同一状态，武藏现在便是如此。

三

沙子已经不再落下。城太郎忽然间消失了。黑风不时从笠置山顶上飒飒刮来，仿佛在打磨这些一动不动的白刃，刀光像磷火一样在黑暗中摇动。

四对一。尽管武藏身为其中的一，却并未苦恼。他只意识到自己的血管变粗，而且奇怪的是，平时总挥之不去的那个观念——死，今晚消失了，"赢"的想法也不见了。山风仿佛要把大脑中的一切都吹走。脑膜像蚊帐一样透着凉气，右面之敌、左面之敌、前面之敌也出奇地清晰。

不久，武藏的肌肉便开始发酸，额头上也冒出油亮的黏汗。生来就远大于常人的巨大心脏极度膨胀，在一动不动的肉体内部狂热地燃烧。

咻、咻……左面之敌的脚后跟轻轻摩擦地面。武藏的刀尖像蟋蟀敏感的触须一样察觉了这一点。但敌人也意识到武藏的警觉，并未突入。四对一的对峙依然在持续。

武藏深知这种对峙的不利。他也想把敌人的包围圈变成直线，然后从一角逐次杀人，可对手绝非乌合之众，而是高手的强大组合，根本就不会轻易变换位置。如此一来，武藏根本没有杀出重围之策。倘若豁出性命与其中一人厮杀倒是有可能制胜，否则就只能静待敌人中的一人主动出击。等四名敌人的行动哪怕只在一瞬间出现不一致时，再实施打击。

太难对付了。四高徒也完全改变了对武藏的认识，没有一人仗着是四对一就稍加放松。倘若仗着人数多，产生丝毫松懈，武藏的刀剑就一定会在转瞬间凌厉地斩杀过来。

这世上终究还是存在看似不可能存在之人。就连自以为掌握了柳生流诀窍、领会了庄田真流真理的庄田喜左卫门，也从刀锋上看出武藏是个神奇之人。他连一尺的进攻都没能实现。

就在刀与人、大地与天空仿佛就要这样冰冻的一瞬间，意外的声响一下子惊醒了武藏。

笛声！不知是哪里的清冽笛声穿过距此处并不算远的本城树林，乘着风悠然飘荡而来。

四

笛声。悠扬的笛声。究竟是谁在吹？

无我无敌，连生死的妄念都完全湮灭，已化身为剑的武藏，无意中听到了这意外的音律，他蓦地一下回过神，回归到真实的有肉体有妄念的自我。这声音早已深深烙进了他的脑海，只要肉体存在，就永远无法忘记。这不是在故乡美作国的高照峰附近，每夜被搜山人追赶，身心俱疲、饥寒交迫、意识已经模糊的时候，突然传入耳内的笛声吗？

当时——

过来吧，出来吧——笛声仿佛牵着他的手，把他拉出来，让他最终落入泽庵之手。那笛声拥有让人无比感动的力量。就算他以为自己忘记了，他的内心深处也绝不会忘记。这不正是那笛声吗？不仅声音一样，就连曲调也与当时相同。

阿通！随着被打乱的部分思绪在脑海中发出呼唤，武藏顿时像发生了雪崩的山崖一般脆弱不堪。

绝不能放过这好机会！一刹那，武藏那破碎拉门一样的身影清晰地映在四高徒眼里。"打！"随着正面的一喝，木村助九郎的肘部顿时伸长了七尺，直逼武藏。

武藏的心神也被咔的一声唤回了刀尖。他只觉得全身的汗毛像着了火一样冒着热气，肌肉随之紧缩，血液像激流一样喷薄欲出。中刀了——他立刻感到左边的袖口已完全破裂，前臂整个露出，一定是肌肉跟袖子一起被砍到了。

"八幡神！"他的心中除了绝对的自我，还有神明的存在。看到自己的伤口，武藏发出雷电般的呼喊。他转身变换位置，回头一看，助九郎正倒向自己刚才所在的位置，腰和脚底露了出来。

"武藏！"出渊孙兵卫大喊一声。

"空有一张嘴！"村田与庄田也都跑向一边。

武藏脚后跟一点地面，一下子跃到掠过低矮松树梢的高度，又一跃再跃，头也不回地消失在黑暗中。

"卑鄙！"

"武藏！"

"无耻！"

伸向下方壕沟的陡峭悬崖一带传来了野兽跳跃般的树木折断声。声音刚一停，悠扬的笛声便又回荡在灿烂的星空里。

莺

一

壕沟有三十多尺深，黑暗的底部可能积有雨水。武藏从栽满灌木的崖上飞速滑下，中途朝壕沟里扔了块石头试探，然后便追着石头跳了下去。仿佛从井底仰望天空似的，星星也变得遥远了。武藏扑通一下倒在壕底的杂草上，足足有一刻时间一动未动。他的肋骨剧烈起伏，心肺过了好久才终于恢复到正常状态。

阿通……阿通不可能在这小柳生城啊。武藏的汗已冷却，呼吸也已恢复平静，可乱麻一样的心情却怎么也无法镇定。肯定是自己的错觉，是耳朵听错了，可他转念一想，世事无常，说不定阿通真的就在附近。

武藏试着在星空里描绘阿通的眉眼。不，不用把她的容貌画出，她一直存在于武藏心里。甜蜜的幻想忽然包裹了武藏，他想起阿通在中山岭上说过在她眼里只有自己才是真正的男人，在花田桥畔阿通还说过已在那里等了自己九百多天，只要跟自己在一起，她什么苦都可以吃。

武藏一阵心痛。自己在痛苦之余竟背叛了那纯洁的心，制造机会逃走了。不知阿通会多么怨恨自己，她一定会咬牙切齿地诅咒自己这个无法理解的男人。"原谅我。"曾用小刀在花田桥的栏杆上刻下的那句话，现在竟不知不觉地从武藏的唇中流出。泪水连成白线从眼角滑落。

"没在这里！"突然，高崖上传来人声。只见三四簇松明火光在林中晃动了几下，又消失了。

武藏忽然察觉到自己的泪水，悔恨地用手背一擦。"女人究竟是什么！"仿佛要踢散那幻想的花园，他一下子跳起来，再次仰望小柳生城黑魆魆的宅邸。"卑鄙也说了，无耻也说了。可我武藏还没说投降呢。我这不是逃跑，而是战术。"

武藏在壕沟里迈开步子，可怎么也走不出去。难道一刀未使就这么走了？四高徒等人并非对手，得去会会石舟斋本人。等着瞧，战役现在才开始！他捡起落在壕沟里的枯枝，咔吧咔吧地放在膝盖上折断，然后把断枝依次插入石墙的缝隙当作踏脚石。不久，他便跳出了壕沟。

二

已经听不见笛声。城太郎藏到哪里去了呢？武藏已不再关心这一切。他浑身上下充满了旺盛的血气和野心，连自己都无法控制。他一心想给那惊人的征服欲找到发泄的出口，眼中燃烧着全部生命。

"师父！"遥远的黑暗中似乎传来呼唤的声音，可一竖起耳朵却又听不见了。城太郎？武藏忽然想起他，却并不担心。城太郎不会有危险。虽然刚才在山崖的林木中望见了火光，但应该也就仅此而已，他们似乎并没有在城内彻底搜查的意思。

趁机去见见石舟斋——武藏漫无目的地寻找，穿过宛如深山般的树林和溪谷。他有时甚至怀疑自己是否已走到城外，可一看周围不时出现的石垣和壕沟，还有像是谷仓的建筑物，他便确信仍在城内。不过他怎么也找不到石舟斋所住的草庵。

他曾从绵屋老板那里听说，石舟斋既不住在二道城，也不住在本城，而是结了一处草庵安度余生。只要找到那处草庵，他就直接去敲门，与石舟斋一决生死。

在哪里！武藏带着想要狂呼的心情拼命寻找。他一度走到笠置山的绝壁上，又毫无收获地从城后门的栅栏折返。出来！我的对手！哪怕是妖怪变的也行，给我变成石舟斋现身！武藏浑身充满斗志，驱使他像恶鬼一样整夜游走。

"啊……似乎就是这里。"此处位于伸向城东南的缓坡下方。四下的树木姿态婀娜，杂草清除得十分干净，枝叶也修剪得十分细致，怎么看都像是有人居住的悠闲之地。面前有扇利休风格的茅草门，桁架上爬满了蔓草，栅栏内侧竹林如烟。

"哦，就是这儿。"武藏往里一探，里面像禅院一样，一条小道穿过竹林，向高山上蜿蜒。他正要一脚踢烂栅栏闯进去，却又说了句"不，且慢"。

门前清扫一新，十分清雅，四周绽放的白色水晶花令人不觉间感受到主人的风骨。这一切让武藏狂暴的心忽然平静下来，他意识到自己凌乱的鬓发和衣着。已经不用急了——何况他也感到疲倦。他忽然觉得，在见石舟斋之前，自己应该调整一下。

武藏觉得若是到了早晨，一定会有人来开门，等到那时也不迟。即便到时对方仍强硬地拒绝接见修行武者，自己还会有别的方法。于是他坐在门槛下，往后面的柱子上一靠，便舒舒服服地入眠了。夜空很静。微风阵阵拂来，水晶花随风摇曳，泛出一团白色柔光。

三

啪嗒，一滴露水落进领口，冷冰冰的。武藏睁开眼睛。不知什么时候，天已经亮了。在涌入耳内的无数莺啼和晨风的洗涤下，熟睡之后的头脑仿佛刚从世上诞生一样明快，不剩一点疲劳的残渣。

武藏揉揉眼睛，抬起头，红彤彤的朝阳已经踏着伊贺和大和的连绵山脉升了起来。他猛地站起身。在晨光的照射下，充分休息后的身体立刻又燃起了希望，渴求功名的野心又让他痛楚起来，四肢也在充沛体力的催促下禁不住想伸展。

"嗯，就看今天了。"武藏不由得咕哝道，接着想到自己一直空腹。一感到饥饿，他又惦念起城太郎来。"不知城太郎怎么样了。"他有一些担心。

昨晚对城太郎似乎过于残酷，但这对他的修行有好处。武藏知道这一点，才故意那么做。就算不正确，至少对他没有危险。

流水淙淙，一条溪流从门内高山的斜坡上奔下来，轻快地绕过竹林，穿过栅栏下面，朝城外流去。武藏洗洗脸，像吃早饭一样喝起水来。"真甜！"甘冽的溪水沁人心脾。想必正是因为这甘甜的溪流，石舟斋才把草庵建在这流水的源头。

武藏尚不懂得茶道，也不知品尝茶味，但今天早晨，他却真正感受到了水的甜润，甚至忍不住想脱口大喊一声"真甜"。他从怀里掏出脏兮兮的布手巾，在溪流中清洗，布立刻变白了。他又使劲擦拭脖颈，将指甲里的污垢都清理干净，然后拔出插在刀鞘上的发笋，梳理凌乱的头发。

总之今晨要见柳生流的宗师，见见这个代表时代文化的凤毛麟角。与武藏这种无名无禄的一介流浪者相比，石舟斋简直就是天壤之别的大前辈。正正衣领，理理头发，这是当然的礼节。

"好！"心旷神怡的武藏变成了一位从容不迫的客人，

正欲叩门，却忽然意识到这草庵地处山中，即使叩打，里面大概也不会听见，于是便观察门的左右有无门铃，结果发现两边的门柱上悬挂着一副对联，阴文字上的蓝色颜料已经褪色，一读竟是一首诗，上句是"吏事君休怪，山城好闭门"，下句是"此山无长物，唯野有清莺"。

武藏凝望着诗句，沉浸在树林里黄莺的鸣叫中。

四

既然悬挂在门上，不妨认为诗句抒发的是主人的心境。"吏事君休怪，山城好闭门。此山无长物，唯野有清莺……"武藏连诵了好几遍。今晨的他衣饰不失礼节，内心澄明平静，自然明白诗的意思。同时，石舟斋的心境、人品和生活态度也完全映入他的心里。

"我真幼稚。"武藏不由得低下头。石舟斋闭门谢绝的，绝不仅限于修行武者，还包括所有的名利，以及一切私欲和他欲……就连那些官吏都拒之门外，石舟斋的这种避世姿态，让武藏联想起高悬于树梢的清澈月亮。比不上！自己远远比不上！

想到这里，武藏怎么也没有叩门的勇气。至于破门而入之类，光是想想就觉得不堪。不，他为自己而羞耻。唯有花鸟风月才可以进入此门，而现在的石舟斋既不是名扬天下的剑法名人，也不是一国的藩主。他什么都不是，只是已回归大愚，畅游在自然怀抱中的山野隐人。打扰这种人的雅静之居，实在是无聊之举。就算战胜了这种无欲无求之人，又能获得什么名利？

"啊，倘若没有这诗句，我恐怕早已沦为石舟斋的笑柄了。"

不知是不是太阳升高的缘故，莺啼已经没有天刚亮时嘹亮了。这时，门内远处的山坡上传来啪嗒啪嗒的快步声。受脚步声惊吓的小鸟扑愣着翅膀四散飞走，在天空中画出道道小彩虹。

"啊！"武藏脸上现出狼狈的神色。他从栅栏的缝隙里已看到走来的是一名年轻女子。"阿通！"武藏想起昨晚的笛声，内心顿时慌乱起来。见，还是不见？真想见，却又不能见！剧烈的心跳像风暴一样盘旋在武藏胸口。他没有勇气，对女人更没有自信。他还只是个青涩的男子。"怎、怎么办？"还没有做出决定，从坡道上下来的阿通已来到眼前。

"咦？"阿通停下脚步，回头四处张望，充满生气的目光中透着兴奋，似乎今天早晨有什么喜事，"还以为他一块儿跟过来了呢……"她似乎在找人，东张西望，不久便把两手搭在唇上，朝坡上喊了起来，"城太郎！城太郎！"

听着阿通的声音，望着不远处她的身影，武藏不觉红了脸，悄悄隐没在树荫里。

五

"城太郎！"隔了一会儿，阿通再次呼喊。

这一次有了明晰的回应："哦，我在这儿。"爽快的声音从竹林上面传来。

"喂，在这边！你走错了，别往那儿走了。对对，从那儿下来。"

不久，城太郎便从孟宗竹下钻出来，跑到阿通身旁。"怎么回事，原来你在这儿啊。"

"所以我才让你好好跟在我身后啊。"

"那边有野鸡，我去追着玩了。"

"你还有闲心去捉野鸡！天亮之后，我们不是得寻找那个重要的人吗？"

"不用担心。别人倒不好说，唯独我师父，他是不会出事的。"

"可你昨晚跑来找我时是怎么说的？你不是大嚷师父有性命之危，要老主人阻止他们厮杀吗？你当时不是快要哭出来了吗？"

"那、那是因为我受到了惊吓。"

"受惊的岂止是你？听到你师父叫宫本武藏的时候，我惊讶得连话都不会说了。"

"阿通姐，你怎么认识我师父？"

"我们是同乡。"

"就这些？"

"嗯。"

"奇怪。如果只是同乡，那你昨晚用不着哭得那么伤心啊。"

"我哭得那么厉害？"

"别人的事记得那么清楚，自己的事倒忘得一干二净……我当时就觉得事情不妙。对手有四人，若只是常人也就罢了，可据说他们个个都是高手，我要是丢下不管，师父也许就完了……想到这里，我想帮一把师父，就抓起沙子朝那四个家伙扔去。当时阿通姐正在别处吹笛子吧？"

"嗯，当时正在石舟斋大人面前。"

"我一听到笛声便有了主意，觉得可以拜托你去向大人认错。"

"那么当时我的笛声，武藏先生也听到了？看来我们的心灵还真是相通的。因为我一直是想着武藏先生而给老主人吹的。"

"这些就先别管了。我一听到笛声，就知道阿通姐的方位了，于是拼命跑过来，然后大喊了一句。对了，我当时喊的什么来着？"

"战役，你喊的是战役呢。连老主人都大吃一惊。"

"但那老爷爷还真是个好人。即使我把杀死太郎的事说出来，他也没有像家臣那样生气。"

一跟这位少年说起话，阿通不禁被吸引过去，连时间和地点都忘了。"啊……净扯这些了，差点忘了正事。"她打断城太郎无休止的闲话，来到门内侧，"这些话等以后再说吧，今天早晨最重要的就是必须找到武藏先生。老主人也破例，说既然是这么一个男人，那就会一会，现在都等不及了呢……"

门内传来拉开门闩的声音，利休风格的茅草门左右打开了。

六

今天早晨的阿通看上去格外娇媚。不仅是因为内心期待马上就能见到武藏，还因为年轻女性的青春活力和达观性格充满了她的每一寸肌肤。初夏的阳光把她的脸颊照得如水果般光滑润泽。嫩叶的气息随风扑来，简直要把人的肺都给吹绿了。

武藏潜藏在树荫里，沐浴着叶上洒落的晨露，望着近在咫尺的阿通。她变得更有朝气了——他一眼就注意到了这点。在七宝寺时，阿通一天总坐在走廊里，无精打采地凝望着远处发呆，绝没有今天这样充满生气的脸颊和眼眸。那时的她完全就是一个寂寞的孤儿，没有恋情。即便有，也是模糊而朦胧的。那时的她只是一名容易感伤的少女，总是悄悄地嗟叹和回忆：为什么只有自己是孤儿？可是，自从认识了武藏，坚信只有武藏才是真男人后，她第一次感受到内心涌出的沸腾激情，认识到自己的生存意义。踏上了追寻武藏之旅后，她也磨砺出可以忍耐一切的坚强。从树荫里看着她磨砺出来的美，武藏惊呆了，觉得她完全变了一个人。武藏曾多次想去一个没人的地方，把自己的真心，或者说是烦恼，把自己强悍表面背后的软弱全部对阿通说出来，告诉她留在花田桥栏杆上近似无情的文字都是假话。只要没人看见就没关系。面对女人，自己再软弱也没什么大不了。她如此爱慕自己，自己也应表达内心的激情，拥抱她，亲吻她，为她擦掉眼泪。

武藏反复想了好多次。阿通对他说过的话语越是清晰地在耳边回响，他便越痛苦，越是觉得自己背叛了那份真挚的思慕，简直是男人最残忍的罪恶。可是，武藏却狠狠地咬住牙根，扼制这种感情。他拼命忍耐，似乎分裂成了两种性格。阿通！一个声音刚想呼唤，另一个声音却叱骂起来：糊涂！究竟哪种性格是先天的，哪种是后天的，他根本分不清楚。尽管想法十分混乱，可潜藏在树丛中的武藏还是能够隐约分辨出什么是无明之道，什么是有明之道。

这一切，阿通却一无所知。她走出门外十多步，回头一看，城太郎又在门边停了下来。"城太郎，你在捡什么？快过来。"

"等等嘛，阿通姐。"

"喂，你捡那么脏的手巾干什么？"

七

手巾落在门旁，像是刚刚拧过，还是湿的。城太郎一脚踩过去后又一把抓起来仔细查看。"这东西是师父的。"

阿通来到城太郎身边。"什么，你说这是武藏先生的东西？"

城太郎拿着手巾边缘展开。"没错没错，是奈良的那个寡妇给的，上面还染着红叶呢，还有宗因包子的'林'字。"

"那，他就在这附近？"阿通立刻张望起来。

城太郎则在她耳边踮起脚。"师父！"

旁边的树林中，一树露珠突然闪出光芒，随之传来小鹿跳跃般的声音。阿通吓了一跳，一扭脸，"啊"的一声，便丢下城太郎拼命跑了起来。

城太郎一面上气不接下气地追，一面喊："阿通姐，阿通姐，你去哪里?！"

"武藏先生跑了。"

"啊？往哪儿跑了？"

"在那片树林里。"突然间看到武藏身影的欣喜——不，旋即又变成失望，拼命追赶那转瞬即逝之人的急迫心情，让阿通无暇说话。

"骗人，你弄错了吧？"城太郎也在跑，可还是一脸不相信的表情，"师父若是看到我们，不可能逃走。一定是你看错人了！"

"可是你看！"

"所以我才问你师父跑哪儿去了啊？"

"那边——"阿通终于发疯般喊道，"武藏先生！"接着却被路边的树绊倒，跌了一跤。城太郎连忙把她扶起来，她却嚷道："你为什么不一起喊？城太郎，快喊啊！"

城太郎心里一惊，一动不动地盯着阿通的脸——多像啊！虽然嘴并未咧开，可那充满血丝的眼睛、苍白的眉心、蜡雕般的小鼻子和下巴——像！甚至可以说一模一样，与城太郎从奈良的观世寡妇家要来的鬼女面具一模一样。

城太郎身子一缩，松开扶起阿通的手。阿通却斥责起他的惶惑来："要是不快点追上就完了，武藏先生不会回来了！喊，快喊！我也一起喊，用最大的声音——"

真是愚蠢得不能再愚蠢了。城太郎虽在心里否定阿通，可看到她那无比认真的神色，他也无法说出自己的想法，便竭力喊着，跟着阿通奔跑。

穿过树林是一个低矮的山丘，沿着山丘有一条从月濑去往伊贺的近道。

"啊，真的是师父！"一站上那条近道，城太郎也清楚地看到了武藏。可那里已经是声音传不到的远方了。一个人影正头也不回地向远处奔去。

八

"在那边！"两人奔跑着，呼唤着，以最快的脚步，用最大的声音。带着哭腔的呼唤跨过山丘，越过原野，落入山谷中，引来一串串回音。可是武藏却越来越远。渐渐变小的身影跑进远处的山中，便再也看不到了。

茫茫白云依旧自在飘荡，淙淙溪水依旧恬淡流淌。城太郎像是母乳被抢走的婴儿，跺着脚哇哇大哭起来。"浑蛋，师父是大浑蛋！他抛弃了我……把我丢在这种地方……可恶，到底跑到哪儿去了！"

阿通也上气不接下气地扑在一棵大胡桃树上，抽抽搭搭地啜泣起来。

难道连自己投入一生的感情都无法阻止那人的脚步？她惶惑不已。武藏的大志向究竟是什么？他为什么要避自己而去？这些问题的答案自姬路的花田桥时就很清楚了。可阿通仍百思不得其解：为什么与我见面便会妨碍他的大志向呢？莫非那只是托词，其实是因为他讨厌我？

可是，当时盯着七宝寺的千年杉望了好几天，阿通已经完全清楚武藏是个什么样的人。她坚信武藏不会对女人撒谎，若真的讨厌，他便会直说。他曾在花田桥上说过："我绝不是嫌弃你。"

阿通痛恨武藏，可是她自己又该如何是好呢？身为孤儿，她的性格中总有一种冷漠的成分，从不轻易相信别人，可一旦相信，她就会坚信。没有武藏，阿通就再没有可以依靠之人，也没有了生存的意义。何况她已遭到本位田又八的背叛，受到了深深的伤害。当她看清武藏才是世上少有的真男人时，便决定一辈子跟着他，无怨无悔。

"为什么一句话也不说就……"胡桃树叶在微微抖动。倘若树会说话，恐怕也会为之动容。"太残忍了……"阿通的怨恨越深，思恋就越疯狂。这难道就是宿命？倘若无论如何也找不到与那人生命的切合点，自己便无法拥有真正的人生，那无疑是一种脆弱的精神难以承受的痛楚，比身体残缺还要痛苦。

"啊，有个和尚来了！"发疯般愤怒的城太郎叫嚷起来，可阿通仍不愿从胡桃树上抬起头。

伊贺群山已满是初夏的气息。天空像到了正午般透明、蔚蓝。一身行装的和尚轻快地从山上走下，仿佛自白云间而来，没有任何世间的牵挂和烦恼。穿过胡桃树林另一端时，他不经意间看了一眼阿通。"咦？"

一听这声音，阿通也抬起头，哭得红肿的眼睛顿时圆睁，吃惊地大喊起来："啊……泽庵师父！"真是巧合。对她来说，宗彭泽庵便是巨大的光明。泽庵来到这种地方实在太偶然了，阿通甚至觉得自己像在做梦。

九

　　阿通觉得这是个意外，可对于泽庵来说，在这里发现她，只不过是自己的预测得到了验证。哪怕随后二人带上城太郎，一起返回柳生城的石舟斋身边，也并非什么偶然和奇迹。

　　宗彭泽庵与柳生家早就有交情，从他还在大德寺的三玄院里研磨味噌，拿着抹布在斋堂里爬上爬下的时候起就与柳生一家相识了。

　　当时，人称大德寺北派的三玄院有很多异人进出，有总想解决生死问题的武士，也有悟出在研究武术的同时还须修炼精神的武道家。由于禅床几乎为武士所占，于是流言四起：三玄院有谋叛之意。当时经常出入三玄院的人物中，有上泉伊势守的弟弟铃木意伯、柳生家的儿子柳生五郎左卫门和其弟宗矩。尚未成为但马守的宗矩与泽庵一见如故，此后两人的交情一直很深，泽庵也数次造访小柳生城。后来，他与宗矩父亲石舟斋的感情甚至超过了这对父子。他把石舟斋尊为"能交心的老爷子"，石舟斋也认为"那和尚有出息"。

　　泽庵这次的游历遍及九州，前不久来到泉州的南宗寺暂歇，便给久未通信的柳生家写了封信，询问柳生父子的近况，结果石舟斋详细地回信道：

近来着实有福，但马守宗矩在江户顺利奉公，孙兵库亦请辞肥后加藤家，正遍游他国修行，将来亦会有所作为。恰巧身边又来一位容颜美丽、擅吹笛子的佳人，既能朝夕照顾老叟，又可做茶道、花道与和歌伙伴，为寒冷孤寂的草庵插上了一朵鲜花。女子自称是在与你的故国很近的美作七宝寺长大，与你定会相谈甚欢。耳闻佳人之笛，共饮一夕美酒，与品茶听子规夜鸣相比，必然别有一番韵味。既然已来此不远，务请割舍一夜，顺便来老叟寒舍一叙。

看到回信，泽庵也禁不住想起身前往拜访，更不用说信中提到的那名美丽的吹笛女，难道不是自己时常惦念的旧相识阿通？于是他乘兴而来，因此在这柳生谷附近的山上看到阿通的身影也就不怎么意外。但听了阿通的诉说，他也禁不住咂舌叹息："真可惜。"

他所指的，自然是武藏刚才朝伊贺路方向奔去一事。

女人的道路

一

泽庵和阿通领着城太郎，从胡桃树山丘悄悄返回石舟斋的草庵。在泽庵的详细询问下，阿通毫无保留地把后来的经历以及这次事情的经过都告诉了他。可以看出面对泽庵，她会毫无保留地倾吐一切。

"唔……唔……"仿佛在倾听妹妹的哭诉，泽庵连眉头都不皱，连连点头，"是吗，原来如此。女人啊，总会选择男人无法体验的人生道路。阿通姑娘现在是想跟我商量一下，今后该走哪一条路吧？"

"事到如今，我已经不再为此迷惑了。"

一看她那总是低埋的无力的侧脸，就知道她恐怕已迷失得连草色都分不清，但她的话语透着一股坚强，令泽庵不禁刮目相看。

"是放弃，还是坚持？倘若我还在为这些迷惘，就不会从七宝寺出来了……今后的方向我也早就决定了。只不过，倘若我这么做会给武藏先生带来不利，如果我活着就不会给他带来幸福，那我只能设法打发自己了。"

"打发自己？"

"现在还不能说。"

"阿通姑娘，你可得小心啊。这光辉太阳下的死神正拽着你的黑发呢。"

"我不在乎。"

"是吗，看来死神也站在你那边。但再也没有比因为单相思而寻死更愚蠢的了，哈哈哈！"

泽庵一副事不关己的态度，完全把阿通的话当成了耳旁风，这让她十分气愤。未曾恋爱的人怎么会理解这种心情？而泽庵却把她当成愚人大讲起禅来。如果禅里有人生的真理，那么恋爱中也有人生真谛。至少对于女人来说，那些温吞的禅僧与其费尽心思去解那些"只手之声如何"之类初级的公案，还不如去恋爱。

阿通咬住嘴唇，坚决沉默下来，不再开口，可泽庵反倒认真起来。"阿通姑娘，你怎么不生为男儿呢？如此坚强的男人早就成为一国的有用之人了。"

"难道我这样的女人存在就不行吗？难道这样就会对武藏先生不利吗？"

"别钻牛角尖了，我并非这个意思。但无论你怎么表达爱慕之情，武藏不还是逃走了吗？如果是这样，就算追上了也抓不住他。"

"我不是为了好玩才忍受这种烦恼。"

"才多久没见,连你也说起那些寻常女人的道理来了?"

"因为……不,算了,像泽庵师父这样的高僧不可能明白女人的心情。"

"我最怕女人,不知该怎么回答她们的疑惑。"

忽然,阿通一拐弯。"城太郎,过来。"说着,她便跟城太郎一起丢下泽庵,走向另外一条路。

二

泽庵站在原地,忽然叹息般皱皱眉,一脸无可奈何。"阿通姑娘,那你打算不跟石舟斋大人告别,就这样任性地走吗?"

"我会在心里告别的。原本我也没打算长久待在那草庵受人接济。"

"就没有回旋的余地吗?"

"怎么回旋?"

"七宝寺所在的美作深山就挺好的,这柳生谷里的村庄也不错啊,平和又淳朴。像阿通姑娘这样的佳人,我真不想让你去那沾满鲜血的世俗街巷,真希望你一辈子都静静地生活在这青山绿水中,就像正在啼唱的黄莺一样。"

"呵呵,多谢了,泽庵师父。"

"不行吗?"泽庵一声叹息。他知道,对于这位任性的四处游走的少女来说,自己的怜悯是多么苍白无力。"可是,阿通姑娘，你走的可是一条无明之道啊。"

"无明？"

"你也是在寺院里长大的。你可知道，那无明的烦恼是多么无止境、多么伤悲、多么难以救赎吗？"

"可是，我从出生起就没有一条有明之道。"

"不，有！"一缕希望让泽庵顿时充满了热情。他抓住阿通的手，仿佛示意她抓住这救命的手臂似的，说道："我替你好好求求石舟斋大人。请他安排你的前途，你一辈子的着落，只要你能在这小柳生城里选个好人家，生个好孩子，完成女人该做的事，你自然就会恋上这方乡土，过得无比幸福。"

"我明白泽庵师父的好意……"

"那还不照我说的做！"说着，泽庵不禁连城太郎也一把拽住，"小家伙，你也过来！"

城太郎甩甩头。"我不要。我要去追赶师父。"

"那也得回草庵一趟，跟石舟斋大人告个别。"

"对了，我把重要的面具落在城内了，得去取。"说完，城太郎一溜烟跑了。他的脚下既无有明，也无无明。

可是，阿通仍站在岔路上一动不动。之后，泽庵又变回从前那个老朋友，谆谆劝说，告诉她现在选择的人生是何等危险，女性的幸福并不仅在于此，可是无论如何都无法撼动阿通的心。

"拿到了！拿到了！"城太郎戴着面具从草庵的坡道上跑下来。泽庵一看那鬼女面具，不禁毛骨悚然，仿佛已看见不久以后在经年的无明远方遇见的阿通。

　　"那么，再见了，泽庵师父。"阿通迈开一步。

　　城太郎拽住她的袖子。"快，走吧，快……快走吧。"

　　泽庵抬起头，仰望着天上的云，仿佛在感慨自己的无力。"无可奈何啊。就连释尊都说过女人难救。"

　　"再见。我就在这儿拜别石舟斋大人了，也请泽庵师父代为转达……请回吧。"

　　"唉，就连我自己都觉得自己愚蠢了。路的前方将都是那些去往地狱的逃亡者。阿通姑娘，倘若你溺在六道三途上，可要呼唤我的名字。记住了吗？你要大声呼唤泽庵的名字。那，你就只管去吧，想去哪儿就去哪儿吧。"